ro
ro
ro

Ein verschneiter Winternachmittag in der Kleinstadt Butler, Pennsylvania. Plötzlich knallen
Schüsse. Was der fünfzehnjährige Arthur da hört,
ist der Mord an Annie Marchard, seiner früheren
Babysitterin und dem Objekt seiner ersten ero-
tischen Begierden. Annie ist eine hübsche junge
Frau, der nichts im Leben gelingen will. Sie liebt
ihren Mann Glenn und treibt ihn in den Alko-
holismus; sie vergöttert ihre kleine Tochter Tara
und mißhandelt sie beim geringsten Anlaß. Auch
in Arthurs Leben geht manches schief. Seine
Eltern lassen sich scheiden, seine Mutter fängt
an zu trinken, er selber wird zum Psychiater
geschickt. Aber er beginnt, um sein Glück zu
kämpfen, und wird mit der Liebe einer Schul-
freundin belohnt. Indessen wenden sich die zer-
störerischen Kräfte, die Annie gerufen hat, all-
mählich gegen sie selbst und ziehen sie in einen
Strudel der Gewalt.

Informationen über den Autor finden Sie am
Ende des Textes.

Stewart O'Nan

Engel im Schnee

ROMAN
Deutsch von
Thomas Gunkel

Rowohlt Taschenbuch Verlag

Einmalige Sonderausgabe
November 2001
Veröffentlicht im Rowohlt Taschenbuch
Verlag GmbH, Reinbek bei Hamburg, Juli 1998
Copyright © 1997 by Rowohlt Verlag GmbH,
Reinbek bei Hamburg
Die Originalausgabe erschien 1994 unter dem Titel
«Snow Angels» bei Doubleday, New York
«Snow Angels» Copyright © 1994 by Stewart O'Nan
Alle deutschen Rechte vorbehalten
Redaktion Thomas Überhoff
Umschlaggestaltung any.way,
Barbara Hanke/Cathrin Günther
(Foto: Bavaria)
Gesamtherstellung Clausen & Bosse, Leck
Printed in Germany
ISBN 3 499 23185 9

Für Kurt Cobain

Nichts ist so öde wie die Hauptstraße dieser Kleinstadt,
wo die ehrwürdige Ulme krank wird und gehärtet
mit Teer und Zement, wo kein Blatt
sprießt, fällt oder sich bis zum Winter behauptet.

Aber ich erinnere mich an ihre einstige Fruchtbarkeit,
daran, wie alles deutlich sichtbar wurde
in der Stunde der Leichtgläubigkeit,
und an den jungen Sommer, als auf dieser Straße
bereits ein leichter Schatten lag,
und hier am Altar der Hingabe
traf ich dich,
die den Durst meines vergänglichen Fleisches stillte.

                                        Robert Lowell

EINS

IN DEM HERBST, ALS MEIN VATER FORTGING, spielte ich in der Band, in der Mitte der zweiten Posaunenreihe, weil ich Anfänger war. Dienstags und mittwochs nach der Schule übten wir im Musiksaal, aber freitags führte uns Mr. Chervenick in unseren Daunenjacken, Steelers-Bommelmützen und klobigen Stiefeln nach draußen und über die Fußgängerbrücke, die sich über die Interstate zum Footballplatz der Junior High-School spannte. Dort scherten wir, wie das Footballteam selbst, im rechten Winkel oder Bogen aus und führten ein von Mr. Chervenick Schrägmarsch genanntes Manöver aus, bei dem wir – alle 122 – zum Finale jeder Halbzeitshow die Figur eines wirbelnden Trichters beschrieben, die dem Spitznamen unseres Schulteams alle Ehre machte: die goldenen Tornados. Wir kriegten es nie ganz richtig hin, obwohl Mr. Chervenick uns jeden Freitag zu inspirieren versuchte, indem er in seinem schokoladenbraunen Ledermantel, seinen Glacéhandschuhen und seinen Schuhen aus Korduanleder über das vom Rauhreif schlüpfrige Gras hetzte, um uns in Formation zu halten, bis er eine widerspenstige Oboe, statt sie wieder auf Kurs zu bringen, voller Abscheu bei den Schultern packte, so daß die ganze Holzbläsergruppe und dann die Blechbläser und die Trommeln stehenbleiben und wir noch mal von vorn anfangen mußten.

An einem Freitag Mitte Dezember übten wir noch spät den Tornado. Die Abenddämmerung hatte sich über den Himmel zu breiten begonnen, und es schneite, aber am Samstag sollte unser letztes Heimspiel stattfinden, und Mr. Chervenick überredete den Hausmeister, die Lampen einzuschalten. Tagsüber waren zwei bis drei Zentimeter Schnee gefallen, und es war unmöglich, die Linien zu erkennen. «Falsch, falsch, falsch!» brüllte Mr. Chervenick. Als das Mädchen, das das Xylophon zog, ausrutschte und sich den Fuß verstauchte, blies er dreimal auf seiner Pfeife, was bedeutete, daß wir zu einer abschließenden Gardinenpredigt antreten mußten, bevor wir gehen konnten. Er stieg die drei Stufen seines Podests auf Rädern hinauf und ließ uns eine Minute lang schweigend dastehen, damit wir begriffen, wie enttäuscht er war. Schnee legte sich auf unser Haar. Durch das dichte Gestöber, das im Schein der hohen Lampen trieb, drang das klirrende Rasseln der Ketten eines Sattelschleppers auf der Interstate. Im Tal lagen, von einer Wolkendecke eingehüllt, der brennende Straßengitterrost von Butler, der schwarze Fluß, die geschäftigen Fabriken.

«Wir haben dieses Jahr alle sehr hart gearbeitet», sagte er, atmete dampfend aus und legte eine Pause ein, als würde er zu einem vollen Stadion sprechen und darauf warten, daß seine Worte durchs Rund hallten. Warren Hardesty neben mir murmelte irgendwas – einen Witz, eine Entgegnung –, und dann hörten wir etwas, das ich (von meinem eigenen .22er, dem Mossberg meines Vaters, den abendlichen Nachrichten aus Vietnam) sofort als Schüsse erkannte. Eine ganze Salve. Sie knatterten wie Feuerwerkskörper, hallten über die kahlen Bäume auf der anderen Seite des Highways. Sie kamen ganz aus der Nähe. Die Band drehte sich unisono danach um, wozu Mr. Chervenick uns noch nie hatte bringen können.

Die Jagdsaison für Rehe hatte gerade begonnen, und wir alle wußten, daß die Stadtwerke hinter dem Wasserturm eine Schneise geschlagen hatten und auch über das Besitzrecht an den paar überwucherten Feldern verfügten, die man aus dem Wald geschnitten hatte, aber jeder von uns, der eine Waffe besaß, wußte, daß Schilder dort das Jagen verboten, weil das Land zu nahe an der Straße und der Schule lag. Und es war auch nicht die richtige Zeit zum Jagen, es war stockdunkel geworden. Wir sahen uns an, als wollten wir einander unsere Überraschung bestätigen.

Auch Mr. Chervenick schien zu verstehen, obwohl er nicht gerade der Typ war, der jagen ging. Er lobte unsere Hingabe, entließ uns und steuerte, statt uns über die Fußgängerbrücke zurückzubringen, über den leeren Parkplatz auf die beleuchteten Türen der Junior High zu, stand dann davor und klopfte an die Scheibe, bis der Hausmeister ihn hereinließ.

Was wir da gehört hatten, war, wie jemand umgebracht worden war, jemand, den die meisten von uns, wenn auch nur flüchtig, kannten. Ihr Name war Annie Marchand, und ich hatte sie zunächst – Jahre vorher – nur als Annie die Babysitterin kennengelernt. Zu jener Zeit hieß sie Annie Van Dorn. Sie lebte damals bei ihren Eltern im von uns aus nächsten Haus an der Straße. Genaugenommen waren wir aber keine Nachbarn; zwischen unserem neuen aufgestockten Holzbungalow und ihrem kastenförmigen Neoklassizismusbau erstreckte sich eine Meile weit ein Feld, das Mr. Van Dorn einem alten Farmer namens Carlsen verpachtet hatte. Doch jedesmal, wenn meine Mutter und mein Vater beschlossen zu flüchten, um auswärts zu Abend zu essen oder ins Kino zu gehen, hielt Mr. Van Dorns Lieferwagen am Ende unserer Einfahrt, und Annie sprang mit ihrer Handtasche und ihren Schulbüchern heraus, bereit, mich beim Candyland zu schlagen und meiner Schwester Astrid beizubringen, wie man Eyeliner aufträgt.

Ich vermute, daß Astrid sie zunächst mehr liebte als ich. Mit dreizehn war Annie größer als unsere Mutter und auffallend dünn. Das rote Haar reichte ihr bis zur Taille; ihre Finger steckten voller Ringe von Bewunderern. Sie roch nach dem Ölheizungskessel der Van Dorns, nach Secret-Deodorant und Juicy-Fruit-Kaugummi, und sie machte Pizza und sang «Ruby Tuesday» und, für mich, «Mr. Big Stuff». Ich gebe zu, daß sie in unseren Tagträumen manchmal zu unserer

Mutter wurde. Einmal haben wir uns einen ganzen Abend lang über das Wort «Milch» gestritten, das wir – wie die meisten Leute aus dem Westen Pennsylvanias – «Mülch» aussprechen, aber das änderte nichts daran, daß wir für sie schwärmten. Diese Schwärmerei zog sich über mehrere Jahre hin, wie eine wunderbare Liebesaffäre. Annie verließ uns erst, als meine Schwester alt genug war, um auf mich aufzupassen, und da war sie schon mit der Schule fertig und arbeitete, und manchmal konnte meine Mutter sie sowieso nicht für freitags bekommen. Dann sahen wir sie im Maverick ihres Bruders Raymond vorbeifahren oder hinter ihrem Freund auf dessen Honda sitzen, aber das kam selten vor. Ein paar Jahre lang wurde sie – durch die räumliche Nähe und ihre Abwesenheit – zu etwas Fernem und Geheimnisvollem. Mein Schlafzimmer lag zu dem Feld hin, und nachts beobachtete ich die gelben Augen ihres Hauses und stellte mir vor, daß auch sie in ihrem abgedunkelten Zimmer zu mir herüberschaute.

Danach war sie, wie ihre Brüder, ausgezogen, hatte geheiratet und ein Mädchen zur Welt gebracht, aber es war nicht gut gelaufen für sie. In diesem Frühjahr hatten sie und ihr Mann sich getrennt. Die inzwischen verwitwete Mrs. Van Dorn lebte allein im Haus der Familie. Meine Mutter schaute jeden Tag nach der Arbeit kurz bei ihr vorbei, und in diesem Herbst war Annie oft da, in der Küche, und die beiden bemitleideten sich verbittert beim Kaffee. Sie müssen gedacht haben, das Schlimmste sei schon passiert.

Meiner Mutter zufolge wollte Mrs. Van Dorn, daß Annie wieder bei ihr einzog. Annie und ihre Tochter wohnten allein neben der High-School oberhalb der Stadt. Ihr Haus war das einzige in der Turkey Hill Road, einer von Wald umgebenen Sackgasse, die am Fuß des County-Wasserturms endete. Die Straße hatte früher mal die alte Route 2 gekreuzt, aber beim Bau der Interstate hatte die Regierung die ganzen Häuser aufgekauft und die Straße auf beiden Seiten abgesperrt. Hinter einer in Signalfarben gestreiften Leitplanke verschwand der rissige Straßenbelag im Gestrüpp. Die anderen Häuser hatten Pech gehabt und standen noch dort hinten, überwuchert, die Schindeln moosbedeckt; wir feierten immer Partys darin. Mrs. Van Dorn machte sich Sorgen um Annies Sicherheit, aber sie und Annie kamen – wiederum meiner Mutter zufolge – nicht gut genug miteinander aus, um zusammenzuwohnen, und so blieb Annie, wo sie war.

Bei der Vernehmung sagte ihre nächste Nachbarin Clare Hardesty, daß sie die Schüsse gehört habe und ans Fenster gegangen sei. Die Straße sei leer und der angestrahlte Wasserturm im Schnee kaum noch zu sehen gewesen. Bei Annie habe Licht gebrannt; eine bunte Lichterkette habe an einem Baum geschimmert. Clare hatte kein Auto gesehen, das nicht hierhergehörte, womit, so erklärte sie, das von Annies Freund gemeint sei. Die beiden hätten sich vor kurzem getrennt; das habe sie mitbekommen. Als sie angerufen habe, habe niemand abgehoben, also habe sie die Stiefel und einen Mantel angezogen und sei die Straße hinuntergegangen. Die Haustür sei offen gewesen, das Licht sei auf den Schnee draußen gefallen. (Hier wurde sie nach Fußspuren befragt, nach einer zerbrochenen Fensterscheibe, nach Glasscherben auf dem Teppich im Bad; davon wisse sie nichts, davon wisse sie nichts.) Obwohl niemand im Haus gewesen sei, müsse sich drinnen etwas abgespielt haben. Sie habe das Telefon ausprobiert und sei dann zu ihrem Haus zurückgelaufen, um die Staatspolizei anzurufen.

Und erinnern Sie sich daran, bemerkt zu haben, steht im Protokoll, ob die Hintertür zu diesem Zeitpunkt offenstand?

Daran erinnere sie sich nicht, antwortete Clare Hardesty.

Ich weiß – und alle, mit denen ich aufgewachsen bin, wissen es –, daß die Hintertür offenstand und daß zwei Fußspuren von dort in den Wald führten. Wir folgten ihnen zuerst in unserer Vorstellung, in jenen verschneiten Nächten allein im Bett (Annies Atem, wie ihre nackten Füße einsanken), und dann, als die Mutigen schon hingepilgert waren, zogen wir in der Mittagspause unsere Stiefel an, überquerten die Interstate und rutschten den Hügel hinunter zu der Stelle, die wir alle einhellig ansteuerten, direkt jenseits der Holzbrücke über die Überlaufrinne von Marsdens Teich. Sowohl der Teich als auch der Bach waren zugefroren, nur die Überlaufrinne erzeugte ein Geräusch. Die romantischeren unter den furchtlosen Mädchen hatten Rosen in eine aus Schnee geformte Vase gestellt, jeden Tag eine frische zwischen die verwelkten. Irgend jemand hatte ein Kreuz in den Schnee gestampft, das im Januar säuberlich von Bierdosen gesäumt war. Auf einer Seite lag ein Haufen lippenstiftverschmierter Zigarettenkippen und verbrannter Streichhölzer wie eine Opfergabe. Wir standen da, allein oder in Gruppen, und blickten zurück über das Gewirr von kahlen Bäumen, hinter denen sich der Wasserturm und darunter, nicht zu sehen, ihr Haus erhob. Wir reichten einen Joint oder ein Schillum herum und sprachen davon, daß sie immer noch in den Bäumen und im Bach gegenwärtig sei, weil die Seele niemals sterbe. Irgend jemand hatte immer Kaugummi dabei, und ich erinnere mich daran, wie ich kaute und das Gefühl im Kiefer verlor und dachte, daß es stimmte, daß ich Annie dort spüren konnte. Aber bei anderen Gelegenheiten spürte ich gar nichts, nur Heißhunger und ein Schwindelgefühl, für das ich mich später schämte.

Im März schwänzten Warren Hardesty und ich die Schule, gingen von dieser Stelle den ganzen Weg bis zum Rand ihres Grundstücks und verfolgten so ihre letzten Schritte zurück. Es war weiter, als wir dachten, und wir mußten stehenbleiben und uns einen Grasjoint reinziehen, den ich mir aufgehoben hatte. Warren hatte etwas Brombeerbranntwein in einer Plastikfeldflasche der Girl Scouts dabei. Es war Montag, um die dritte Schulstunde. Das Haus stand zum Verkauf, aber niemand wollte es haben. Die Farbe blätterte ab, auf der von Fliegengittern geschützten Veranda lag noch ihr ganzes Gerümpel – Gartenstühle, Kaninchenkäfige, Bälle, denen die

Luft ausgegangen war. Warren versuchte mich dazu anzustacheln, daß ich den Rasen überquerte und das Haus berührte.

«Mach du's doch», sagte ich.

«Quatsch, ich wohne doch gleich die Straße rauf.»

«Na und?» sagte ich.

Wir taten es gemeinsam und ließen zwei Paar Stiefelspuren im unberührten Schnee zurück. Wir legten beide eine behandschuhte Hand an die Verandatür. Durch eins der Flügelfenster konnte ich die Ecke eines Teppichs und einen Stuhl sehen und Licht, das durch die blauen Vorhänge davor fiel.

«Laß uns reingehen», sagte Warren.

«Du spinnst wohl», sagte ich.

«Angsthase», sagte er, als wäre noch jemand anders da und begutachtete uns.

Ich ließ meinen Handschuh auf die Türklinke sinken.

«Ich bleibe direkt hinter dir», versprach Warren.

Die Türfeder leistete Widerstand, machte ein Geräusch, als würde jemand darauf herumklimpern. Ich steckte meinen Kopf hinein. Ein Schlauch lag aufgerollt wie eine Schlange neben einer durchgescheuerten Chaiselongue; darüber waren zwei Wäscheleinen gespannt, an denen noch ein paar graugewordene Klammern hingen. Ich stellte mir Annie mit einem Korb voll Wäsche vor und fragte mich, ob sie wohl einen Trockner oder auch nur eine Waschmaschine besaß, weil wir – das heißt, meine Mutter – in unserem alten Haus immer beides gehabt hatten und jetzt keines von beiden mehr.

Warren schubste mich von hinten, und ich fiel über die Bank eines Campingtischs und warf einen Stapel Kartons um. Einer ging auf, und ein gelber Briefkasten für den *Butler Eagle* rollte heraus. Ich schrie, als wäre es ein Kopf. Warren rannte in Richtung Wald davon und lachte sich tot. Ich rappelte mich auf, lief ihm nach und rief: «Arschloch!»

Später gingen wir zurück, feierten erst an dem Campingtisch und dann, als wir uns wohler fühlten, im Haus selbst. Wir saßen im kalten Wohnzimmer auf dem Sofa, reichten die

Feldflasche hin und her und tranken auf Annies Wohl. Wir nahmen nie jemand anderen mit, und wir gaben acht, daß wir hinter uns aufräumten. Wir versprachen, nie etwas mitgehen zu lassen oder auch nur von der Stelle zu bewegen. Warren nannte das die Verhaltensregel Nummer eins.

So war ich mit vierzehn, und ich bin nicht stolz darauf, wie ich mich in ihrem Haus benommen habe, aber heute glaube ich, daß ich hingegangen bin, weil ich schon damals wußte, daß ich Annie näher war als all diese Mädchen mit ihren Rosen und die Leute, die zu ihrer Beerdigung gingen. Wir hatten eine Vorgeschichte. Bekifft versuchte ich, mir ihr Leben dort auszumalen und ihren Tod, obwohl es mir damals unmöglich war, das richtig zu verstehen. Ich habe wohl damit versucht, mich von ihr zu verabschieden. Das Haus hat sich seit damals nicht allzu sehr verändert. Schließlich brach jemand ein, der weniger ehrfürchtig war und Feuer legte, und die Polizei vernagelte es mit Brettern. Es steht immer noch da, samt den verbrannten Möbeln und allem. Ich bin dagewesen.

Meine Mutter und ich haben eigentlich nie darüber geredet, was vorgefallen ist. Wir wechselten erschüttert ein paar tröstende Worte, und es herrschte Trauerstimmung im Haus, aber während die Zeitungen voller Berichte waren, sprachen wir nicht über den Mord selbst oder darüber, wie und warum es dazu gekommen war. Heute verstehe ich, daß sie (und ich auch, obwohl ich mir das damals nicht eingestand) ihre eigene sich dahinschleppende Tragödie durchmachte und ihren Schmerz für uns beide brauchte. Sie rief meinen Vater noch an, um dafür zu sorgen, daß er mich jeden zweiten Samstag abholte, aber sie redeten nur noch über Geld und die Regelung seiner Besuche.

Wir gingen alle zu einem Psychiater, der in Verbindung mit unserer Kirche stand, einzeln, an verschiedenen Wochentagen. Ich erinnere mich, daß Dr. Brady und ich meistens über Eishockey sprachen, obwohl er sich in jeder Sitzung unverblümt erkundigte, wie es mir zu Hause, in der Schule, in der Band, bei meiner Mutter, meinem Vater gehe.

«Okay», sagte ich ihm.

Wenn meine Mutter mich abholte, fragte sie unweigerlich: «Meinst du, daß es hilft?»

«Schätze schon», sagte ich.

Astrid, in Tennstädt, Westdeutschland, bei der Air Force, rief einmal im Monat an, um zu hören, wie es uns gehe, und um ihren Kontostand zu überprüfen. Ihre Staffel flog Aufklärungsflüge; «Geheimoperationen» nannte sie das, obwohl wir alle wußten, daß es sich nur um Luftaufnahmen von Rußland handelte. Sie legte die Hälfte ihres Soldes auf die Seite, indem sie den Betrag an die Mellon Bank in Butler überwies, und jedesmal, wenn meine Mutter mich in die Stadt zu Dr. Brady fuhr und wir an der Zweigstelle vorbeikamen, dachte ich an Astrids Geld dort drinnen, das sich, geborgen wie in einem Nest, vermehrte. Ich dachte sehnsüchtig, daß wir, wenn ihre Dienstzeit um wäre, zusammen in der Stadt über Woolworth's wohnen könnten und ich dort in der Schallplattenabteilung arbeiten könnte. Am Telefon sprachen wir miteinander wie Gefangene. Sie stellte lange, unerträgliche Fragen («Was glaubst du, warum reden sie nicht miteinander, wenn sie doch zu demselben Typen gehen, und warum gehst du ganz allein hin?»), auf die ich unter dem wachsamen Lächeln meiner Mutter nur mit «Ich weiß nicht» antworten konnte. Meine Mutter wartete bis nach Weihnachten damit, ihr von Annie zu erzählen, und als ich ans Telefon kam, weinte Astrid und war wütend, als hätte ich es verhindern müssen.

«Es geht einfach alles in die Binsen bei euch, was?»

«Ich weiß nicht», sagte ich. «Glaub schon.»

Alles was mein Vater zu dem Mord sagte, war, daß es eine rundum schlimme Sache sei. Er hatte – wenn auch nur kurz – mit Glenn, Annies von ihr getrennt lebendem Mann, zusammengearbeitet. Ich bekam meinen Vater in diesem Winter nicht oft zu Gesicht, und wenn, dann wählten wir sorgfältig unsere Worte, wie Überlebende. Er sagte nicht ein Wort gegen oder zugunsten von Glenn Marchand. Der Standpunkt meines Vaters war, daß mehr dahinterstecke, als wir zu erfahren berechtigt seien. Das gehe uns nichts an. Für mich war das genauso, als hätte er zugegeben, daß er die ganze Geschichte kenne. Ich wollte, daß er mir alles erzählte, weil meine Mutter es nicht getan hatte und ich es wissen mußte. Ich kannte nur die Gerüchte und das, was ich aus der Zeitung folgern konnte, während er beide Beteiligten gekannt hatte. Er wollte nicht darüber reden, und ich bin froh, daß er es nicht getan hat, denn wenn er mir damals gesagt hätte, wie er die Sache sah, hätte ich es wahrscheinlich genausowenig verstanden wie die Gründe, warum er meine Mutter verlassen. hatte.

Einmal im Jahr komme ich in den Westen Pennsylvanias zurück, an Weihnachten. Dieses Jahr haben Astrid und ich Flüge nach Pittsburgh gebucht, so daß wir uns ein Auto mieten und gemeinsam nach Butler fahren konnten, und da sind wir jetzt und fahren in unserem großen Century durch das verschneite Land. Ich habe eine erträgliche Scheidung hinter mir; sie ist immer noch unverheiratet. Keiner von uns kommt darauf zu sprechen. Wir werden noch genug davon hören, wenn wir nach Hause kommen. Im Lauf der Jahre ist es für mich so etwas wie ein Ritual geworden, bei unserem alten Haus vorbeizufahren und anzuhalten, um es mir anzusehen. Das ist eine Art, Zeit zu gewinnen, sich für den schwierigen Teil in Schwung zu bringen.

«Können wir?» sage ich.

Astrid sagt nichts, drosselt aber widerwillig die Geschwindigkeit und fährt auf den mit Schlacke aufgefüllten Randstreifen. Wir haben den ganzen Herbst in telefonischer Verbindung miteinander gestanden, und sie weiß, daß ich etwas Nachsicht brauche.

Wir sitzen bei ausgeschaltetem Radio in der Wärme des Wagens. Die Sträucher sind groß geworden und haben sich um das Fundament herum ausgebreitet, aber das Haus selbst hat sich nicht sonderlich verändert. Astrid glaubt, daß es an der Außenverkleidung liegt. Auf dem Dach steht ein ausgeblichener Weihnachtsmann und winkt. Den neuen Bewohnern geht es ganz gut. Im vergangenen Jahr haben sie einen Swimmingpool aufgestellt; er ruht unter einer blauen Plane. Ich habe gesehen, wie ihr Sohn in der Einfahrt Reifen warf, und einmal, wie eine Tochter ein Loch schaufelte. Aber wie sieht's drinnen aus, hat sich irgendwas verändert – der Baum, der Geruch von Truthahn den ganzen Nachmittag, während im Fernsehen ein Footballspiel auf das andere folgt? Wir sitzen im Auto, und ich stelle mir unseren Vater vor, wie er im Freizeitraum im Keller unter einer Wolldecke auf dem Sofa liegt, mit seinem Aschenbecher auf dem Flokati. Das Geplapper eines Werbespots für Rasierapparate ist zu hören, die Heizungsrohre unter der Fußleiste knarren. Die Steelers schlagen irgendwen, aber er schläft, und unsere Mutter scheucht uns wieder nach oben.

«Genug gesehen?» fragt Astrid und schaltet, als ich nicht antworte, in den Vorwärtsgang. Ich werde nie aufhören, das Kind zu sein; sie trifft alle Entscheidungen.

Carlsens Feld besteht aus Schlamm und Stoppeln. An Weihnachten wundert sich unsere Mutter jedesmal laut darüber, daß er noch am Leben ist und seinen Deere mit der verglasten Fahrerkabine über die Furchen lenkt. Eine Meile weiter erhebt sich das Haus der Van Dorns.

Hier, dazwischen, während wir uns ihrem Haus nähern, holt die Vergangenheit mich ein. Zu beiden Seiten nichts als Felder, Schnee in den Straßengräben, Telefonmasten. Die als Windschutz dienenden alten Eichen wiegen sich rund ums Haus. Astrid fährt nicht langsamer, obwohl ich mich von ihr abwende. Der zweite Sohn, Dennis, wohnt jetzt darin; der Hof steht voll mit seinen Projekten. Neben zwei Bussen des Schulbezirks ein Wohnmobil auf Hohlziegeln, daneben ein Schneemobil, ein großer Haufen Traktorreifen. An die Rückseite lehnt sich eine kleine, türlose Scheune, aus der wie eine Maus ein Auto die Nase streckt – Raymonds alter Maverick. Das Haus gibt wenig preis, genau wie unseres, aber die Farbe ist neu, wie auch das Blechdach und die anheimelnden Spitzengardinen. An der Veranda weht ein regenbogenfarbener Windsack in Fischform und spricht der Jahreszeit Hohn. Das muß ich mir merken. Und dann sind wir vorbei und brausen zwischen den verwehten Feldern dahin. Ich drehe mich in meinem Gurt um, um zu beobachten, wie das Haus kleiner wird, und Astrid seufzt.

«Sollen wir das schon wieder durchkauen?», sagt sie.

«Nein», sage ich, «das ist erledigt für mich.»

Sie sieht mich an, als wollte sie sagen, daß ich niemanden zum Narren halten könne, und wendet sich dann wieder der Straße zu.

«Ich sollte es wohl einfach vergessen, was?» Darüber streiten wir schon seit einer Ewigkeit.

«Ich sage nicht, daß du es vergessen sollst», sagt Astrid. «Hör einfach auf, es immer wieder durchzugehen. Laß es ausnahmsweise mal auf sich beruhen. Für ein Jahr.»

«In Ordnung», sage ich. «Das ist das letzte Mal. Versprochen.»

Sie schnaubt und schüttelt den Kopf, gibt es auf mit mir. Ich sage das jedes Jahr, aber was ist, wenn es diesmal stimmt?

Die zwei Häuser hinter uns sind leuchtende Punkte im Spiegel, Tupfen am Horizont, und während wir an den leeren Feldern entlangbrausen, wandern sie mit dem steiler werdenden Blickwinkel aufeinander zu, treten hintereinander und werden eins, wie im Visier eines Gewehrs.

Unsere Mutter wird heute, wenn wir uns begrüßt und es uns gemütlich gemacht haben, einen von uns bitten, zum Laden rüberzufahren, und Astrid wird mich, bevor sie mir die Schlüssel gibt, ansehen, als wollte sie sagen: Ich weiß, wo du hinfährst. Ich werde mich ein paar Minuten unter den Wasserturm setzen, während es schneit, und hinterher meiner Mutter erzählen, daß ich den ganzen Weg in die Stadt fahren mußte.

Ich komme nicht gern nach Hause. Es hält mich davon ab, nostalgisch zu sein, was ich von Natur aus bin. Schon bevor das Flugzeug seinen Landeanflug beginnt, spüre ich die Angst vor den Fragen, die meine Kindheit unbeantwortet gelassen hat. Annie. Meine Eltern. Meine eigenen verlorenen Jahre. Ich weiß, daß ich, sobald wir aufsetzen, nicht mehr fähig sein werde, klar zu denken, daß mich jede Pizza Hut und jede Karosseriewerkstatt, an die ich mich erinnere, jedes Stück Straße, das ich genau kenne, ebenso überwältigen wird, wie die Liebe es tut.

Das Flugzeug, das ich nehme, fliegt direkt über Butler hinweg. Fünfzig Meilen vor Pittsburgh geht der Pilot durch die Wolken, und ich kann die Stadt ausmachen. Es gibt nicht viel zu sehen, das Geschäftsviertel, das sich dort konzentriert, wo die Route 8 zur Main Street wird, dann die Brücke, die Bahngleise, die sich am Connoquenessing entlangschlängeln, die blauen Blocks der Armco-Fabrik. Autos kriechen den langgestreckten Hügel hinauf. Ich halte Ausschau nach dem blaugrünen Punkt des Wasserturms, obwohl jedesmal eine andere Landmarke ins Auge springt. Das Einkaufszentrum, das damals neu war. Das Depot des Postamts mit seinen Reihen von Jeeps davor. Das Heim für verkrüppelte Kinder – jetzt ein Rehabilitationszentrum –, wo meine Mutter immer noch arbeitet. Straßen kreuzen und verbinden sich; Wälder teilen sich säuberlich, um die Überlandleitungen durchzulassen. So hoch oben habe ich das Gefühl, daß der Ort, an dem ich aufgewachsen bin, nicht so ein Rätsel ist. Wenn ich auf die Farmen und Felder, die beiden durch die Interstate voneinander getrennten Schulen, den schwarzen, bohnenförmigen Marsdens Teich hinunterblicke, glaube ich, daß ich, wenn ich mich auf die Einzelheiten konzentriere, wie meine Schwester, die Rußland Stück für Stück zusammengesetzt hat, aus dem Ganzen schlau werden kann, daß ich endlich alles verstehen werde, was damals geschehen ist, obwohl ich weiß, daß ich dazu nicht in der Lage bin.

ZWEI

GLENN MARCHAND KLOPFT SICH IM SPIEGEL
ans Gesicht und sieht zu, wie sich die Schnittwunde mit Blut
füllt. Er hat sich heute schon einmal rasiert, für den Kirch-
gang, und trägt noch seine guten Schuhe und seine beste
dunkle Hose. Sein gutes weißes Hemd und die kastanien-
braune Paisley-Krawatte, die Annie ihm letztes Jahr zu
Weihnachten geschenkt hat, hängen, sicher vor dem Barbasol
und dem spritzenden heißen Wasser, am Griff der Badezimmertür. Auch das Hai Karate war ein Geschenk von ihr, zum
Geburtstag, er weiß nicht mehr, zu welchem, aber er kann
unbesorgt sein, es gefällt ihr. In der Schnittwunde brennt es
wie Feuer. Ich mache mich viel zu fein, denkt Glenn. Er
reißt eine Ecke Toilettenpapier ab, um die Blutung zu stillen.

«Du willst doch nicht zu spät kommen», ruft sein Vater von
der Schlafzimmertür. Glenn entdeckt ihn im Spiegel und
winkt über die Schulter.

Frank Marchand lehnt am Türpfosten und beobachtet, wie
sein Sohn sich mit offenem Mund über das Waschbecken
beugt und versucht, das winzige Dreieck mit den Fingern an
die richtige Stelle zu kleben. Glenn ist jetzt seit drei Monaten
zu Hause, ohne zu arbeiten. Er ist bei der Feuerwehr, aber
ansonsten hat Frank keine Ahnung, was er mit seiner Zeit
anfängt. Fährt durch die Gegend. Trinkt mit seinem Kumpel Rafe. Schläft. Sein Schlafzimmer ist ein einziges Durcheinander, wie das eines Kindes; der Hartholzfußboden ist
mit Hemden, Schuhen und achtspurigen Bändern übersät,
dazu Stücke von Bombers Kaustangen und seine Knochen
aus ungegerbtem Leder, alle mit Büscheln von Hundehaar

bedeckt. Das Zimmer riecht nach Bomber, der im Augenblick draußen in seiner neuen Hütte ist, ausgesperrt seit heute morgen, als er Olive in wilder Dankbarkeit gegen den Küchentisch stieß und den ganzen Saft verschüttete. Frank geht zum Fenster. Bomber scheint es sich ganz bequem gemacht zu haben, mit übereinandergeschlagenen Pfoten, das Huskygesicht von einem ständigen Grinsen gespalten. Ein kalter Oktoberregen tropft von den Bäumen, und das Licht färbt die Laken des ungemachten Bettes grau. Eine Bibel liegt aufgeschlagen auf dem Nachttisch, stellenweise rot unterstrichen. Auf einem Stuhl in einem dunklen Winkel sitzt ein Plüschhase, den Glenn für Tara gekauft hat, mit einem roten Band um den Hals und die Arme ausgebreitet, als warte er nur darauf, jemanden damit zu umschlingen. Er ist fast so groß wie Tara selbst, und Frank will gar nicht daran denken, wieviel er gekostet hat.

Jeden zweiten Sonntag ist es dasselbe. Frank ist nicht Glenns leiblicher Vater, aber das ändert nichts daran, daß ihm das weh tut. Tara ist ihr einziges Enkelkind, das in Pennsylvania wohnt, und Glenn ist ihr Jüngster. Olive nennt ihn immer noch «unseren Kleinen», und es stimmt, Glenn hat sich nie auf die Welt eingelassen wie Richard und Patty. Er hat sowohl das Talent, Jobs zu finden, als auch, in letzter Zeit, sie wieder zu verlieren. Das liegt teilweise an seinem Charme, dem unverbesserlichen Optimismus, den er ausstrahlt. Er hat die Gabe, sich einzuschmeicheln – genau wie sein leiblicher Vater, denkt Frank, ein freundlicher, wirklich harmloser Mann, der, als sie das letzte Mal von ihm gehört haben, fünf bis fünfzehn Jahre in Minnesota absaß, weil er im Ruhestand lebende Paare um ihre Rente geprellt hatte. Frank hat versucht zu helfen, indem er Glenn an Leute aus seinem Bekanntenkreis vermittelte. Sie alle mögen Glenn zunächst, und dann fängt er an, zu spät zu kommen, sich krank zu melden oder, wenn er kommt, schlampig zu arbeiten – das alles kennt Frank mittlerweile. Es ist ihm ein Rätsel; er weiß, daß

Glenn gut arbeiten kann. Der Junge ist verzweifelt, sagen ihm seine Freunde bei den Elks, gib ihm Zeit. Olive meint, die Rolle des Verkäufers wäre ihm auf den Leib geschrieben; er sehe im Anzug gut aus, er sei intelligent, und er habe gern mit Leuten zu tun. Er habe gern mit Leuten zu tun, stimmt Frank zu, aber er sei ihm immer eher gutmütig als intelligent vorgekommen, und was sein Aussehen betreffe, so kann Frank das, was Männer angeht, nicht beurteilen. Was ihm an Glenn als Junge gefiel, findet er jetzt langweilig – seine Ausgeglichenheit, sein unerschütterliches Vertrauen darauf, daß am Ende alles gut wird. Das stimmt jetzt alles nicht mehr, hat sich als verkehrt erwiesen. Es ist nicht nur die Trennung; seit kurzem läßt Frank ihn auch den Schlauch halten, statt ihn wie gewöhnlich im Rettungsdienst einzusetzen. Im entscheidenden Moment ist Glenn unentschlossen, und das kann für die Leute den Tod bedeuten. Frank versteht nicht, was los ist, warum dieser Sohn von ihm schon der ersten Pechsträhne nicht gewachsen ist. Er ist gern bereit, einen Teil der Schuld auf sich zu nehmen, aber nicht die ganze; die neue Kirche, die Glenn besucht, seit er versucht hat, sich umzubringen – die Lakeview New Life Assembly –, ist mitschuldig. Sie befindet sich in einem Fertigbau mit einem drei Meter hohen hölzernen Kirchturm, der obendrauf mit Draht festgezurrt ist, und man sollte einen großen Bogen darum machen. Frank versteht das nicht – er und Olive haben sie alle zu guten Presbyterianern erzogen. Olive sagt, es sei schon in Ordnung, es sei der einzige Halt, den er noch habe im Leben, das einzige, was ihn bei der Stange halte. Sie macht Annie für alles verantwortlich. Frank widersteht dieser Versuchung; er hat sie immer gemocht. *Sie* war das einzig Gute in Glenns Leben.

Glenn hat den Fön an. Von unten ruft Olive: «Viertel nach eins!»

«Es ist Viertel nach eins», brüllt Frank.

Glenn fönt sich noch einen Augenblick lang die Haare, als

hätte er nichts gehört, hört dann auf und zwängt sich in sein Hemd.

Frank bahnt sich einen Weg durch die Unordnung und lehnt sich an die Badezimmertür. «Wie sieht's mit Geld aus?»

«Alles klar», sagt Glenn, knöpft das Hemd aber nicht weiter zu.

Frank holt seine Brieftasche heraus, feuchtet einen Finger an und blättert seine Scheine durch. «Warum lädst du sie nicht auf Kosten ihres Großvaters irgendwohin ein?» Er gibt Glenn einen Zwanziger, wohl wissend, daß er das Wechselgeld einstecken wird.

«Danke», sagt Glenn. Er schaut auf seine Armbanduhr und dreht sich zum Spiegel, um die Krawatte umzubinden. Frank macht ihn auf einen Klecks Rasiercreme an seinen Koteletten aufmerksam, und Glenn wischt ihn weg.

«Wo gehst du heute mit ihr hin?»

«An den See. Vielleicht zum Einkaufszentrum raus. Die Fotoleute sind dieses Wochenende da.»

«Also, dann viel Spaß.»

«Haben wir immer», sagt Glenn mit einem solchen Schwung, daß Frank ihn am liebsten zum Hinsetzen nötigen und ihm sagen will, es sei schon in Ordnung, niemand gebe ihm die Schuld an dem, was passiert sei.

Glenn bekommt die Krawatte nicht in der richtigen Länge hin und wünscht sich, sein Vater würde aufhören, um ihn herumzuschleichen. Er versteht, daß er sich Sorgen macht; gestern hat Glenn sich mit Gary Sullivan drüben auf dem Hof des Abschleppdienstes unterhalten, und der war nahe dran, ihm einen Job zu versprechen. Als Glenn nach Hause kam, lagen ihm seine Eltern anfangs immer damit in den Ohren, warum er nicht arbeite; jetzt haben sie aufgehört, danach zu fragen. Wochentags beachten sie ihn kaum, aber sonntags behandeln sie ihn, als stünde irgendeine Auszeichnung für ihn an. Beim Abendessen fragen sie ihn aus und sehen sich dann aus Enttäuschung den Rest des Abends schweigend

«Columbo» an. Er wird diesen Job bekommen und behalten, das spürt er. Es geht ihm besser. Er ist bereit.

Endlich kriegt er den Knoten richtig hin und knöpft die Ecken seines Kragens fest. Er nimmt das Stück Papier vom Kinn. Es ist noch nicht gut, aber gut genug; er ist schon spät dran. Sein Vater folgt ihm wie ein Leibwächter nach unten.

Sein Jackett hängt an der Rückseite der Küchentür. Kurz vor halb zwei, Annie wird sauer sein; ihre Mutter wollte, daß sie ein paar Einkäufe erledigt.

Glenns Mutter kommt vom Footballspiel herüber, um ihn zu verabschieden. Sie streicht die Ärmel seines Jacketts glatt, zupft Fusseln ab. «Bestell schöne Grüße von uns.»

«Mach ich», sagt Glenn und klimpert mit seinen Schlüsseln.

«Und erinnere Tara daran, daß sie nächstesmal bei Oma und Opa vorbeikommen soll.»

«Mach ich», sagt er zu heftig, und es tut ihm leid. Sein Vater hält ihm einen Regenschirm hin, einen alten Totes, den Glenn ihnen vor Jahren mal geschenkt hat, und Glenn nimmt ihn schuldbewußt entgegen. Seine Mutter will einen Kuß haben, also bückt er sich und dreht seine Wange ihrem gepuderten Mund zu. «Ich muß los», sagt er.

«Dann geh», sagt sein Vater und öffnet mitten in einer feuchten Windbö die Hintertür. «Laß dich nicht von uns alten Leutchen aufhalten.»

Sie stehen auf der Veranda hinter dem Fliegendraht und sehen zu, wie er den Hof zu Bombers Hütte überquert. Glenn hat ein neues, blaues Halstuch für ihn, und Bomber zerrt an der Kette. Der Regen hat etwas nachgelassen. Der Hof ist mit nassen Blättern übersät. Olive weiß, daß Glenn todunglücklich nach Hause kommen wird, aber obwohl er selbst daran schuld ist, weil er nicht sieht, was seine Frau für eine ist, kommt sie nicht umhin, sich zu wünschen, es wäre anders. Sie denkt an das Bild, das Richard von seinem neuen Haus in Tucson geschickt hat, Debbie und Becky neben ihm in der Einfahrt, lächelnd und braungebrannt. Hinten haben sie einen Swimmingpool. Richard hat ihnen zwei Tickets geschickt, damit sie ihn an Weihnachten besuchen kommen, und obwohl sie hinfahren werden, hat Olive das Gefühl, daß es nicht richtig ist, Glenn allein zu Hause zu lassen.

«Ich weiß nicht, was ich für ihn tun soll», sagt sie, die Arme verschränkt, um sich warm zu halten.

«Nichts», sagt Frank. «Er ist kein Kind mehr.»

«Ich weiß», sagt sie.

Er legt den Arm um sie, während Bomber, von der Leine gelassen, auf die Ladeklappe von Glenns Lieferwagen springt. Die Pritsche ist mit Dosen übersät, und Bomber stößt sie in der Gegend herum. Glenn winkt, während er ins Führerhaus steigt. Sie winken zurück, als ginge er für immer fort.

Er läßt den Motor aufheulen, und Olive schüttelt Franks Arm ab.

«Mir ist kalt», sagt sie, geht nach drinnen und läßt Frank allein zusehen, wie er wegfährt. Die Auspuffgase ballen sich zu weißen Wolken. Es tropft von den Bäumen, und Bomber hüpft herum. Gerade als Glenn den Gang einlegt, fällt Frank das Geschenk in seinem Zimmer ein.

«Der Hase», ruft Frank und versucht, ihm ein Zeichen zu geben. «Du hast den Hasen vergessen», aber sein Sohn ist spät dran und denkt, daß er ihm winkt und Glück wünscht.

Glenn merkt es auf der Interstate, als er sich der Abfahrt zur High-School nähert. Er schlägt aufs Armaturenbrett und schüttelt den Kopf. «Du Idiot.»

Der Tag ist ihm verdorben. Er sieht keinen Sinn darin weiterzumachen. Bei ihm muß alles perfekt sein, und er kriegt nicht mal so etwas Simples hin. Nur einmal, denkt er, bitte. Er träumt – obwohl er nicht mehr daran glaubt –, daß Annie ihn am Ende eines dieser sonntäglichen Besuche bitten wird, zum Abendessen zu bleiben und vielleicht noch etwas fernzusehen, bei ein paar Drinks. Eins führt zum anderen, und wer weiß, vielleicht bleibt er die Nacht da und die nächste und die übernächste, und alles ist wieder so, wie es mal war. Sie leben jetzt seit nahezu acht Monaten getrennt, und nicht einmal ist es dazu gekommen. Sie haben zusammen mit Tara gepicknickt und waren mit ihr diesen Sommer zum Schwimmunterricht am See, und Annie war in den letzten paar Wochen ihm gegenüber relativ freundlich, aber er hat sich daran gewöhnt, sonntags allein nach Hause zu fahren, wütend darüber, daß er auch nur an eine Versöhnung denken konnte. Die ganze Woche hat er sich darauf vorbereitet, eine Abfuhr einzustecken, aber schon gescheitert zu sein, bevor er auch nur einen Fuß über ihre Schwelle gesetzt hat, ist niederschmetternd.

Er drosselt die Geschwindigkeit, während er die Rampe hinauffährt, und biegt in die Burdon Hollow Road. Bomber lächelt im Rückspiegel, und sein Fell wird durcheinandergewirbelt. An jedem anderen Tag ließe Glenn ihn ins Führerhaus, aber er würde seinen Anzug ruinieren. Es ist nicht so kalt, nur der Boden ist naß. Von der Brücke kann er sehen, wie die Wolken sich im Tal ausbreiten und die wuchernde Stadt halb verdecken. Wenn sie ausgingen, parkten Annie und er immer hinter der High-School und blickten auf die Lichter hinab. Jetzt fahren die Bullen dort herum, und die Jungs und Mädchen haben sich an den See verzogen.

«Sowieso schöner da», gesteht er sich ein.

Er biegt in die Fair Line und sieht unwillkürlich nach, ob die Schnauze irgendeines Autos aus der Einfahrt zur Junior High hervorschaut. Es ist seltsam, wie gut er die Straßen jetzt kennt, während er bei seinem alten Zuhause, seiner Frau und seinem Kind vor einem Rätsel steht. Die Bäume sind schwarz vom Regen. Er überprüft sein Kinn im Spiegel – annehmbar. Annie hat ihn nicht mal im Krankenhaus besucht. Der einzige Mensch, mit dem er richtig über den Selbstmordversuch gesprochen hat, ist Elder Francis, der sagt, daß Glenn sich einer größeren Gnade ausliefern mußte, um wirklich gerettet zu werden. Wurde er schließlich auch, aber eher von den Sanitätern des Bezirkskrankenhauses. Seine Freunde vom Wagen 3 mußten die Wohnungstür einschlagen. Sein Vater war auch dabei und sah zu, wie sie sich mit ihm abmühten. Glenn konnte ihn über den sich herabneigenden Köpfen sehen, wollte mit ihm reden, sich entschuldigen, aber das Seconal hatte bereits angefangen zu wirken, und der Raum zwischen ihnen wurde flüssig und drückend schwer, als blickte er vom Grund eines Baches auf. Als er den Mund aufmachte, packten Finger seine Zunge. Er denkt nicht gern daran zurück, es ist lange her, es war dumm.

Während er vor der Turkey Hill Road bremst, wirft er einen Blick zum Haus von Clare Hardesty hinüber, rechnet damit, daß sie am Fenster steht und sein Eintreffen zur Kenntnis nimmt. Die Vorhänge sind zugezogen, aber das heißt noch lange nicht, daß sie nicht zu ihm herausguckt. Er winkt, nur um sicherzugehen.

Und dann sieht er sich seinem alten Zuhause gegenüber, dem zweistöckigen weißen Haus, das einsam am Ende der Straße steht. Der Wald ist dunkel, und die einzige Straßenlaterne ist an. Der Wasserturm zeichnet sich blau und riesenhaft ab. Er fährt in die Einfahrt hinter Annies Maverick, springt heraus und paßt auf, daß er nicht in einer Pfütze landet. Hier regnet es kaum. Sie hat schon für Halloween dekoriert – Katzen aus Pappkarton und Kürbislaternen, die in die Fenster gehängt sind, eine Vogelscheuche mit weit aufgerissenen Augen an der Tür. An Feiertagen war immer ihre ganze Familie da. Erneut denkt er an den Hasen und schüttelt den Kopf. Hinten dreht Bomber langsam durch und ballert die Dosen in der Gegend herum.

«Spring ja nicht», warnt Glenn und sagt dann: «Runter», und Bomber springt über die Seite, schießt an ihm vorbei zur Tür und spritzt seine Hose voll Matsch. Glenn wischt mit einer Hand daran herum und gibt es dann auf. Bevor er klopft, kommt ihm der Gedanke, daß er nächstesmal Blumen mitbringen sollte. Er wird ihr von dem Job erzählen.

Er hat die ganze Woche Zeit gehabt, aber als sie ihm die Tür aufmacht, stellt Glenn fest, daß er nicht darauf vorbereitet ist, Annie zu sehen. Ihre Größe ist erstaunlich, ihre Haarfarbe, als hätte er sie nur dunkel in Erinnerung, wie auf einem alten Foto, das seinem Motiv nicht gerecht wird. Sie trägt ein ausgeblichenes Paar Levis, ein Thermo-Unterhemd und ihre neue Brille. Ihr Gesicht ist ein Gewirr roter Striemen – sie gesteht, auf dem Sofa geschlafen zu haben; sie seien beide krank gewesen –, aber als sie Bomber anlächelt, ist Glenn wehrlos und so gerührt, daß er auf sich und, aus anderen Gründen, auf sie wütend wird.

«Du bist zu spät», sagt sie im Spaß, wartet aber auf eine Erklärung.

«Die Kirche.»

«Tara», ruft sie, «dein Vater ist da», und die kurze Zeit, die Tara benötigt, um vom Schlafzimmer herüberzukommen, stehen sie da. Glenn verlagert sein Gewicht. Er mustert die Möbel, schnappt Signale von der zur Hälfte gelesenen *Mademoiselle* auf, die auf dem Sofa liegt, von den Buntstiften, die wie umgestürzte Bäume übereinandergefallen sind. Im Fernsehen läuft ein schlechter Film, in dem Leute durch dunkle Krankenhauskorridore verfolgt werden.

«Wie geht's deinen Eltern?» fragt Annie.

«Haben die Nase voll von mir. Und deiner Mutter?»

«Gut.»

«Gut.»

Tara erscheint und liefert ihnen so eine Ausrede dafür, nicht mehr miteinander zu reden. Sie drückt ein ausgestopftes Exemplar von Pu dem Bären an die Brust. Bomber wirft sie beinahe um; Glenn klatscht einmal in die Hände, und er setzt sich, zweimal, und er legt sich hin. Glenn hat die Latzhose, die Tara anhat, roter Kord mit einem Känguruh auf der Tasche, noch nie gesehen. Er kniet sich hin, um sie zu bewundern und sich umarmen zu lassen. Tara riecht nach Hustensaft mit Traubengeschmack.

«Mommy hat sie gemacht», sagt sie.

«Sie ist sehr schön», sagt Glenn. «Wo würdest du heute gern mit deinem alten Dad hinfahren? Würdest du gern zum Einkaufszentrum fahren und ein Bild von dir machen lassen?»

«Nein.»

«Okay, wo *würdest* du gern hinfahren – zum See?»

«Frag nicht», sagt Annie, «bestimm es einfach. Und nimm Stiefel mit, falls ihr euch draußen aufhaltet.»

«Ich will zur Oma», sagt Tara.

«Nein, Schätzchen», sagt Annie, «du fährst mit Daddy zum Einkaufszentrum. Mommy muß für die Oma einkaufen.»

«Ich will aber auch einkaufen», sagt Tara und macht ein finsteres Gesicht.

«Wir können», sagt Glenn, um einen fröhlichen Ton bemüht, «zu dem Einkaufszentrum mit dem Pferd und dem Raketenschiff fahren.» Er nimmt ihre Hand, aber sie zieht sie weg.

«Ich will Daddy nicht. Ich will Mommy.»

«Schnapp sie dir einfach», sagt Annie und zieht sich ihre Schuhe an. «Sie wird fünf Minuten lang schreien und heulen, und dann geht's ihr wieder gut. Sie läßt sich gern fotografieren – nicht, Schätzchen? Klar. Sie ist bloß schlecht gelaunt wegen des entzündeten Ohrs.» Sie zieht sich den Mantel an. «Fährt Pu mit euch?»

Glenn streckt die Hand aus.

«Komm schon, Kürbis», redet Annie ihr zu, und Tara, die immer noch einen Flunsch zieht, ergreift die Hand.

«Halb fünf», sagt Glenn draußen über die Motorhaube hinweg.

«Kann auch fünf werden, wenn du willst», sagt Annie. «Ich habe ein paar Besorgungen zu machen.» Sie zwängt sich in den Maverick und fährt los, während er noch versucht, Pu den Bären zusammen mit Tara festzuschnallen. Es hat unerklärlicherweise aufgehört zu regnen. Sie werden zum Einkaufszentrum fahren und dann zum See, wenn es sich aufgehellt hat. Hinten stürzt sich Bomber auf eine Dose, wie ein Wolf, der mit einer Maus spielt.

Glenn läßt den Motor an, setzt auf die Straße zurück und denkt daran, wie Annie ihm die Tür aufgemacht hat. Im ersten Moment, hat sie da tatsächlich seinetwegen gelächelt? Er sieht, wie sie sich hingekniet hat, um Bomber zu streicheln, und wie sich ein paar Haarsträhnen von ihr in seinem Fell verfangen haben. Einen Augenblick lang wird sein Kopf völlig leer; er versucht, Platz für die Erinnerung zu schaffen, ohne genau zu wissen, ob er das will oder nicht. Der Wasserturm wächst im Rückspiegel. Neben ihm spielt Tara mit der Halterung des anderen Sicherheitsgurtes, klickt mit dem Knopf, als handele es sich um einen Phaser, und macht Schußgeräusche. Sie sieht zu ihm auf und feuert.

«Gefällt's dir mit deinem Dad», sagt Glenn, «oder was?»

May, Annies Mutter, wartet mit einer Einkaufsliste und einem Geldbetrag, von dem sie meint, daß er ausreiche, um alles zu bezahlen.

«Wenn es nicht reicht», sagt May an der Tür, «kannst du auf die Lorna Doones verzichten. Ich hab sie gern zum Nachmittagskaffee, besonders zu dieser Jahreszeit, aber ich muß sie nicht unbedingt haben.»

«Die Lorna Doones stehenlassen», sagt Annie und macht ein Kreuz daneben. Das ist ein Spiel zwischen ihnen; sie wird sie, wenn nötig, von ihrem eigenen Geld kaufen. Sie macht sich Sorgen, weil ihre Mutter allein hier wohnt, besonders in letzter Zeit. Sie kommt ihr dünner vor und läßt manchmal den Gasherd an, wenn sie ihnen Wasser für den Kaffee heiß gemacht hat.

«Wann bist du zurück?»

«Sobald ich es schaffe», sagt Annie. «Ums Abendessen herum. Ich muß beim Einkaufszentrum vorbei und eine Menge Besorgungen machen.»

«Wie geht's Glenn?»

«Gut.»

«Würdest du ihn bitte von mir grüßen?»

«Mach ich», sagt Annie, «andauernd.»

«Ich wünschte bloß», beginnt May und seufzt dann.

«Ma», sagt Annie, «Schwamm drüber.»

«Ich wünschte bloß, ihr beide wärt glücklich.»

«Ich fahre jetzt. Ich bin zurück, sobald ich es schaffe.» Sie überquert die Veranda und nimmt die drei Stufen zum Weg hinunter mit einem Sprung, der May an die Zeit erinnert, als sie noch ein Kind war. Schon damals ließ sie nicht mit sich reden. Sie war dafür bekannt, daß sie sich mitten im Spiel einfach abseilte und für sich weiterspielte. Charles machte sich Sorgen, daß sie später keine Freunde haben würde, daß sie, bei ihrem Stolz und ihrem Temperament, schließlich allein sein würde. May ist froh, daß er nicht mehr da ist und sieht, wie seine Prophezeiung sich erfüllt.

«Lorna Doones», ruft May ihr nach.

«Lorna Doones», sagt Annie und wedelt mit der Liste über ihrer Schulter, aber sie sieht sich nicht um.

Die einzige leicht verderbliche Ware ist die Milch, und es ist kalt genug, hofft Annie, daß sie sie im Kofferraum liegenlassen kann. Die Felder wogen, dürrer, vom Wind durchkämmter Mais, weiß wie Kalk. Sie nimmt die Nebenstrecke über Renfrew, damit sie nicht am Country Club vorbeifahren muß. Es ist nicht so, daß Barb, nur weil sie den Maverick sieht, gleich herausbekommen müßte, was zwischen ihr und Brock läuft, aber sie müssen vorsichtig sein. Es ist auch so schon schwer genug. Annie wird sie heute abend beim Schichtwechsel sehen. Zehn oder fünfzehn Minuten lang werden sie im Pausenraum am selben Tisch sitzen, sich ihre Zigaretten teilen und lachen, froh darüber, daß wenigstens eine von ihnen für heute mit der Arbeit fertig ist. Barb will, daß sie mal rüberkommt; sie haben sich nicht viel gesehen, seit Barb angefangen hat, mittags im Rusty Nail zu arbeiten. Annie hält sie immer hin, indem sie sagt, Tara nehme sie sehr in Anspruch. «Bring sie mit», sagt Barb. «Ich muß wirklich mit jemandem reden. Wirklich.»

Annie hält ständig Ausschau nach Barbs gelbem Käfer, rechnet an jeder Kreuzung mit ihm. Sie kann das hier nicht gut. Brock ist erst ihr zweiter, seit Glenn weg ist. Der erste war jemand von der Arbeit, eine von den Aushilfen im Sommer, noch ein halbes Kind. Es dauerte bloß eine Nacht und hat sich gelohnt. Sie hat sich nur auf die Probe gestellt. Das hier ist anders, seltsam, unwirklich. Barb war ihre Brautjungfer. Barb hat ihr geholfen, den Job im Club zu bekommen. Sie und Brock treffen sich erst seit drei Wochen, aber ihre Affäre hat große Teile von Annies Vergangenheit ausgelöscht. Es kommt ihr so vor, als wäre sie schon immer eine treulose Freundin gewesen, eine Schlampe; egal welche Strafe Barb für sie wählt, sie wird zu milde sein.

Aber andererseits ist sie, wie sie so über die leere Asphaltstraße braust, während sich die Allmans am Ende von «Ramblin' Man» richtig ins Zeug legen und die Sonne anfängt, zwischen den Wolken hervorzuschauen, so glücklich wie schon seit Jahren nicht. Das letzte Mal, daß sie miteinander geschlafen haben, war in Barbs Wohnung, letzten Sonntagvormittag, während sie im Club gearbeitet hat. Brock wollte es im Bett treiben, aber Annie überzeugte ihn davon, daß es im Bad mehr Spaß machen würde. Das war ein privater Scherz zwischen ihnen; zum ersten Mal hatten sie es nämlich am Waschbecken getan, auf einer Party, die er und Barb gegeben hatten. Das Fäßchen hatte in der Wanne gelegen, und Annie hatte Marineblau getragen. Sie und Brock hatten sich unterhalten, während sie ihre Becher auffüllten, und dann hatten sie sich geküßt – sie konnte sich im Spiegel in seinen Armen sehen –, und Brock hatte die Tür abgeschlossen und sie auf den nassen Rand des Resopals gehoben. Seltsam, daß sie sich nicht gefürchtet hatte, wenn jemand klopfte; letzte Woche hatte das geringste Geräusch im Korridor sie nach ihren Kleidern greifen lassen. Als Brock ein Motel vorschlug, glaubte sie nicht, daß er das ernst meinte. Es kommt ihr immer noch wie ein Witz vor, wie etwas aus einem alten Film, aber sie weiß es zu schätzen. Sie wollen Barb nicht verletzen.

Es befindet sich im Süden des County, in der Nähe der Route 8 – Susan's Motel. Wasserbetten, Farbfernseher. Es liegt auf der Rückseite eines von Fernsehantennen gekrönten Hauses, von der Straße kaum zu sehen. Annie ist unzählige Male daran vorbeigefahren, hat gehört, wie ihre Mutter davon gesprochen hat. Sie muß auf die Mittelspur, um links abzubiegen, und spürt die Blicke der anderen Fahrer. Das Psst-Motel. Sie zieht vor einem Sattelschlepper hinüber, gleitet die Einfahrt hoch nach hinten und ist wieder unsichtbar.

Der Parkplatz ist fast voll – und das an einem Sonntag, denkt sie. Footballwitwen. An der Seite sind Plätze für große Lastzüge. Alle Autos sind rückwärts eingeparkt, so daß man ihre Nummernschilder nicht lesen kann; Annie stellt fest, daß sie sich statt dessen die Autos selbst einprägt. Ihre Anzahl ist beinahe beruhigend. Brocks Charger ist vor Zimmer 9 geparkt. Sie rangiert rückwärts daneben ein, schließt ab und steckt die Schlüssel in ihre Handtasche.

Das erste, was ihr auffällt, ist, wie leer es aussieht, wie tot. Es gibt keine Gartenstühle, keine Pepsi-Automaten, nur Glasscherben auf dem Weg, Unkraut in den Ritzen. Die Dachrinnen rosten vor sich hin. Bei allen Fenstern mit Ausnahme des Büros sind die Vorhänge zugezogen. Hinter ihr, über das Haus hinweg, ist das Motorengeheul vom Highway zu hören. An der Tür zu Nr. 9 gibt es ein Guckloch, und um den Türgriff ist eine Stahlplatte genietet. Annie klopft. Ein Auto biegt in die Einfahrt, und plötzlich wünscht sie, sie hätte ihr Haar unter einen Hut gesteckt oder trüge ein Kopftuch. Sie will sich umdrehen, nur um sich zu beweisen, daß es nicht Barb ist, daß sie sich albern aufführt, aber sie kann nicht. Die Tür ist eingedellt, als hätte mal jemand versucht, sie einzutreten. Was wird sie nur für ein Mensch? Das Auto hinter ihr ist stehengeblieben, der Fahrer hält Ausschau nach einem Platz. Sie klopft erneut, fester, aber da geht die Tür auf, es ist Brock, alles ist in Ordnung.

Sie sind bei der zweiten Flasche Wein, und Brock kann sich gar nicht darüber einkriegen, wie gut der Fernsehempfang ist. Es schneit in Bloomington, Minnesota, und Fran Tarkenton kämpft um den Ball. Die Heizungsluft bewegt die Vorhänge, und ein Spaltbreit Licht fällt in das dunkle Zimmer. Sie liegen nackt auf den Bettdecken, befriedigt, die Gläser aus dem Badezimmer auf der Brust. Ihr hochgewachsener Körper, der Geruch ihres Shampoos. In solchen Augenblicken glaubt er, daß er Barb verlassen kann – daß er es tun wird –, auch wenn er weiß, daß das nicht stimmt. Er hat versucht, sich etwas einfallen zu lassen, um Annie zu sagen, daß es nicht klappt. Sie wissen beide, daß sie es nur hinausschieben.

Er glaubt nicht, daß er in sie verliebt ist, aber wie kann er sich da sicher sein? Er und Barb reden kaum noch miteinander. Nachts versucht er es, aber sie ist müde, ob er nicht bis zum Morgen warten könne? Er liegt da und horcht auf ihr Schnarchen – und doch wäre in jedermanns Augen sie die Betrogene. Annie hört ihm zu, schenkt ihm die Aufmerksamkeit, die er braucht. Alles was Barb zu interessieren scheint, ist, wann er seinen nächsten Lohn bekommt. Es wäre einfacher, wenn er nicht wüßte, wie nah Annie und Barb einander stehen. Brock weiß, daß Annie jetzt auch an sie denkt, daß sie, wenn sich die Liebeshitze abgekühlt hat, fragen wird, wie sie miteinander auskommen, als wäre es ihre erste Pflicht, dafür zu sorgen, daß sie zusammenbleiben.

«Es geht», sagt er, als sie schließlich fragt, aber er kann seinen Ärger nicht verbergen. Diese Zeit hier sollte allein ihnen vorbehalten sein. Er hat die ganze Woche davon geträumt; seine Patienten im Overlook-Altenheim wissen, daß irgend etwas im Gange ist, ziehen ihn auf, weil er glücklich ist. Er lauscht ihren lange zurückliegenden Liebesgeschichten. Paris in den Zwanzigern, der Krieg in Spanien. Wird sein Leben jemals so aufregend sein?

«Ich mache mir Sorgen um sie», sagt Annie.

«Sie wird's nicht erfahren», sagt er ungeduldig und bereut es gleich.

«Ich weiß nicht, was ich hier mache.»

«Wollen wir das schon wieder durchkauen?»

«Tut mir leid. Alles war so schön. Ich weiß nicht, warum ich immer alles kaputtmachen muß.»

«Hör auf, dich zu entschuldigen», sagt Brock. Die Steelers fangen einen Paß ab, und während er dem Runback zusieht, bekommt er nicht mit, was Annie sagt.

«Was?» sagt er.

«Schon gut.»

«Sag's mir.»

Sie steht auf und geht ins Bad, macht die Tür zu und stellt die Dusche an. Brock schaut die Tür an, schaut wieder auf das Spiel und seufzt. Er trinkt seinen Wein aus, steht auf, um den Fernseher auszuschalten, sieht sich einen Augenblick lang im Spiegel, wo sich das bunte Treiben des Spiels auf seinem Körper abzeichnet, und fragt sich, wie er sich das bloß eingebrockt hat. Er denkt an Glenn Marchand – daß nur ein Idiot sie gehen ließe –, nimmt die Flasche aus dem Eisbehälter und folgt ihr ins dampfende Bad.

Der Fotograf sagt, daß sie ein schönes Paar abgeben. Für fünfunddreißig Dollar, sagt Glenn, hoffe er das auch. Tara fährt zweimal auf dem Motorrad; er will sich nicht mit ihr zanken. Als sie nach draußen kommen, ist der Himmel klar, und sie einigen sich auf den Spielplatz. Bomber hat geduldig gewartet.

«Fünfzehn Minuten», verspricht ihm Glenn.

Glenns Vater und sein richtiger Vater sind unter dem See geboren, und jedesmal, wenn er daran entlangfährt (oder wenn er in der Kirche aus dem großen Panoramafenster hinter dem Altar starrt), denkt Glenn an die Stadt dort unten, an die Straßen, Häuser und Farmen, die die Parkverwaltung aufgekauft hat. Auf ein paar Karten existiert die Stadt noch – Gibbsville. Sein Vater hat ein dickes Fotoalbum davon. Glenn erinnert sich, wie sein Vater die ganze Familie zu der Stelle mitnahm, wo die alte Straße mit ihren zwei wellenförmigen gelben Mittelstreifen im sanft schwappenden Wasser verschwand. Er erinnert sich, wie er in der Ferne einen Kirchturm sah, von dem nur noch die Spitze herausragte, aber auf den Bildern ist er zu weit weg. Manchmal nimmt Glenn das Album mit hoch auf sein Zimmer und spaziert durch die Stadt, an dem Haus vorbei, in dem seine Eltern gewohnt haben, an dem Laden, den sein richtiger Vater ausgeraubt haben soll. Sein Spaziergang endet immer damit, daß seine neue Familie mitten auf der Straße steht und das Wasser hinter ihr steigt. Warum, denkt Glenn, lächeln diese Leute?

Die Frau und der kleine Junge, die sie meist auf dem Spielplatz treffen, sind auch heute da, und Glenn läßt Bomber im Wagen. Die Sonne ist draußen und läßt den Schnee funkeln, aber unter den Schaukeln und am unteren Ende der Rutsche stehen Pfützen. Tara sitzt da, während Glenn sich mit ihren Stiefeln abmüht.

«Erinnerst du dich an den Namen der Frau?» fragt er sie in der Hoffnung, daß sie ihn noch weiß. Jedesmal muß er ihn ihr ins Gedächtnis rufen. «Erinnerst du dich an den Namen des kleinen Jungen?»

«Ich glaube, er heißt Eric.» Sie hat Probleme mit ihren Rs. Das kommt zwar häufig vor, aber Glenn macht sich über alles Sorgen. Als Junge hänselten ihn Freunde wegen seiner Ohren, und jetzt trägt er die Haare darüber.

«Er heißt Steve», stellt Glenn richtig.

Die Frau heißt Nan. Sie ist älter, geschieden, aus der Stadt. Ihr Mann bekam die Vormundschaft, weil sie Alkoholikerin war, genau wie Glenns leibliche Mutter. Als er im Frühling zum ersten Mal mit Tara herkam, erzählten sie einander ihre Lebensgeschichte, als hätten sie ein Rendezvous. Als er im Krankenhaus lag, schickte sie ihm eine Karte, auf der stand: «Ich hätte nicht gedacht, daß du so leicht aufgibst.» Jetzt reden sie ungezwungen, gehen im Gras auf und ab oder sitzen an einem Campingtisch, während ihre Kinder vom Klettergerüst zum Schwebebalken rennen.

«Laß Bomber ruhig herkommen», schlägt Nan vor, aber Glenn sagt, er könne warten.

«Schau ihn an, er ist traurig.»

«Es geht ihm gut.»

«Du siehst gut aus», bemerkt Nan. «Wie immer. Wie geht's Annie?»

«Besser», sagt Glenn, froh darüber, Neuigkeiten mit ihr austauschen zu können.

Nan will Einzelheiten hören.

«Ich weiß nicht. Die letzten paar Wochen war sie viel netter. Ich weiß nicht, wieso.» Er zuckt mit den Achseln, und sie sieht ihn an, und er spürt, daß er rot wird. «Ich hab vielleicht einen Job.»

«He», sagt Nan und drückt sein Handgelenk, «das ist wirklich gut.»

Annie fährt hinten herum heim, und das flache, orangefarbene Licht des zu Ende gehenden Nachmittags blitzt durch die Fenster. Sie ist gereizt und hat Kopfschmerzen vom Wein. Sie läßt das Radio aus und versucht nachzudenken. Sie kann diese Tageszeit, wenn der Himmel sich weitet und sie weiß, daß sie zur Arbeit fahren und Tara bei Clare oder ihrer Mutter lassen muß, nicht ausstehen. Der Gedanke an das Motel ekelt sie an, die Hohlziegelwände und das helle, winzige Badezimmer. In diesem Augenblick wird jemand hineingehen, um hinter ihnen sauberzumachen, um die Betten abzuziehen und überall Lysol hinzusprühen. Im Club macht Barb frischen Kaffee für die letzten übriggebliebenen Bridgespieler. Annie kaut Kaugummi und schlägt mit der Faust auf den Zigarettenanzünder. Im Handschuhfach liegt ein altes Päckchen Winstons, in dem noch ein paar zerknickte Nachzügler sind. Ihre Mutter glaubt, sie habe ganz aufgehört, also muß sie die Scheibe runterkurbeln, um zu rauchen. Die Zigarette schmeckt fade, aber sie zieht kräftig dran, stößt die erste Wolke aus wie einen Seufzer.

Sie wird aufhören, sich mit Brock zu treffen – nicht daß sie jemals zusammen gewesen wären. Sie kommt jedesmal, wenn sie ihn verläßt, zu dieser Entscheidung, aber diesmal meint sie es ernst. Er ist ihr keine Hilfe. Sie muß sich immer noch allein um die Rechnungen kümmern, und um Tara und das Haus. Sie hat es satt, nach Hause zu kommen, und nichts ist erledigt. Vielleicht hat ihre Mutter recht, wenn sie sagt, daß sie jemanden brauche – womit sie Glenn meint. Er habe sich verändert, sagt ihre Mutter, und obwohl Annie ihr zustimmt, ist sie sich nicht sicher, ob ihr diese Veränderungen gefallen. Sie weiß nicht genau, was es bedeutet, plötzlich ein wiedergeborener Christ zu werden, außer daß er jetzt noch netter und höflicher geworden ist – zwei Eigenschaften, die sie noch nie an ihm zu schätzen wußte. Was für eine Wahl hat sie? Brock ist keiner für die Ewigkeit, und das erwartet Annie auch gar nicht. Wenigstens soviel sollte Barb inzwischen von ihm wissen.

Allein im Auto ist es einfach, so zu denken, aber als sie das Schild mit der Aufschrift «1 Meile» am Haus der Parkinsons sieht, lösen sich ihre neuen guten Vorsätze in nichts auf. Sie drosselt die Geschwindigkeit, schnippt den Zigarettenstummel aus dem Fenster und kaut noch ein Kaugummi. Ihre Mutter hat das Licht auf der Veranda an, und Annie stellt sich in einem Anfall von Verfolgungswahn vor, daß ihr jemand die Lebensmittel aus dem Kofferraum gestohlen hat.

Sie sind noch da, nur überall verstreut, und der Siedler vorn auf der Quaker-Oats-Packung lächelt beruhigend. Die Milch fühlt sich kühl an.

«Die Steelers haben gewonnen», sagt ihre Mutter zur Begrüßung von der Veranda. Sie trägt Pantoffeln, und Annie fragt sich, wann sie wohl das letzte Mal außer Haus war. Der alte Polara ihres Vaters krängt mit einem platten Vorderreifen in der Einfahrt.

«Das hast du doch erwartet.»

«Wie war's im Einkaufszentrum?»

«Gerammelt voll.»

«Das liegt am Regen.»

Annie trägt die zwei Tüten in die Küche und hilft ihrer Mutter, alles wegzuräumen. Der Kühlschrank ist fast leer. Die Tür ist voller Gewürze, aber ansonsten liegen nur ein Stück Butter, eine Packung Eier und eine Tüte Orangensaft im obersten Fach.

«Ma, hast du noch Brot?»

Ihre Mutter gibt keine Antwort.

Annie macht die Brotbüchse auf der Arbeitsplatte auf. Nur vertrocknetes. «Ma.»

«Ist schon in Ordnung», sagt May und versucht, die Sache herunterzuspielen. Sie habe gedacht, sie hätte es auf die Liste geschrieben. «Ich bitte Louise, mir ein bißchen zu holen.»

«Mrs. Parkinson hat viel zu tun. Sie kann nicht dauernd losrennen und Besorgungen für dich machen.»

«Sie sagt, das macht ihr nichts aus.»

«Du mußt was essen», sagt Annie.

«Ich esse schon.»

«Was hast du zum Abendessen da?»

«Ich habe wirklich noch nicht darüber nachgedacht», sagt May. «In der Gefriertruhe liegt Hühnchen.»

«Komm mit zu mir nach Hause. Dann kannst du auf Tara aufpassen, und ich fahre dich morgen früh heim.»

«Dazu muß ich mich aber anziehen.»

«Bitte», sagt Annie. «Komm schon, Ma.»

Im Auto sagt ihre Mutter: «Den Geruch wird man nicht mehr los, was?»

Die Sonne ist schon untergegangen, als Glenn in die Turkey Hill Road biegt, und der Suchscheinwerfer wirft die Schatten von Laufstegen und Spannkabeln auf die Bäume hinter dem Wasserturm. Annies Zuhause. Das ist der harte Teil des Sonntags, Tara abzuliefern. Er parkt hinter dem Maverick und stellt den Motor ab, aber statt ihr mit ihrem Gurt zu helfen, sitzt er nur da. Bomber ist aufgeregt, weil er denkt, er ist daheim.

«Hat's dir heute Spaß gemacht?» fragt Glenn sie.

«Ja.»

«Gut.» Er zaust ihr die Haare, tippt ihr auf die Nasenspitze, als wäre sein Finger ein Zauberstab.

«Nächstes Mal fahren wir Oma und Opa besuchen, ja?»

«In Oddnung.»

«Du weißt, daß ich dich liebhabe.»

«Ja.»

Er will mehr, aber es reicht. Er will nicht wie letztes Mal heulend nach Hause fahren. Das liegt an den Antidepressiva, die lassen seine Stimmung steigen und fallen wie ein Jo-Jo.

«Okay», sagt er und schnallt ihren Gurt los. «Komm auf meiner Seite raus und paß beim Aussteigen auf.»

Sie gehen zusammen zur Tür. Sie will immer noch nicht seine Hand halten. «Du klingelst», sagt er.

Zum zweiten Mal heute ist er verblüfft darüber, wer ihm seine eigene Tür aufmacht – Annies Mutter, die er nicht mehr gesehen hat, seit er vor einem Monat geholfen hat, das Essen für das Women's Auxiliary vorzubereiten. May mag ihn, hat er immer gedacht, weil Annies Vater Feuerwehrmann war. Als Glenn im Krankenhaus wieder zu sich kam, war sie mit seinen Eltern da; sie entschuldigte sich für Annie, was sie seiner Meinung nach nicht hätte tun müssen.

«Kommt rein», sagt May, «es dürfte da draußen langsam kühl werden», und will Tara helfen, den Mantel auszuziehen. Tara springt mit einem Satz zur Seite und zieht ein Gesicht. «Kleines Fräulein Gernegroß.»

Das Haus ist warm vom Kochen. Annie sitzt auf dem Sofa, sieht fern und schenkt Glenn keine Beachtung.

«Was wird gefeiert?» fragt er May.

«Deine Frau denkt, ich verhungere.»

«Stimmt nicht», sagt Annie, ohne den Blick vom Fernseher zu wenden.

«Wir machen Hühnereintopf. Es ist genug da, falls du bleiben möchtest.»

Es kommt Glenn so vor, als sei es im Zimmer plötzlich mucksmäuschenstill. Annie schaut sie an, als hätten sie in Taras Anwesenheit etwas Falsches gesagt.

«Ich weiß nicht, ob ich darf.»

«Wieso nicht?» sagt May.

«Klar», sagt Annie, «wieso nicht? Meine ganzen anderen wunderbaren Verwandten sind ja auch da.»

Als Glenn sie einlädt, kann Annie nicht glauben, daß er es ernst meint. Das sieht ihm gar nicht ähnlich, sie so in die Enge zu treiben. Sie kann nicht sagen, ob er verzweifelt oder siegessicher ist. Er sieht gut aus.

«Neutrales Terrain», sagt er. «Nur zum Abendessen, sonst nichts. Du hast die Wahl, irgendwo in der Stadt.»

«Hört sich verlockend an», sagt ihre Mutter.

«Laß mich drüber nachdenken», sagt Annie zögernd, um nicht darauf eingehen zu müssen.

Sie hat vergessen, wie gut er sich ausdrückt, wie liebenswürdig er sein kann. Sie muß sich ins Gedächtnis rufen, daß die Hälfte von dem, was er sagt, nicht stimmt. Er sagt, er habe einen neuen Job drüben bei Sullivans Abschleppdienst, aber Mr. Parkinson arbeitet dort, und ihre Mutter hätte bestimmt durch Mrs. Parkinson davon gehört, wenn es tatsächlich so wäre. Trotzdem ist es faszinierend zu beobachten, wie er loslegt, wie er sich immer wieder antreibt. Ihre Mutter sieht sie unablässig an, um sich zu vergewissern, daß sie zuhört.

Sie hört aber nicht richtig zu. Sie versucht immer noch, sich bewußt zu machen, daß sie alle vier hier an ihrem Küchentisch sitzen. Normalerweise sitzt sie hier allein, in Zeitdruck, und fleht Tara an zu essen. Es fällt ihr schwer zuzugeben, daß es ihr gefällt, sie – ihn – hier zu haben, besonders nach einem so seltsamen Tag. Sein Anzug erinnert sie an die Zeit, als sie sich die ersten Male verabredeten und er immer zum Abendessen zu ihnen herüberkam. Seine Manieren und sein Haar beeindruckten ihre Eltern. Ihre Mutter hat ihre Meinung dazu immer noch nicht geändert. Annie weiß, daß sie ihr die Schuld an der Trennung gibt; sie hat nie aufgehört, Glenn in Schutz zu nehmen. Einmal, während des einzigen ausgewachsenen Streits, den sie darüber hatten, fragte ihre Mutter: «Was hat er denn getan?», und Annie konnte nur sagen: «Nichts. Er tut überhaupt nichts, das ist das Problem.» Ihre Mutter versteht das nicht. Sie spricht es nie aus, aber in jedem Gespräch, daß sie über ihre Probleme mit Glenn führen, deutet sie an, daß Annie ihrem Vater weh tun wolle, was lächerlich wäre, wenn Annie es nicht im Grunde ihres Herzens selber glaubte. Sie wollte die Trennung nicht, keiner von beiden wollte sie. Sie will, daß Tara einen Vater hat, und Glenn kann ein guter Vater sein, aber letztes Jahr um diese Zeit war er arbeitslos, und es paßte ihm nicht, auf Tara aufpassen zu müssen, während sie die Tagschicht bei Friendly's abriß. Das war beschissen. Sie kam heim, und jedesmal saß er auf dem Sofa, trank sein drittes Bier, das Haus war ein einziges Durcheinander, und er erwartete auch noch, daß sie das Abendessen machte, das Geschirr spülte und am Wochenende zur Wäscherei fuhr.

«Alle anderen machen das auch», sagte ihre Mutter dann. «Ich hab es dreißig Jahre lang für deinen Vater und euch drei Kinder gemacht, und ich hab's überlebt.»

«Ich weiß», sagte Annie und versuchte ihr zu zeigen, daß sie ihren Standpunkt begriff, aber jetzt wußte sie, daß sie es allein schaffen mußte.

Seit damals hat sich alles verändert, denkt Annie und läßt

ihren Blick um den Tisch wandern. Auch ich habe mich verändert. Sie beobachtet, wie Glenn zu lächeln versucht, während er vor sich hin kaut, und fragt sich, was sie mit ihm
anfangen soll. Sie hat nie in Frage gestellt, daß er sie liebt –
zumindest nicht so, wie sie sich das bei Brock fragt. Er ist
anhänglich. Das ist am schwersten, sich einzugestehen, daß
er für sie tun würde, was er könnte, wenn sie ihn wieder bei
sich aufnähme.

«Ich habe von jedem vier Abzüge bestellt», erzählt Glenn
ihrer Mutter gerade, «einen für jeden.»

«Laß mich dir das Geld dafür geben. Ich bestehe darauf.»

«Ja», sagt Annie.

Glenn hebt die Hand, um sie zu bremsen. «Du kannst
nächstes Mal bezahlen.» Er legt die Hand aufs Herz. «Die
hier sind von mir.»

«Danke», sagt ihre Mutter, erneut beeindruckt, und sieht
Annie an.

«Danke, Glenn.»

«Kein Problem», sagt er, «wie steht's jetzt mit dem
Abendessen?»

«Ich muß nächste Woche jeden Tag arbeiten», sagt sie,
obwohl ihre Mutter weiß, daß sie am Donnerstag frei hat.

«Mittagessen?»

Annie läßt ihren Blick um den Tisch wandern; niemand
wird sie retten. Ihr fallen tausend Sachen ein, die sie erledigen muß – an Taras Halloweenkostüm arbeiten, die Wäsche
fertigbügeln, das Badezimmer saubermachen –, aber nichts
davon hört sich nach einer guten Ausrede an. Barb will, daß
sie rüberkommt. Sie denkt an die eingedellte Tür, den ersten
faden Zug an der Winston.

«Ich passe auf Tara auf», bietet ihre Mutter an.

«Okay», sagt Annie, als hätte sie das überzeugt, «ich
schätze, ein Mittagessen kann nicht schaden.»

Glenn will noch bleiben und das Geschirr abspülen, aber Annie sagt, daß es Zeit sei zu gehen. Sie müsse sich für die Arbeit fertig machen. Obwohl er sich ausgemalt hat, am Spülbecken zu stehen und abzuwaschen, während sie abtrocknet, widerspricht er nicht. Er hilft beim Abräumen, hebt Tara dann in die Luft, dreht sie mit dem Kopf nach unten und läuft, wobei er sie an den Knöcheln festhält, durchs Wohnzimmer. Bomber trottet hinterher.

«Denk dran, daß sie gerade erst gegessen hat», warnt Annie. Er läßt Tara wie eine Bombe aufs Sofa fallen, und sie lacht, puterrot im Gesicht.

«Ich will noch mal», verlangt sie.

«Nächstes Mal», sagt er. «Daddy muß jetzt gehen.»

«Ich will nicht, daß du gehst.»

Glenn blickt zur Küche, in der Hoffnung, daß Annie es gehört hat, aber da ist nur May, die die restlichen Erbsen für morgen zur Seite stellt. Annie zieht sich wahrscheinlich an. Er hat sie schon ein- oder zweimal in der neuen Uniform gesehen – schlichter grauer Rock und weiße Bluse mit einer kastanienbraunen Schürze und einem Namensschild aus Plastik. Für ihn sieht sie immer gut aus.

«Ich will auch nicht gehen», sagt er zu Tara, «aber ich komme ja wieder. Okay?»

«Okay.»

«Gib mir einen Kuß. Und nimm mich in den Arm. Wer ist dein Schwarm?»

«Daddy.»

«Sag Bomber auf Wiedersehen.»

Sie nimmt den Hund in den Schwitzkasten, macht die Augen zu und vergräbt das Gesicht in seinem Fell.

Annie kommt in Uniform und schwarzer Strumpfhose herein und sucht nach ihren Arbeitsschuhen – weiß wie die einer Krankenschwester. Glenn sieht einen, der unter dem Sofa hervorschaut, langt unter den Besatz und entdeckt den anderen. Annie dankt ihm und setzt sich aufs Sofa, um sie anzuziehen. Er kniet dort zwischen ihr, Tara und Bomber und denkt, daß es zu früh ist, daß er, obwohl er es will, noch nicht bereit ist, seiner ganzen Familie vorzuschlagen, daß er wieder einzieht – daß sie noch nicht bereit sind, ja zu sagen.

An der Tür erinnert er Annie daran, ihr gemeinsames Mittagessen nicht zu vergessen.

«Wie könnte ich», sagt sie, als wäre es eine lästige Pflicht, versucht aber nicht mehr, sich zu drücken. May gibt ihm einen Kuß. Es ist dunkel draußen und winterlich, und die Bäume wedeln mit den Zweigen. Die Spannkabel summen. Bomber pinkelt gegen die Stange des Briefkastens und wartet dann darauf, daß er die Ladeklappe herunterläßt. Glenn winkt, bevor er einsteigt. Er knipst die Scheinwerfer an, und sie müssen die Augen beschirmen. Als er wegfährt, hupt er.

Er wirft eine Kassette ein, und – was für ein Glück er plötzlich hat – Cat Stevens singt *Oooh baby baby it's a wild world. It's hard to get by just upon a smile.* Der Song kommt Glenn heute abend so weise vor, und er fährt halb so schnell wie sonst an der Junior High vorbei und die Far Line entlang und genießt den Blick über die Stadt, das Tal, das in der Kälte schimmert wie Glut. Seine Eltern werden sich fragen, warum er so spät kommt.

«Zum Teufel mit ‹Columbo›», sagt Glenn, und als das Stück zu Ende ist, klickt er dreimal auf den Knopf zum Programmieren, so daß er es noch einmal hören kann. *Now that I've lost everything to you, now you want to start something new.* Auf der Interstate, unter den orangefarbenen Quecksilberdampflampen, dreht er es lauter und singt leise mit. Es geht zu Ende, und er ist kurz davor, es noch einmal zu spielen, als er im Lichtschein einer Kreuzung Pu den Bären im schmutzigen Fußraum unter dem Armaturenbrett liegen sieht. Er langt hinüber, fährt dabei einen Moment lang blind und hebt ihn auf. Wie durch ein Wunder ist er sauber geblieben, nur ein eingetrockneter Fleck auf einer Pfote, der sich abwischen läßt. Cat hat mit seinem nächsten Song angefangen, *riding the peace train, going home again.* Glenn hält den weichen Bären an die Wange, drückt die Nase in den Pelz und atmet mit geschlossenen Augen ein.

DREI

AN DEM ABEND, BEVOR MEIN VATER UNS VER-
ließ, packte er ein paar Sachen zusammen, die er in seiner
neuen Wohnung brauchen würde. Meine Mutter blieb im
Freizeitraum, wusch die Wäsche und sah sich eine Fernseh-
sendung an, irgend etwas Britisches im Schulfernsehen. Es
war zur Schulzeit, an einem Dienstag, weil ich schon im Bett
lag und mir in meinem kleinen Kofferradio «Radio Mystery
Theatre» anhörte. Mein Vater schlief damals bereits im Zimmer meiner Schwester, neben meinem, obwohl er manchmal
– das wußte ich – auf die andere Seite des Flurs hinüberging,
wenn sie zu dem Schluß gekommen waren, daß ich schlief.
Durch die Wand konnte ich das Klicken von Kleiderbügeln,
das Quietschen und Krachen der Schubladen hören.

Ich wußte, es würde keinen Streit geben. Das Schreien,
das Heulen und das Schweigen hatten wir schon im Sommer
hinter uns gebracht. Als wir von unserem Familienpicknick
zum 4. Juli am Lagerplatz meiner Großeltern nach Hause fuhren, hatte meine Mutter meinen Vater ins Gesicht geschlagen
– nur einmal, mit der flachen Hand. Ich hatte den ganzen
Nachmittag Rolling-Rock-Fläschchen aus der Kühltasche
meines Onkels John stibitzt, saß benebelt auf dem Rücksitz
und beobachtete, wie der punktierte Mittelstreifen mir aus
der Dunkelheit entgegenrollte, so daß es mir verschwommen
und unwirklich vorkam, als sie ihm eine runterhaute. Ich
wurde nicht auf der Stelle nüchtern, nur noch distanzierter,
und doch sah ich sie deutlich, einander zugewandt, während
die Straße unbekümmert unter unserem Auto dahinströmte.
Mein Vater packte meine Mutter am Handgelenk und stieß
sie gegen die Beifahrertür. Der Country Squire machte einen

Schlenker über den Mittelstreifen. Er brauchte beide Hände, um ihn wieder herumzureißen.

Der Gewaltausbruch muß sie genauso erschreckt haben wie mich, weil sie einige Minuten lang kein Wort sagten. Sie blickten weder einander noch mich an, wofür ich dankbar war. Im Scheinwerferlicht brauste Mais vorbei.

«Wenn du mich noch mal anrührst», sagte meine Mutter schließlich, «bring ich dich um.»

Mein Vater lachte kurz und machte eine abfällige Bemerkung, und das gefiel mir nicht. Zu Hause sagten beide zu mir, es sei spät, ich bräuchte meinen Schlaf.

Im August stritten sie sich ein- oder zweimal pro Woche, wenn ich schon im Bett war. Ich hörte meine Mutter vom Fernsehen heraufkommen, und dann erfolgte, während sie an meinem Vater vorbei zur Küche ging, der Wortwechsel. Ich drehte die Lautstärke an meinem Radio runter, versuchte, ruhig zu atmen, aber sie wußten, daß ich horchte, und statt in der Küche loszulegen, hielten sie inne und verlegten ihren Streit ins Kellergeschoß. Ich wartete darauf, daß mein Vater zurückkehrte und die Treppe heraufstapfte, und dann auf das unvermeidliche Klappern der aufgehenden Verandatür, wenn er sich nach draußen schlich. Inzwischen war Carlsens Mais mehr als mannshoch. Mein Vater spazierte auf dem zerfurchten Feldweg um das Feld herum und rauchte Zigaretten. Ich sah ihn aus meinem Fenster, wie er, ein heller Punkt, der schnell dunkel wurde, mit den Reihen verschmolz.

Jetzt, Ende Oktober, stritten sie nicht mehr. Mein Vater ging spazieren, meine Mutter sah fern, und ich lag im Bett. Tief in der Nacht war es still im Haus; mein Vater ging nicht mehr auf die andere Seite des Flurs. Morgens frühstückten wir zusammen, übertrieben höflich, resigniert. Ich stellte mich draußen ans Ende unserer Einfahrt und hoffte, daß mein Bus käme. Wir schienen auf etwas zu warten und unsere Energie dafür aufzusparen.

Ich rechnete damit, daß der letzte Abend genauso sein

würde. Im Bett horchte ich, wie mein Vater den Reißverschluß seines Kleidersacks hochzog und die Schlösser seines Koffers zuklappte. Noch lange nachdem die gespenstische Erkennungsmelodie die Sendung beschloß, lag ich da und wartete darauf, daß meine Mutter heraufkäme, aber als es soweit war, tat sie es nicht, um ihn anzuschreien, mit ihm zu zetern oder ihn anzuflehen, sondern nur um die Wäsche wegzuräumen, die sie gerade gewaschen hatte.

«Ich hab hier noch Socken von dir», sagte sie.

Er dankte ihr, ging ins Bad und durchstöberte das Medizinschränkchen.

Meine Mutter machte meine Tür auf, sah, daß ich noch wach war, und sagte mir, ich solle jetzt schlafen. «Morgen ist ein langer Tag», sagte sie. Sie machte sich an meiner Frisierkommode zu schaffen, bis ihr Korb leer war, sagte mir noch mal, daß ich schlafen solle, und ging.

Ich verfolgte ihre Schritte bis zur Kellertreppe, wo sie den Korb nach unten warf und das Licht ausschaltete. Aus dem Wohnzimmer sagte mein Vater etwas zu ihr. Sie ging hinein, um ihm zu antworten, und setzte sich dann zu meiner Überraschung aufs Sofa. Ich konnte nicht verstehen, was sie sagten. Den ganzen Tag hatte ich gedacht, daß an diesem Abend etwas Besonderes geschehen würde, und dies war die letzte Gelegenheit. Ich wünschte mir fast, daß sie einander beschimpften, eine Lampe durch das Panoramafenster warfen, damit die Bullen kämen. Statt dessen hörte ich nur Gemurmel. Ich schlich mich aus dem Bett zur Tür und legte ein Ohr an das helle Schlüsselloch.

«Ich weiß, daß du es dir nicht leisten kannst», sagte meine Mutter gerade. «Ich sage nicht, daß es richtig oder falsch ist, bloß, daß du es dir nicht leisten kannst.»

«Ich will aber», sagte mein Vater. «Ich glaube, es ist wichtig für ihn.»

«Das glaub ich auch, aber du weißt genausogut wie ich, daß daraus nichts wird. Es ist schon in Ordnung.»

«Ist es nicht», sagte mein Vater.

«Tja, aber darauf wird es hinauslaufen.»

«Wo zieht ihr hin?»

«Weiß ich noch nicht», sagte meine Mutter. «Irgendwohin in der Nähe, wo es erschwinglich ist.»

Ich hatte sie noch nie so reden gehört, und obwohl das, was sie sagten, erschreckend war, tröstete mich die Art und Weise, wie sie es sagten. Ich drängte mich mit derselben ausdauernden Konzentration, die ich «Radio Mystery Theatre» widmete, an das kalte Schlüsselloch, während sie über unser Bankkonto, unser Auto, über Lebenshaltungskosten und Miete sprachen. Wieviel diese Dinge meinen Eltern bedeuteten, blieb mir verborgen. Es schien, als könnten sie nicht aufhören zu reden. Mein Vater zündete sich eine Zigarette nach der anderen an. Meine Mutter machte jedem von ihnen einen Drink, dann noch einen und noch einen. Mir taten die Beine weh, so daß ich mich auf den Fußboden legte. Wegen des Luftzugs unter der Tür mußte ich die Augen zumachen. Das Eis klirrte, das Feuerzeug meines Vaters brachte eine Flamme zustande.

«Wir haben es wirklich geschafft, Lou», sagte mein Vater, «oder?»

Ich versuchte, wach zu bleiben, mir alles zu merken, was sie sagten, aber es war gut und gerne eins, und ihr Gespräch klang nicht mehr allzu vernünftig. Später glaubte ich, sie zusammen in der Küche zu hören und dann – undeutlich, nur kurz aufblitzend –, wie meine Mutter im Badezimmer lachte.

Mitten in der Nacht wachte ich auf, nicht auf dem Fußboden, sondern wieder im Bett, unter meinen Decken. Sie hatten mich nicht vergessen, und doch konnte ich mir gerade in diesem Augenblick um meiner selbst willen nicht erlauben, ihnen dankbar zu sein. Ich konnte meinen Vater schnarchen hören, was nur vorkam, wenn er krank war oder getrunken hatte, und ich fragte mich, ob er auf die andere Seite des Flurs gegangen war. Ich zog mein Nachthemd an und machte langsam meine Tür auf, um zu verhindern, daß sie knarrte. Wenn sie mich entdeckten, würde ich so tun, als müßte ich ins Badezimmer.

Die Tür meiner Mutter war geschlossen, was normal war. Das Schnarchen kam aus Astrids Zimmer. Ich stand niedergeschlagen im blaugrünen Schein des Nachtlichts, und dann stellte ich fest, daß ich wirklich pinkeln mußte.

Ich machte die Badezimmertür zu und setzte mich, damit ich nicht soviel Lärm machte. Der Sitz war kalt, genau wie der Fußboden unter meinen Füßen. Ich saß im Dunkeln und dachte an den nächsten Tag, bis meine Schenkel gefühllos wurden, dann klappte ich leise den Deckel herunter, statt zu spülen.

Mein Vater schnarchte immer noch. Ich dachte – voll Melodramatik, weil diese Nacht für mich einfach etwas Endgültiges haben mußte –, daß ich ihn nie wieder so schnarchen hören würde. Ich ging zu Astrids Tür, um bei ihm hineinzuschauen, wie er so oft bei mir hereingeschaut hatte.

Meine Mutter lag bei ihm im Bett. Die beiden füllten Astrids Einzelbett aus, eine Spur von Kleidern zog sich über den Fußboden. Sie hatten nicht genug Decken, und ein Bein meiner Mutter lag kalt und ungeschützt da, der eine Arm schlaff wie der eines Mordopfers, das Handgelenk leicht abgeknickt. Ich wollte eine Decke über sie legen, beide richtig zudecken, wagte aber nicht, mich ihnen zu nähern. Ich lehnte in der Tür, sah sie an und wünschte mir etwas, ging dann in mein Zimmer zurück und ins Bett, endlich zufrieden mit der Nacht, voller Hoffnung auf den Morgen.

Am nächsten Tag verschliefen wir alle. Mein Vater hatte keine Zeit mehr, sich zu rasieren; meine Mutter lief im Haus herum und hatte ihre Uniform nicht zugeknöpft. Beim Frühstück wollte sich mein Vater nicht hinsetzen. Er stand an der Arbeitsplatte, aß seinen Streuselkuchen über dem Spülbecken und schrieb meiner Mutter Nummern für den

Notfall auf. Seine Taschen waren schon im Flur neben der Tür gestapelt. Meine Mutter bestand darauf, mir ein warmes Frühstück zu machen, und ich war damit beschäftigt, mein flüssiges Spiegelei mit Toast runterzuwürgen. Sie saß mir gegenüber und stürzte ihre Tasse Kaffee.

«Ich werde vor Montag kein Telefon haben», sagte mein Vater. «Wenn du mich brauchst, kannst du den Hausmeister anrufen.»

«Der Heizungsmonteur muß kommen», sagte meine Mutter. «Hast du an Handtücher gedacht?»

Er warf ihr einen hilflosen Blick zu und ging zum Bad.

«Nimm die blauen», rief sie ihm nach. Sie trank einen großen Schluck Kaffee, schloß ihre Knöpfe und sah mir dann beim Essen zu. «Übt ihr heute?»

«Draußen», sagte ich.

«Wann muß ich dich abholen kommen?»

«Um fünf», sagte ich. Bis dahin war mein Vater dafür zuständig gewesen, mich abzuholen. Also würde sie das Auto behalten, dachte ich. Was hatten sie sonst noch beschlossen, wovon ich nichts wußte?

Mein Vater kam mit einem Stapel Handtücher vorbei, und meine Mutter ließ ihren Kaffee stehen, um sich zurechtzumachen. Ich fragte mich, ob sie ihn zur Arbeit fahren würde oder ob er genau wie sie mit mir am Ende unserer Einfahrt stehen und darauf warten würde, daß ihn jemand abholte. Während ich die klebrigen Überreste meines Frühstücks in den Müllschlucker löffelte, hupte draußen ein Auto. Mein Vater machte die Verandatür auf und winkte, dann kam er wieder herein.

«Ich werde jetzt abgeholt», rief er an mir vorbei.

Meine Mutter kam aus dem Bad und band ihr Haar hoch, so daß die Kinder bei der Arbeit nicht danach greifen konnten.

«Arthur», sagte sie, «hilf deinem Vater.»

Ich hob zwei kleine Matchbeutel hoch, stieß die Verandatür mit dem Ellbogen auf und folgte ihm nach draußen. In unserer Einfahrt wartete ein verrosteter weißer Chevy-Klein-transporter im Leerlauf, am Steuer ein dunkelhaariger Mann, den ich nicht kannte. Obwohl die Türen zu waren, konnte ich den Baßlauf aus «Reelin' in the Years» von Steely Dan erkennen, den Schlußteil, den Warren und ich Note für Note mit den Lippen nachahmen konnten. Er sprang heraus, um auf der Pritsche etwas Platz für die Taschen zu schaffen, und ich konnte sehen, daß er dasselbe beigefarbene Uniformhemd anhatte wie mein Vater. Auf dem rautenförmigen Schild an seiner Brust stand Glenn, und so stellte mein Vater ihn auch vor, als wir alles aufgeladen hatten.

«Mein Sohn Arthur», sagte mein Vater, und Glenn und ich schüttelten uns die Hand. Sein Haar war kurz und gepflegt, als wäre er gerade aus der Armee entlassen worden, und er hatte ein Kreuz um, ein großes, silbernes mit einem Christus-Relief darauf, das langsam anlief. Er wirkte verlegen, und es schien ihm leid zu tun, daß wir alle von dieser Sache betroffen waren. Er blieb beim Lieferwagen, während mein Vater und ich wieder reingingen.

Meine Mutter hatte inzwischen ihren Mantel an und ging noch ein letztes Mal herum, wobei sie immer hektischer nach ihrer Handtasche, ihren Zigaretten, ihren Schlüsseln suchte. Normalerweise sahen mein Vater und ich ihr mit unterdrücktem Vergnügen vom Tisch aus zu, aber an diesem Tag warteten wir an der Tür auf sie, als wäre sie diejenige, die uns verließ.

«Ich rufe euch heute abend an, wenn ich mich eingerichtet habe», sagte mein Vater.

«In Ordnung», sagte meine Mutter, drehte sich dann zu mir um und setzte hinzu: «Es könnte ein bißchen später werden, wenn ich dich abhole.»

«Okay», sagte ich. Ich schnappte mir meine Büchertasche und meinen Posaunenkasten aus dem Wandschrank im Flur und gab damit meinen Eltern Zeit, sich ungestört zu verabschieden.

Sie küßten sich nicht, wie ich es mir ausgemalt hatte. Sie standen einfach da und sahen einander an.

«Ich schätze, das wär's», sagte mein Vater.

«Du hast es ja so gewollt», sagte meine Mutter und sah die Schlüssel in ihrer Hand an.

«Lou.»

«Ich darf nicht zu spät kommen.»

«In Ordnung», sagte mein Vater.

Er schüttelte mir nicht die Hand. Wir folgten meiner Mutter nach draußen und schlossen die Tür hinter uns ab. Mein Vater stieg in Glenns Lieferwagen; als sie davonbrausten, winkte er, und da ich nicht wußte, was ich tun sollte, winkte ich zurück. Meine Mutter stieg in unseren Wagen, blickte über die Schulter und setzte zurück auf die Straße. Als sie wegfuhr, sah sie mich durchs Fenster an, als wüßte sie nicht genau, ob sie fahren sollte, wie jemand, der die Geschwindigkeit gedrosselt hat, um einen Tramper mitzunehmen, und es sich dann im letzten Augenblick anders überlegt, dabei aber trotzdem ein schlechtes Gewissen hat.

Ich sah zu, wie unser Wagen kleiner wurde, während er in Richtung des Hauses der Van Dorns davonfuhr. Es war warm für Ende Oktober; man konnte die Erde riechen. Der Mais der noch nicht eingebrachten zweiten Ernte auf der anderen Straßenseite war hoch und undurchdringlich und rauschte im Wind. Hinter mir erhob sich unser Haus, jetzt still und leer. Ich hatte einen Schlüssel und dachte daran, wieder reinzugehen und mir den ganzen Tag Spielshows anzusehen, als wäre ich krank, aber meine Mutter wollte mich ja nach der Probe abholen. Ich stellte meinen Posaunenkasten ab, hängte den Riemen meiner Büchertasche über den Briefkasten, baute mich am Ende unserer Einfahrt auf und wartete wie jeden Tag.

Eine Woche vor Halloween kam der Grundstücksmakler mit jemandem vorbei, der unser Haus mieten wollte, solange es zum Verkauf stand. Das bringe Geld, sagte mein Vater; meine Mutter erklärte sich einverstanden. An jenem Samstag fing sie an, alles bis auf das Geschirr und den Fernseher in Kartons zu verpacken. Wir mußten nicht vor Mitte November aus dem Haus sein, aber sie hatte etwas gefunden, wo wir am Ersten einziehen konnten, eine Stadtwohnung in einem Wohnkomplex ein paar Meilen von uns entfernt. Sie war ganz aus dem Häuschen, als sie mir davon erzählte, als hätten wir mehr Glück als Verstand. Sie wollte, daß ich mit ihr hinfuhr und sie mir ansah. Ich wußte, daß mir die Wohnung nicht gefallen würde, weil ich von meiner täglichen Busfahrt her genau wußte, wo sie lag und wie es dort aussah, aber um ihr eine Freude zu machen, stieg ich in den Wagen und lächelte und tat begeistert, solange wir dort waren.

Es war kein Haus und eigentlich auch kein Apartment. Da wir nur zwei Zimmer brauchten, hatte meine Mutter die obere Hälfte einer zweistöckigen Wohnung in einem Gebäude gemietet, in dem sich einst die Schlafsäle eines bankrott gegangenen Priesterseminars befunden hatten. Foxwood hatte es geheißen. Die Anlage hatte der Abgeschiedenheit und Meditation dienen sollen; ein Kiesweg, zu steil, als daß der Bus ihn im Winter hätte befahren können, verschwand im Wald, nur um eine Meile weiter wieder daraus aufzutauchen. Die Makler hatten den Namen beibehalten und die Kapelle abgerissen. Die Trümmer lagen da, wo sie hingestürzt waren, mit orange gestrichenen Pfählen abgesteckt. Meine Mutter sagte, die Diözese habe nicht genug Geld gehabt, um das Seminar weiter zu unterhalten, aber in den Gerüchten, die in der Schule umgingen, war – wie vorauszusehen – von Kerkern, Orgien und Menschenopfern die Rede. Es war schäbig dort, kaum besser als in einer Wohnwagenkolonie. Autos standen auf Steinblöcken; schmutzige Spielsachen lagen im Gras verstreut. Nur zwei Mädchen aus meinem Jahrgang kamen von dort – die Raybern-Schwestern: Zwillinge –, und wenn sie auch tadellos gepflegt aussahen, trugen sie doch selbstgenähte, wadenlange Röcke, plissierte Blusen mit Button-down-Kragen und Strickjacken mit Gürtel, als wären sie schon alte Jungfern. Wenn sie intelligent gewesen wären, hätten wir das verstanden, aber sie waren nur mittelmäßige Schülerinnen und folglich ohne richtigen Grund Sonderlinge. Sie saßen zusammen im vorderen Teil des Busses, spindeldürr und schweigsam. Morgens, wenn wir uns dem Tor näherten, rief immer jemand von hinten: «Nächste Haltestelle Fuckwood», und wenn die Raybern-Schwestern einstiegen, lachten wir alle.

Als ich es Warren erzählte, sagte er: «Das ist vielleicht eine Scheiße», damit ich mich wieder besser fühlte.

«Paß auf, daß sie nichts von meinem Mist wegwirft», drohte mir Astrid aus Tennstädt.

Ich sagte, ich würde es versuchen, aber es war ein leeres Versprechen. Unsere Mutter hatte mit Astrids Zimmer angefangen. Als wir miteinander sprachen, hatte sie längst eine ganze Wagenladung Mülltüten zum Spendencontainer auf dem Parkplatz des Foodland runtergebracht und war mit rotem Kopf und triumphierend zurückgekommen. Alles was sie aufgehoben hatte, waren zwei Fotoalben, ein Schuhkarton mit Briefen und ein paar Pullover, die sie anprobiert hatte, um zu sehen, ob sie noch irgend jemandem paßten. Was ich gerettet hatte, war vom Zufall bestimmt gewesen, Sachen, die ich ihr im Lauf der Jahre stibitzt hatte und jetzt als mein Eigentum ansah – ihre cooleren Bücher (Tolkien, Vonnegut, Hunter S. Thompson), ihre Grasvorräte mit der süßlich riechenden Meerschaumpfeife, dem Zigarettenpapier mit Erdbeeraroma und den harzverkrusteten Schillums. Jetzt würde ich alles zurückgeben müssen.

Zimmer um Zimmer leerte sich das Haus. Jeden Tag kam meine Mutter von der Arbeit nach Hause und setzte eine Kanne Kaffee auf, zog sich Jeans und ein Sweatshirt an und machte da weiter, wo sie am Abend vorher mit dem Einpacken aufgehört hatte. Das stramme Klebeband ging mit einem reißenden Geräusch von der Rolle ab; ihre Schritte hallten. Ich hielt mich ungern mit ihr im Haus auf, und wenn die Band keine Probe hatte, sorgte ich dafür, daß ich ein paar Stunden bei meiner Arbeit einschieben konnte, die darin bestand, im Burger Hut II in der Nähe der Schule die Zutaten vorzubereiten und die Küche in Ordnung zu halten. Während es draußen langsam dunkel wurde und die ersten Leute zum Abendessen hereinströmten, fischte ich im dunklen See der Friteuse und stellte mir vor, wie ich mit den Raybern-Schwestern auf den Bus wartete.

Zu Hause hatte meine Mutter keine Zeit zu kochen, und wir aßen Tiefkühlkost und spülten die silbernen, unterteilten Tabletts ab, so daß ihre Kinder auf der Arbeit damit malen konnten. Seit mein Vater nicht mehr mit am Tisch saß, fiel mir auf, daß sie viel von den Kindern auf ihrer Arbeit sprach. «Heute ist uns eins gestorben», sagte sie oder: «Erinnerst du dich an Monte? Er kommt endlich nach Hause.» Sie kamen mir vor wie eine weitere Familie, zu der sie gehörte und der ich niemals angehören würde, und ich fragte mich, mit wem sie so über mich redete. Wir hatten noch nicht angefangen, zu Dr. Brady zu gehen; wir versuchten noch, miteinander zu reden.

Mein Vater rief an und kam an ein paar Abenden vorbei, um sein ganzes Werkzeug in der Garage zusammenzupacken. Er wohnte in einem Apartmenthaus in der Stadt, in einem anderen Wohnkomplex namens Lake Vue in der Nähe des State Parks. Er lachte und riß Witze, während wir seine Schraubenschlüssel mit Terpentin saubermachten und seine fehlenden Bohrer aufstöberten, aber in Gegenwart meiner Mutter war er still und wollte nicht mit ihr streiten. Er war mit allem einverstanden, was sie sagte, und half beim Umzug noch mehr, als er es normalerweise getan hätte. Er mietete den Lieferwagen, als man bei U-Haul eine Kreditkarte verlangte und meine Mutter keine hatte, und als wir eine Ladung Möbel zu seiner Wohnung rüberbrachten (das Sofa aus dem Freizeitraum, das mit den Brandlöchern meiner Mutter übersät war, den Korbsessel, die imitierten Art-deco-Tischchen), ließ er sie fahren und fuhr im Country Squire hinterher.

Warren und ich wollten an Halloween zu einem Tanzabend in der Stadt gehen. Das war nur ein Vorwand, damit seine Mutter uns hinbrachte und wir mit Eiern auf Fensterscheiben werfen und Autos mit Seife beschmieren konnten. Meine Mutter hatte gemäß alter Tradition eine große Salatschüssel mit Clark-Schokoriegeln gefüllt. Aber sie wußte, daß niemand kommen würde, und hatte schon angefangen, davon zu essen, indem sie sie mit Scotch runterspülte. Sie saß im Schneidersitz auf dem Wohnzimmerfußboden und hatte in meinem Kofferradio den knarzenden Klassik-Sender aus Pittsburgh eingestellt. Wir waren diesen Nachmittag mit dem Beladen des Lieferwagens fertig geworden. Neben ihr lagen unsere Schlafsäcke, für jeden ein Kissen und unsere Kleider für den nächsten Tag, ordentlich zusammengefaltet und übereinandergelegt. Ich sagte ihr, daß ich nicht unbedingt gehen müsse.

«Bitte», sagte sie. «Ich will nicht, daß du hier den ganzen Abend rumsitzt und Trübsal bläst. Sieh bloß zu, daß du keinen Ärger bekommst.»

«Mach ich», sagte ich.

«Sieh zu», sagte sie.

«Ja doch.»

Wir sahen einander an, standen zu unseren Worten.

«Weißt du, warum wir das hier tun?» fragte sie mich und deutete auf die kahlen Wände.

«Weil wir ohne Dad nicht genug Geld haben», sagte ich angestrengt.

«Weil dein Vater mir etwas, was ich getan habe, nicht verzeihen will.»

Ich wollte in diesem Augenblick nicht wissen, worum es sich bei diesem Etwas handelte. Ich wollte, daß Warrens Mutter in die Einfahrt fuhr und nach mir hupte.

«Ich erwarte nicht, daß du irgendwas davon verstehst», sagte meine Mutter, «aber ich denke, du solltest wissen, daß das nicht mein Werk oder das Werk deines Vaters ist, sondern das von uns beiden. Ich weiß, daß das, was wir dir und deiner Schwester antun, nicht richtig ist, aber wir haben es beide so beschlossen.» Sie nippte am Scotch und knirschte mit den Zähnen, zündete sich eine Zigarette an und stieß eine kleine Rauchfahne aus. «Ich bin in einen Mann verliebt gewesen. Dein Vater kann mir das nicht verzeihen – nicht daß er deswegen ein Musterknabe wäre. Er trifft sich mit jemandem, und zwar schon seit einer ganzen Weile. Denk bloß nicht, daß ich hier die einzige Übeltäterin bin.»

«Du bist keine Übeltäterin», sagte ich, aber benommen, wie ein in den Seilen hängender Boxer, der in der Hoffnung, seinen Gegner zu beschäftigen, blind um sich schlägt.

Meine Mutter hob beide Hände, damit ich schwieg.

«Ich bin in einen Mann verliebt gewesen, der mich nicht mal gemocht hat. Ist das nicht traurig? Wenigstens ein paar von den Frauen, die dein Vater geliebt hat, haben auch ihn geliebt. Ich war ganz allein verliebt. Das war dumm. Aber so oder so – ich konnte nichts daran ändern.» Sie biß ein Stück von ihrem Clark-Riegel ab. Ich stand über ihr und konnte die wachsweiße Linie ihres Scheitels und das Grau sehen, das sich unter ihre dunklen Haarwurzeln mischte. Sie schniefte und räusperte sich. Viel zu spät bog der Bonneville der Hardestys in unsere Einfahrt, und das Licht der Scheinwerfer glitt gespenstisch über die Zimmerdecke. «Hast du genug gehört?»

«Ich denke schon», sagte ich.

«Denkst du.»

«Ja», sagte ich.

«Werd bloß nie eine Frau», sagte meine Mutter. Sie stand mit wackligen Beinen auf und umarmte mich. Sie weinte nicht, sie roch nur nach Alkohol. «Versprich mir das.»

«Mach ich», sagte ich.

«Gut», sagte sie. «Jetzt geh und bekiff dich mit deinem kleinen Freund Wie-heißt-er-noch-gleich, und mach keine Fensterscheiben kaputt.»

Mrs. Hardesty setzte uns vor der Emily Britain ab – der Schule, unter deren Schirmherrschaft der Tanzabend stattfand –, und wir spazierten zwischen den maskierten, sich umklammernden Paaren hindurch und zum Notausgang hinaus in die wohltuende Anonymität der Dunkelheit.

«Laß uns irgendwelchen Mist kaputtmachen», sagte ich.

«Geritzt», sagte Warren.

Am nächsten Morgen kam mein Vater in dem schrottreifen alten Nova meiner Tante Ida vorbei. Es handelte sich um eine Rostlaube Baujahr '69, die auf ihrer Hinterachse saß wie ein verkrüppelter Hund. Mein Vater hatte in unserer Garage mal einen Triumph TR 3 aufgemöbelt, den er später verkauft hatte, um damit Astrids Zahnspangen bezahlen zu helfen, und ihn in der Klapperkiste meiner Tante zu sehen, war ein Schock, als würde auch er auseinanderfallen.

«Der gehört jetzt mir», gestand er.

«Das kann nicht dein Ernst sein», sagte meine Mutter.

«Ich hab irgendeinen gebraucht, und sie wollte ihn loswerden.»

«Schieb die Schuld dafür nicht mir zu», sagte sie.

«Tu ich ja gar nicht», sagte er. «Ich werde ihn reparieren. Es wird der ideale Wagen für den Winter. Im Frühling besorge ich mir irgendeinen anderen. Es ist ja nicht so, daß ich irgendwohin fahre.»

«Stimmt», sagte meine Mutter.

Wir inspizierten ein letztes Mal das Haus und entdeckten ein Thermometer, das mittels eines Saugnapfes am Küchenfenster klebte, und einen Ausgußreiniger für die untere Toilette, den wir, so meine Mutter, dalassen könnten. Es war ein sonniger Tag, und das Licht schnitt die leeren Räume in Scheiben.

«Es sieht gut aus», sagte mein Vater an der Tür, aber

meine Mutter ließ ihn nicht verweilen. Sie machte sie zu, schloß ab und ließ die Verandatür zuschlagen.

«Arthur», sagte sie, «kannst du deinem Vater den Weg zeigen?»

Es dauerte nicht lange. Mittags hatten wir alles, was wir in dem Apartment unterbringen konnten, drinnen. Die paar Sachen, die nicht hineinpaßten – die Küchengarnitur, zwei zu dick gepolsterte Sessel aus dem Freizeitraum, Astrids Bett und Schreibtisch –, lieferten wir bei einem Möbellager ab, und meine Mutter hängte alte Tücher darüber, als handelte es sich bei dem winzigen Blechabteil um ein unbenutztes Zimmer in einer Villa. Wir vergewisserten uns, daß wir den Schlüssel hatten, und rollten dann das Wellblechtor herunter.

Außer ein paar Kindern, die uns anstarrten, während mein Vater wegfuhr, waren unsere Nachbarn nicht an uns interessiert. Die Hausmeisterin, eine ältere Frau in einem Jagdrock mit wattierten Schultern, kam gegen fünf vorbei, um zu sehen, ob alles in Ordnung war. Zum Abendessen bestellte meine Mutter Pizza, was wir uns, so sagte sie, eigentlich nicht mehr leisten könnten.

«Da wären wir also», sagte sie als Trinkspruch zu unserer Gratiscola.

«Auf Foxwood», sagte ich.

Wir tranken, aber danach starrte meine Mutter zu lange in die fettige Schachtel. Sie sah, daß ich sie ertappt hatte, und lächelte.

«Es kommt mir noch unwirklich vor», sagte sie. «Es ist ein Gefühl wie in einem Motel, als wären wir im Urlaub. Ich denke dauernd, daß wir bald nach Hause fahren.»

«Ich auch», sagte ich.

«Aber das stimmt nicht», sagte sie und versuchte um meinetwillen fröhlich zu sein. «Wir leben jetzt hier. Punkt.»

«Mir macht das nichts aus.»

«Natürlich macht es dir was aus», sagte meine Mutter. «Red keinen Blödsinn.»

Am Montag wartete ich, nach Kieseln tretend, mit den Raybern-Schwestern auf den Bus. Sie stellten sich vor, indem sie sagten: «Du bist neu.» Wir waren seit einem ganzen Jahr in derselben Jahrgangsstufe, und doch schienen sie mich nicht wiederzuerkennen, geschweige denn meinen Namen zu wissen.

«Wo kommst du her?» sagte eine von ihnen – ich glaube, Lila. Sie hatte eine Schmetterlingsbrille und einen schmalen Mund; ihre Zähne waren zu meiner Überraschung makellos.

«Von hier», sagte ich. «Ich hab mein ganzes Leben hier gewohnt.»

«Aber nicht direkt hier», sagte die andere, Lily. Sie hatte die gleiche Brille und große Augen und Zähne, aber eine gebeugtere Körperhaltung, wodurch sie kleiner aussah.

«Butler», sagte ich. «Ich bin in Mrs. Reese' Klasse.»

Wir standen da, während der Wind an den Birken rüttelte, so daß sie wie Schiffsmasten knarrten und wankten. Obwohl wir nur eine Meile von unserem Haus entfernt waren, kam mir das Land wild und fremdartig vor, wie ein Ort, an dem ich mich verlaufen könnte.

«Oh, Mrs. Reese», sagte Lila, und ihre Miene hellte sich plötzlich auf. «Ich kenne Mrs. Reese.»

«Ist das nicht die mit dem Bein?» fragte Lily. Sie dachte an Mr. Donnelly, der eine Beinprothese hatte.

«Nein», sagte Lila, «die mit dem Gesicht», was zwar treffend, aber gemein war. Mrs. Reese hatte einen Schlaganfall gehabt, und ihre rechte Gesichtshälfte war gelähmt.

«Um wieviel Uhr», fragte ich, «kommt der Bus normalerweise hier an?»

«Spät», sagten sie beide.

Als ich einstieg, lachte der ganze Bus.

Ich habe nicht viel in Erinnerung von diesem Tag. Warren und ich bekifften uns wahrscheinlich und schwänzten die Lese- und Hausaufgabenstunde; Montag morgen war eine gute Zeit, um an Marsdens Teich herumzuhängen, weil nur die Hartnäckigsten draußen waren. Ich aß in der Cafeteria zu Mittag – einen gebackenen Käse, Mais, eine Portion Wackelpudding und zweimal Kakao für fünfundsechzig Cent. Am Nachmittag hatte ich Musik, was ich nie verpaßte, und dann war es Zeit, nach Hause zu fahren.

Ich saß mit Warren und dem Rest meiner Freunde hinten beim Notausgang. Die Raybern-Schwestern saßen vorn auf der rechten Seite, Lila zum Gang hin. Warren erzählte die Handlung der «Banacek»-Folge vom vorherigen Abend, in der ein Footballspieler mitten aus einer Spielertraube verschwunden war. Wir versuchten alle herauszubekommen, wie sie das Kunststück zuwege gebracht hatten, als der Fahrer, Mr. Millhauser, vor meinem früheren Haus hielt. Er streckte die Hand aus und zog kräftig an dem Griff, und die Tür ging quietschend auf.

Unwillkürlich griff ich nach meinem Kasten und meiner Büchertasche, dann fiel es mir ein. Vermutlich hatte es ihm niemand erzählt. Unser Name stand noch am Briefkasten, und in der Einfahrt lag sogar ein *Pennysaver*.

«Arthur?» sagte Mr. Millhauser und blickte zum Spiegel auf.

Meine Freunde – alle außer Warren – schauten mich an, um zu sehen, was los war. Die anderen Kinder im Bus flüsterten entweder, oder sie waren vollkommen still. Einige kamen aus Lake Vue. Ich fragte mich, wie viele Bescheid wußten und wie viele es in diesem Augenblick errieten. Ich dachte, daß ich vielleicht einfach aussteigen und so tun sollte, als würde ich reingehen, um dann, wenn der Bus weg war, zu trampen oder querfeldein nach Foxwood zu laufen.

«Arthur Parkinson?» rief Mr. Millhauser.

Ich blickte die getrockneten Schmutzstreifen unter dem Sitz vor mir an, die Schrauben, mit denen er am Boden befestigt war.

«Er wohnt nicht mehr hier», sagte Warren, laut genug, daß alle es hören konnten. «Er wohnt jetzt woanders.»

«Arthur?» fragte Mr. Millhauser, als könnte das ein Scherz sein.

Ich sah auf, bereit, ihm die Wahrheit zu sagen, aber als ich zu sprechen versuchte, blieben mir die Worte im Halse stekken. Ich konnte nur nicken. Vorn beugte sich Lila Raybern über den Gang, verdeckte mit einer Hand den Mund und sagte etwas zu Mr. Millhauser. Er machte die Tür zu und fuhr weiter.

VIER

IN LETZTER MINUTE ENTSCHEIDET SICH ANNIE
für das neue Burger Hut oben bei der High-School. Es ist
billig, keine ihrer Freundinnen arbeitet dort, und es erspart
ihr die Fahrt in die Stadt. Als sie anruft – von ihrer Mutter aus,
da sie das ihr zuliebe tut –, bietet Glenn ihr an zu fahren. Er
könne den Wagen seines Vaters bekommen, falls ihr der Lieferwagen nicht gefalle.

Warum sie sich nicht dort träfen, sagt sie, das sei einfacher.
Sie rechnet nicht mit Problemen, aber wenn irgend etwas
schiefläuft, will sie die Möglichkeit haben zu verschwinden.

«Willst du das etwa anziehen?» fragt ihre Mutter und meint
ihre Jeans, ihre schwarze Lederjacke, die im Flur hängt.

«Es ist das Burger Hut, Ma.»

«Ich bin mir sicher, daß Glenn etwas Hübsches anhaben
wird.»

«Es ist kein Rendezvous», sagt Annie. «Es ist nur ein Mittagessen.»

«Er bemüht sich. Bedeutet dir das denn gar nichts? Ich
würde meinen, du solltest dich für ihn freuen.»

«Er hat also einen Job. Ich hab einen Job *und* kümmere
mich um Tara.»

«Das hab ich alles schon gehört», sagt ihre Mutter. Sie
nimmt ein Weißbrot aus der Brotbüchse auf der Arbeitsplatte
und fängt an, ein Salamisandwich für Tara zu machen.

«Ich will nicht, daß du dir übertriebene Hoffnungen
machst», sagt Annie. «Oder ich.»

«Sei bloß dieses eine Mal nett.»

«Ich bin immer nett», sagt Annie. «Das ist mein Problem.»

Ihre Mutter ruft Tara zum Essen herein, stellt den Teller

auf den Tisch und setzt sich. Tara hebt die obere Scheibe an, um zu sehen, was sich darunter befindet – nur Mayo, ihre Mutter weiß, wie gern sie das ißt.

«Er bemüht sich.»

«Hörst du jetzt auf?» sagt Annie.

Tara zuzusehen macht sie hungrig. Sie nimmt ihre Handtasche mit nach oben und mustert ihr Gesicht im Badezimmerspiegel. Sie sieht müde aus von der Arbeit letzte Nacht, aufgedunsen. Sie findet ein Glas Noxzema-Creme und läßt etwas Wasser laufen, trocknet sich ab und durchstöbert ihren Kosmetikkoffer. Im Spiegel malt sie sich die Augen an, zeigt die Zähne, um zu sehen, ob sie weiß genug sind. Wird schon gehen. Sie probiert zwei Paar Ohrringe an, entscheidet sich dagegen und bürstet sich das Haar. Sie zieht es mit beiden Händen zurück, ein Gummiband griffbereit zwischen den Zähnen, und läßt es dann fallen und sich entfalten. Glenn mag es lang. Aus reinem Egoismus denkt sie, daß sie es schneiden lassen müßte.

Unten bemerkt May Annies verändertes Gesicht und freut sich insgeheim. Sosehr Annie sich auch beklagt, ohne Glenn ist sie nicht die alte; alle sagen das.

Während sie sich zum Gehen fertig macht, kreischt Tara am Tisch herum. «Ich will Daddy sehen, ich will Daddy sehen.» Sie schreit und strampelt und läßt ihre Milch überschwappen. Annie versucht sie zu beruhigen, obwohl sie beide wissen, daß das nichts nützen wird. Tara schreit jetzt mit hochrotem Kopf, und als Annie die Hand nach einer Serviette ausstreckt, um ihr die Nase abzuwischen, bleibt sie mit dem Ärmelaufschlag ihrer Jacke an Taras Glas hängen und kippt es um. Die Milch läuft auf Taras Schoß, spritzt auf den Stuhl, auf Annies Cowboystiefel, auf den Fußboden.

«Du kleines Miststück», zischt Annie und packt sie an den Schultern. Sie schwingt Tara aus dem Stuhl, stellt sie vor den Backofen und knallt ihren Kopf gegen den Griff. May will sie davon abhalten, ist aber wie gelähmt und kann sich nicht rühren. Sie ist nie auf Annies Wutanfälle gefaßt; sie erinnern sie an das eine Mal, als Charles über den Tisch nach Dennis langte. Aber Charles hatte einen Grund, und Dennis war schon groß, obwohl er es, genau wie Tara, nicht wagte zurückzuschlagen, sich nicht einmal verteidigte. Die Milch tropft. Tara wimmert und unterdrückt ihr Schluchzen. «Hör auf damit», brüllt Annie, hockt sich hin, um ihr in die Augen zu sehen, und haut ihr auf den Hintern, als sie sie nicht ansieht. «Was ist los mit dir? Warum machst du's mir so schwer?»

«Schon gut», sagt May und wischt alles auf. Ihr Gesicht glüht, als wäre *sie* angeschrien worden, und sie hat ein schlechtes Gewissen, weil sie nicht eingeschritten ist. Charles hat sie nie geschlagen. «Geh jetzt. Ich werde schon mit Tara fertig.»

«Ich will, daß du dich entschuldigst», verlangt Annie, aber Tara kann nicht aufhören zu weinen. «Verdammt noch mal!»

«Sie hat doch bloß geplempert», sagt May.

«Sie hat doch bloß geplempert», äfft Annie sie nach. «Jeden Tag wird geplempert. Mein ganzes Leben ist verplempert.»

May kommt um den Tisch herum und versucht sie zu beschwichtigen. «Es war ein Versehen.»

«Es ist immer ein Versehen», sagt Annie streng und sieht May an, als wolle sie sie dazu herausfordern, sie zu schlagen. May war im Begriff, sie an der Schulter zu fassen, aber ihre Hand verharrt zwischen ihnen. Annie dreht sich um, stolziert aus dem Zimmer und dem Haus und läßt die Haustür sperrangelweit offen, so daß die Kälte bis zu May und Tara in die Küche dringt.

«Schon gut», sagt May. «Mommy ist nicht böse auf dich.»

Tara steht immer noch am Backofen und schluchzt heftig. May zieht sie an ihrem Rock. «Schon gut», sagt sie. «Wir essen jetzt zu Mittag, und dann geht's uns schon besser.» Sie setzt sie in ihren Kinderstuhl und wartet mit dem Schließen der Haustür, bis sie wieder ißt. Als sie zurückkommt, sind Taras Augen rot, aber sie schiebt ihr Sandwich wie eine Eisenbahn am Rand ihres Tellers entlang.

«Sch-sch», zischt sie.

«Selber sch-sch», sagt May. «Iß dein Mittagessen.»

Glenn kommt zu früh, in seinen Sonntagskleidern, nur ohne Krawatte. Er hat es geschafft, den Tag frei zu bekommen, obwohl seine dreißigtägige Probezeit gerade erst angefangen hat. Er war schon einmal in diesem Burger Hut, aber vor Jahren, als es noch ein Winky's war. Für ihn ist das richtige Burger Hut in der Innenstadt, gegenüber dem Parkplatz, wo sich immer noch alle rumtreiben. Er und Annie sind dort nach einem Film im Penn auch immer gelandet. Es hat eine Theke und einen Grill, und man muß sich durchdrängen. Das hier ist dagegen ein typisches Fast-Food-Restaurant, mit einer Reihe feucht abgewischter gelber Tische zwischen den Fensternischen, die wie Turngeräte aussehen. Auf dem, an den er sich setzt, ist überall Salz verstreut. Er nimmt eine Serviette und wischt es weg, vergewissert sich, daß ihr Platz sauber ist. Das Restauarant ist ziemlich leer. Frauen sind paarweise aus dem Einkaufszentrum herübergeschlendert, ein paar Gruppen von Jugendlichen von der High-School, ein dicker Mann in Anzug und Krawatte, der zwei Tassen Kaffee zum Essen trinkt. Draußen fährt jaulend ein gelber Midas-Laster vor. Glenn blickt auf seine Armbanduhr und dann auf den vorbeiströmenden Verkehr, der die Blätter auf der Straße in Bewegung hält. Der Fury seines Vaters steht, diesen Morgen frisch gewaschen, auf dem Parkplatz, und er fragt sich, ob Bomber genug Wasser hat. Seine Mutter sagt, er spinne, wenn er glaube, daß Annie ihn wieder bei sich aufnehmen werde. Sein Vater versteht, daß er es wenigstens versuchen muß.

Sie kommt zu spät – nur zehn Minuten –, aber da ist er empfindlich. Sie nimmt keinen der freien Plätze zu beiden Seiten des Fury, schwenkt statt dessen auf einen vor dem

Fenster, wobei die Vorderreifen des Maverick gegen die Betonsperre stoßen, die den Wagen zurückfedern läßt. Sie steigt aus, hängt ihre Handtasche über die Schulter und geht zielstrebig über den Parkplatz, sieht dann die Tür und ändert wütend die Richtung. Glenn kann schon an ihrem Gang erkennen, daß sie schlechte Laune hat. Darauf ist er nicht vorbereitet, aber er steht auf, um sie zu begrüßen, und wischt unwillkürlich über sein Jackett. Voller Ungeduld macht sie die Tür auf und läßt den Blick über die Anwesenden wandern. Er ist – wieder einmal – zu fein angezogen und verwünscht erst sein Glück und dann seine Dummheit. Er winkt, und sie sieht ihn.

Sie hält ihm nicht die Wange hin, setzt sich nicht einmal.

«Harter Tag?» fragt er.

«Deine Tochter», sagt sie. «Und obendrein noch meine Mutter. Ich will nicht drüber reden. Hast du schon bestellt?»

«Ich habe gewartet. Was willst du, das Übliche?»

«Klar», sagt sie, läßt ihre Handtasche auf den Sitz fallen und zieht die Jacke aus. «Aber Vanilleshake. Ich muß bei der Arbeit gut aussehen.»

Er geht an die Theke, in der Hoffnung, daß sie ihn nicht zurückruft, um ihm Geld zu geben.

Am Tisch zündet sich Annie eine an und zieht einen Aschenbecher aus Silberpapier vor sich. Unterwegs ist sie wegen eines neuen Päckchens Marlboro in ein Stop-n-Go geflitzt, hat auf dem Parkplatz bei abgestelltem Motor eine geraucht und sich Vorwürfe gemacht, weil sie Tara geschlagen hat. Sie haßt es, so die Beherrschung zu verlieren, aber sie regt sich eben leicht auf, und Tara will nicht hören. «Meinst du etwa, mir macht es Spaß, dich anzuschreien?» schreit Annie. Sie fragt sich, wieviel Tara versteht, an wieviel sie sich erinnern wird. Annies Erinnerung reicht nicht so weit zurück, nur bis zur ersten Klasse, wo ihre Klassenkameradin Vanessa Cheeks mitten im Raum steht und rot wird, während sie auf den Fußboden pinkelt.

Direkt neben dem Fenster ist es kalt, und sie legt sich die Jacke um die Schultern. Sie blickt sich um; es ist niemand da, den sie kennt. Sie weiß nicht, was sie von diesem Essen erwartet, warum sie überhaupt hier ist. Sie hat es satt, sich das Leben vermiesen zu lassen.

Glenn kommt mit dem Shake und einem numerierten Abholzettel zurück. «Ich dachte, du hättest damit aufgehört.»

«Ich bin bloß ein bißchen mitgenommen.»

«Was war los?»

«Sie wollte mitkommen. Eigentlich wollte sie dich sehen.»

«Ich weiß, was daraus werden kann», sagt er. «Das macht sie bei mir die ganze Zeit. ‹Ich will zu Mommy, ich will zu Mommy.› Laut meiner Mutter ist das normal.»

«Ja», sagt Annie. Sie hat genug von Olives Weisheiten; sie braucht keine Ratschläge von einer Frau, die nie ein Kind zur Welt gebracht hat. Sie drückt ihre Zigarette aus und fängt an, ihren Shake zu trinken, in der Hoffnung, daß er es dabei bewenden läßt.

«Du bist immer noch sauer auf sie.»

«Eher auf mich selbst. Du weißt, wie ich bin. Ich werde frustriert, und dann vergesse ich mich.»

«Wenn sie sich so aufführt, kann man nichts dagegen machen.»

«Und meine Mutter tut so, als wäre alles meine Schuld.»

«Als hätte sie dich nie angeschrien», sagt Glenn im Scherz.

«Weißt du was», sagt Annie, «ich glaube wirklich nicht, daß sie das jemals getan hat.»

«Das ist lächerlich. Alle Eltern tun das, ihre Kinder anschreien.»

«Du schreist Tara nicht halb so oft an wie ich. Du bist ihr lustiger Daddy, und ich bin die gemeine Mommy.»

«Nur weil ich nicht mehr daheim bin.»

«Selbst als du noch da warst, hast du sie nie angeschrien. Das hast du mir überlassen.»

«Du hast recht», gesteht er ein. «Du kannst das besser.»

«Danke», sagt Annie. «Da fühl ich mich gleich viel besser.»

«So hab ich das nicht gemeint.»

«Ich weiß», sagt sie, «ich habe auch bloß Spaß gemacht.»

Ein Lautsprecher über der Theke ruft eine Nummer aus, die sie nicht verstehen kann.

«Das sind wir», sagt Glenn und geht hin. Annie beobachtet ihn, dünn in seiner guten Hose, und fragt sich, was für Medikamente er wohl nimmt. Er ist so ruhig. Sie weiß, daß er wegen seiner Depressionen in Behandlung ist. Als sie hörte, daß er versucht hatte sich umzubringen, fühlte sie sich nicht direkt schuldig, nur unachtsam. Den ganzen Winter hatte er auf dem Sofa gelegen. Sie war von der Arbeit nach Hause gekommen, und jedesmal hatte er im Dunkeln dagelegen, das Licht aus und eine Flasche auf dem Fußboden. Dann hatte er verrückte Sachen gesagt wie: «Hast du jemals geglaubt, du wärst Jesus?» Vielleicht hat er die Kirche die ganze Zeit über gebraucht. Er ist wirklich unerwartet gekommen, sein Glaube. Aber sie hat schon erlebt, wie so was bei ihm wieder aus den Fugen geraten ist. Trotzdem, er scheint sich so sicher zu sein. Annie will sich nicht eingestehen, daß ihre Mutter recht hat, aber er scheint sich wirklich am Riemen gerissen zu haben.

Als er mit dem Tablett zurückkommt, fragt sie: «Du arbeitest?»

«Auf dem Schrottplatz. Es ist ein belangloser Job, aber man verdient gut. Eigentlich gefällt er mir. Zu Hause wäre ich wahnsinnig geworden.»

Das Wort «wahnsinnig» läßt Annie erröten, und sie ißt ein paar Fritten. Sie haben nur eine Tüte; sie teilen sie sich.

«Ich ziehe aus, sobald ich genug Geld habe.»

«Wo willst du hin?» fragt Annie, bereit, ihn bei der falschen Antwort abblitzen zu lassen.

«In die Stadt, ich weiß nicht.»

Die Hamburger sind heiß und genauso gut wie im richtigen Burger Hut. Ihrer ist halbdurch und außen ein wenig schwarz, genau wie sie ihn gern ißt; er hat daran gedacht, daß sie Zwiebeln liebt und Tomaten nicht ausstehen kann. Während sie ißt, bemerkt sie, daß er sich, genau wie sie, umblickt und alle Leute mustert, als wären sie Spione.

«Ich komme mir vor wie auf einer Bühne», sagt er.

«Als wüßten sie alle, was wir hier machen.»

«Genau», sagt Glenn.

Annie hat sich nicht mehr so wohl mit ihm gefühlt, seit sie sich getrennt haben. Sie fragt sich, ob sie ehrlich sein und ihm von Brock erzählen soll, ihm sagen soll, daß er sich keine großen Hoffnungen zu machen brauche, obwohl sie weiß, daß sie das nicht tun wird. Es gibt keinen Grund dafür. Sie essen, und keiner von beiden nimmt die letzte Fritte.

«Und», fragt Glenn, nachdem sie die Verpackung zusammengeknüllt und in die Tassen gestopft haben, «wie geht es dir?»

«Okay», sagt sie. «Du weißt schon. Die Arbeit, Tara.»

«Hättest du vielleicht Lust, dir nächste Woche einen Film mit mir anzusehen?»

«Ich muß wahrscheinlich arbeiten.»

«Deine Mom sagt, du hast donnerstags frei.»

«Nicht immer», sagt Annie und verwünscht sie. «Ich muß auf meinem Dienstplan nachsehen.»

«Oder willst du bloß nicht mitgehen? Ich würde das schon verstehen.»

«Das ist es nicht. Es ist einfach kompliziert.»

«Triffst du dich mit jemand anders?»

«Nein», sagt sie unwillkürlich. «Es ist bloß komisch, mit seinem eigenen Mann ein Rendezvous zu verabreden. Nach allem, was passiert ist.»

Glenn gibt sich geschlagen und schiebt das Tablett an die Tischkante. Er steht auf. «Tja, denk drüber nach.»

«Nein», sagt sie. «Ich komme mit. Wenn ich frei habe.»

«Prima», sagt er, «okay», und steht mit dem Tablett da, verwirrt von seinem Glück. Ihm fällt ein, daß er eigentlich

den Abfall wegwerfen müßte, und er macht einen Abfalleimer ausfindig und stellt das Tablett oben auf den Stapel.
Als er zum Tisch zurückkommt, steckt sie gerade ihre Arme
in die Ärmel und macht sich zum Gehen fertig.

«Hier», sagt sie und gibt ihm drei Dollarscheine.

«Das Ganze kostet nur zweifünfzig.»

«Du kannst fürs Kino bezahlen», sagt sie.

Er hält ihr die Tür auf, wirft einen Blick zurück ins Burger
Hut, um zu sehen, ob die Leute sie immer noch beobachten.
In einer Nische auf der anderen Seite erkennt er den Sohn
von Don Parkinson. Glenn kann sich nicht an seinen Namen
erinnern. Er winkt. Der Junge blickt geradewegs durch ihn
hindurch, wendet das Gesicht ab und beißt in seinen Hamburger.

Das macht Glenn stutzig, verdirbt ihm aber nicht die
Laune. Er holt Annie am Maverick ein. Er vermasselt die
Sache nicht, indem er auf einen Kuß drängt, dankt ihr nur,
daß sie gekommen ist, und sagt, daß sie nicht hätte zahlen
müssen.

«Was sehen wir uns am Donnerstag an?» fragt Annie.

«Was du willst.»

«Du suchst es aus», sagt sie. «Das ist meine Bedingung.
Und zieh bitte Jeans an.»

Im Wagen seines Vaters geht Glenn das Rendezvous noch
einmal durch – ihre Verärgerung, der Vanilleshake, wie sie ja
sagte, während er das Tablett hielt –, durchdenkt es zwischen
den Ausfahrten von Anfang bis Ende, bis er so damit vertraut
ist wie mit einem seiner Lieblingssongs.

Am Sonntag sehen sie sich, als Glenn Tara abholt. Er bringt
einen riesigen ausgestopften Hasen mit, den Annie für zu
teuer hält, was bedeutet, daß sie ihn sich nicht leisten kann.
Die erste Zeit, nachdem sie sich getrennt hatten, schickte
Glenn ihr jeden Monat einen Scheck, aber während seiner
problematischen Zeit hörte er damit auf. Ohne sein Wissen

bot sein Vater ihr Geld an, das sie empört zurückwies. Sie hinkt einen Monat mit der Miete hinterher; glücklicherweise wohnen die Petersons – ihre Vermieter, seit sie die alte Mrs. Peterson davon überzeugt haben wegzugehen – in Florida. Sie kann sie endlos hinhalten, aber bald steht Weihnachten vor der Tür. Noch anderthalb Monate, und Annie hat noch nicht mit den Einkäufen begonnen. Sonntag morgens sitzt Tara auf dem Sofa, ißt trockene Corn-flakes und zeigt nach jedem Werbespot für Sprechpuppen oder ferngesteuerte Autos mit dem Finger, um zu verkünden: «Das will ich haben.»

Tara will den Hasen nicht loslassen. «Hasi-Hasi», singt sie leise, und wie könnte Annie ihn ihr wegnehmen? Außerdem ist alles so gut gelaufen. Im Augenblick will Annie sich mit niemandem streiten. Sie erinnert sich daran, wie ihr Vater ihr Ostern half, im Hinterhof ihren Korb vollzubekommen. Er trug sie auf den Schultern und lief schneller als ihre Brüder zum nächsten Ei. Das Geschenk ist nicht böse gemeint, denkt Annie jetzt, Glenn ist ihr Vater, und Tara ist seine Tochter. Und doch bleibt es ärgerlich. Sie sieht, wie hilflos er ist, versteht es aber nicht. Als Mutter kann sie sich nicht vorstellen, jemanden so zu lieben, daß sie nicht nein sagen könnte.

Als Glenn fragt, sagt Annie, ja, sie habe am Donnerstag frei. Sie kann sehen, daß er begeistert ist, beinahe so glücklich, wie ihre Mutter war. «Oh, Liebes», hat ihre Mutter gesagt und sie umarmt, «das ist aber schön», und Annie mußte sie beruhigen. Annie weiß nicht genau, ob sie selbst begeistert sein soll, ob das ein Schritt in die richtige Richtung ist. Sie denkt daran, wie schlimm es letzten Winter war, und diesen Frühling; sie hat sich immer noch nicht ganz davon erholt. Aber sie braucht jemanden, der ihr mit Tara hilft, und das Geld könnte sie auch gut gebrauchen. Im Haus macht er seine Sache gut.

Für den See sei es zu kalt, sagt Glenn. Er denkt an den neuen Aquazoo in Pittsburgh und fragt sich, ob Tara dafür nicht zu jung ist. Annie wünschte, er würde aufhören, sich an sie zu wenden, damit sie seine Entscheidungen trifft, sagt aber, ach was, das werde ihr einen Riesenspaß machen. Sie wartet, bis sie eine gute Viertelstunde weg sind, bevor sie sich duscht und etwas anzieht, das Brock noch nicht kennt.

Sie fährt die Nebenstrecke über Renfrew und kommt zu früh bei Susan's an, vor Brock. Der Parkplatz ist halbleer; die Steelers spielen erst spät gegen die Raiders. Annie will nicht ins Büro gehen. Wahrscheinlich läuft die Reservierung sowieso unter einem falschen Namen. Sie sitzt bei abgestelltem Motor und eingeschaltetem Radio im Wagen, bis sie anfängt, sich Sorgen um die Batterie zu machen. Ein niedriger, zerrissener Himmel gleitet über die Fernsehantenne. Brock ist noch nie zu spät gekommen, und sie war auch noch nie zu früh dran. Ein schwergewichtiger Mann in einem grünen Wollmantel und mit einer Kenworth-Mütze schlüpft in Zimmer 6, zehn Minuten später gefolgt von einem anderen Mann, den sie, das kann sie beschwören, schon im Country Club gesehen hat. Die Schlüssel liegen ihr schweißnaß in den Händen. Neben dem Büro steht eine blaue Telefonzelle. Sie weiß die Nummer auswendig, da sie, als es ihr schlechtging, Barb jeden Abend angerufen hat. Annie duckt sich in der Telefonzelle, in der Hoffnung, daß niemand sie sehen kann. Es ist wie in einem Krimi im Fernsehen, der Heckenschütze und der herunterbaumelnde Hörer. Sie hofft, daß er nicht krank ist.

«Hallo», meldet sich Barb mit schneidender Stimme.

«Barb», sagt Annie und improvisiert. Barb müßte jetzt im Club bei der Arbeit sein; sie hat gestern zweimal im Dienstplan nachgesehen. «Gut. Ich hab versucht, dich bei der Arbeit zu erreichen.»

«Annie», sagt Barb mit einem sarkastischen Unterton, der ihr das Herz stillstehen und sie erröten läßt. «Ich denke nicht, daß ich jetzt mit dir reden will. Ich spreche gerade mit Brock. Mit dir werde ich auch noch sprechen, weil es ein paar Dinge gibt, die ich dir sagen muß, aber das geht jetzt noch nicht.»

Annie steht in der Zelle, die metallummantelte Schnur
kühl an ihrem Arm. Sie will diese Neuigkeit nicht glauben.
Sie hat nie so weit vorausgedacht.

«Barb, es tut mir leid.»

«Es ist mir egal, ob es dir leid tut oder nicht. Mir ist alles
egal, was du noch zu mir sagst.» Sie hängt auf und läßt Annie
mit starrem Blick am Parkplatz zurück, wo ihr Wagen vor der
kahlen, häßlichen Fassade des Motels inmitten der anderen
nicht auffällt.

«Scheiße», sagt Annie und hält immer noch den Hörer. Sie
lehnt die Stirn an die Wählscheibe und macht die Augen zu.
«Scheiße, Scheiße, Scheiße.»

Als sie nach Hause kommt, steht Brocks Charger in der Einfahrt. Brock sitzt im Schneidersitz auf der Motorhaube und
starrt das Bier auf seinem Schoß an. Er hat eine frische Kratz-
wunde an der Stirn und noch eine am Kinn. Auf dem Rücksitz
türmen sich Kleider, Langspielplatten, eine Stereoanlage.
Sie denkt an das ganze Zeug, das Glenn dagelassen hat, die
staubigen Kartons im Keller.

«Ich hoffe, du glaubst nicht, daß du hierbleiben kannst»,
sagt Annie.

«Ich kann sonst nirgends hin.» Wenigstens ist er nicht betrunken, denkt Annie, nur niedergeschmettert. Sie fragt sich,
ob er Barb trotz allem geliebt hat, ist aber selbst zu verwirrt,
um ihn zu bemitleiden.

«Was ist mit deiner Tante?»

«Sie will mich nicht sehen.»

«Bei mir geht's nicht», sagt Annie.

«Eine Woche. Bloß bis ich was finde. Ich bezahle Miete,
ich wasche ab. Eine Woche, das verspreche ich.»

«Wie spät ist es?» fragt Annie und schaut auf ihre eigene
Armbanduhr. «Komm rein und laß uns reden. Laß das Zeug
hier.»

Drinnen holt sie ein Bier. Er hat seins vergessen und geht

auf und ab, und sie bringt ihn dazu, daß er sich setzt. Sie nimmt am anderen Ende des Sofas Platz, als seien sie dabei, sich zu trennen. Brock hat sie noch nicht geküßt und wird es auch nicht tun.

«Was ist passiert?» fragt Annie.

«Es war blöd. Sie hat einen Rechnungsdurchschlag von dem Motel in der Wäsche gefunden. Er war völlig zerknüllt, aber sie konnte ihn lesen. Sie hat mich unerwartet danach gefragt, und ich wußte nicht, was ich sagen sollte.»

«Also hast du ihr erzählt, daß ich es bin.»

«Ich konnte sie nicht anlügen.»

«Wie meinst du das?» fragt Annie. «Du hat sie wochenlang angelogen.»

«Sie hat es gewußt», sagt Brock. «Dein Name war der erste, auf den sie gekommen ist.»

«Und du hast ja gesagt.»

«Was hätte ich sagen sollen?»

«Na prima», sagt Annie. Sie klammert sich wie eine Ertrinkende an jeden Strohhalm, aber angesichts der Tatsache, daß Barb Bescheid weiß, schnürt es ihr einfach die Kehle zu. «Tja, da können wir jetzt nichts machen. Hör zu, Glenn wird in zwanzig Minuten hier sein. Warum besorgst du uns nicht was zum Abendessen und kommst so gegen sechs wieder? Ich will nicht, daß er dich hier sieht.»

«Was willst du denn zu essen?»

«Mir egal», sagt Annie. «Irgendwas, was Tara essen kann.»

«Zum Beispiel?»

«Fisch, Hähnchen, irgendwas. Bloß raus jetzt.»

«Annie», sagt Brock.

«Fang gar nicht erst an», sagt Annie, und dann ist sie mit Auf- und Abgehen dran.

Als seine Mutter ihm am Freitagabend erzählt, bei Annie wohne ein Mann, glaubt Glenn ihr nicht. Er war am Sonntag

da. Annie mußte ihre Verabredung gestern absagen, da sie bei
der Arbeit für ein anderes Mädchen einspringen mußte, aber
sie hat sie nur auf nächste Woche verschoben, wenn sie in der
Tagschicht arbeitet. Seine Mutter sagt, daß sie nur versuche,
ihm später Ärger zu ersparen. Clare Hardesty habe den Wagen des Burschen dort rein- und rausfahren sehen. Glenn versteht nicht, warum sie ständig seine Hoffnungen zunichte
machen muß. Sie geraten in der Küche darüber in Streit, und
Glenns Vater kommt herein und knistert mit dem *Eagle*.

«Warum rufst du sie nicht an?» schlägt er vor.

«Besser», sagt seine Mutter, «du fährst rüber und siehst
selber nach.»

Glenn ruft an und hat Annie am Apparat. Das Mädchen, für
das sie gestern abend die Schicht übernommen habe, tue ihr
jetzt den gleichen Gefallen. Annie lacht über die Anschuldi-
gung. «Sie sieht wahrscheinlich den Wagen meiner Mutter.
Ich versuche, sie öfter aus dem Haus zu kriegen.»

Glenn läßt es dabei bewenden, sagt nicht, daß Clare den
Polara kenne (sie selbst fährt einen Dodge, einen häßlichen
kleinen Dart). Er versucht sich daran zu erinnern, wann sie
ihn schon einmal belogen hat, und es fällt ihm nicht ein. Bis
jetzt war alles seine Schuld.

Annie erinnert ihn an ihre Verabredung am Donnerstag,
sagt, daß sie ihn am Sonntag sehe.

«Und?» sagt seine Mutter, als er auflegt.

«Es ist der Wagen ihrer Mutter.»

Seine Mutter macht eine spöttische Bemerkung und stößt
ein bißchen Luft aus.

«Livvie», sagt sein Vater.

«Ich hab's versucht», sagt sie. «Niemand kann sagen, daß
ich's nicht versucht habe.»

Glenn will ihr weh tun, ihr ins Gesicht sagen, daß sie ihn
nicht liebe, daß sie nicht seine richtige Mutter sei, aber er tut
es nicht. Sein Vater sieht ihn mitleidig an (er ist immerzu traurig und versucht immerzu ihm zu helfen, weil er so ein Versa-

ger ist), und da er das schon so oft getan hat, seit er zu Hause ist, dreht Glenn sich um, nimmt seine Jacke von der Hintertür und läßt die beiden wortlos stehen.

Bomber knurrt, weil er nicht weiß, wer es ist, dann erkennt er Glenn. Der Strahler an der Ecke der Veranda geht an – erneut sein Vater –, und die kahlen Äste der Eiche werfen ihre Schatten auf seinen Lieferwagen. Bomber hört seine Schlüssel und will mitfahren. Glenn läßt ihn von der Kette, und der Hund läuft direkt auf die Fahrertür zu.

Auf dem Weg durch die Stadt hält er am 7-Eleven und holt sich einen Sechserpack Iron City. Er muß mit Rafe reden, einem alten Kumpel von der High-School, mit dem er gearbeitet hat, als er noch mit Annie zusammen war. Er wohnt draußen hinter der Junior High in dem Haus, das ihm seine Eltern hinterlassen haben. Die Möbel sind aus Eschenholz und Kirschbaum, die Teppiche durchgescheuert. Als Glenn eine Unterkunft brauchte, war Rafe bereit, ihm ein Zimmer zu überlassen. Das ging nicht lange gut, sie waren beide zu kaputt und verloren ihre Jobs. Sie redeten immer bis spätabends stockbesoffen darüber, daß das mit Tara das einzige sei, was Glenn in seinem Leben richtig gemacht habe, obwohl sie wußten, daß sie aufstehen und zur Arbeit mußten. Rafe ist zeugungsunfähig. Er hielt Glenn immer im Arm und schluchzte, versuchte sich zu erklären. «Mann, du hast Tara, egal was passiert, Mann, sie bleibt dir.»

«Komm schon, Mann», sagte Glenn, «fang nicht schon wieder mit der Scheiße an.»

«Du hast recht», sagte Rafe dann, schniefte und versuchte zu lachen. «Du weißt, ich kann nichts dafür.»

Aber als Glenn jetzt in die matschige Einfahrt biegt, sieht er, daß in Rafes Haus, bis auf eine Lampe über der Garage, alles dunkel ist. Sein Bronco ist nicht da. Bomber scharrt an der Fensterscheibe, weil er denkt, daß sie aussteigen.

«Immer mit der Ruhe», schimpft Glenn ihn aus. Er macht ein Iron auf und klatscht den magnetisierten Öffner wieder ans Armaturenbrett, aber er fällt in Bombers Fußraum. «Was für ein beschissener Tag.»

Er fährt raus zum See und setzt sich an einen Campingtisch. Auf der anderen Seite des Wassers machen die Lichter der Sommerhäuser die Uferlinie kenntlich. Im Wind fühlt sich das Bier warm an. Die Schaukeln quietschen. Bomber läuft im Dunkeln hin und her, ein Schemen. Glenn fragt sich, was Nan ihm raten würde. Es ist zu kalt gewesen, November; er hat sie seit Wochen nicht gesehen. Er hat ihre Nummer irgendwo, und er kann jederzeit im Telefonbuch nachsehen.

Die Sterne stehen am Himmel. Er lehnt sich an den Tisch zurück, um sie anzusehen. Manchmal in der Kirche stellt Glenn sich vor, wie Jesus vom Himmel herabsteigt, die Nacht wie einen Vorhang beiseite zieht und ihm, das Schwert der Gerechtigkeit Gottes hinter sich herziehend, sein flammendes Fleisch zeigt. Glenn ist zu dem Schluß gekommen, daß er noch nicht gerettet ist, daß Jesus seine Sünde als das erkennt, was sie ist. Wenn er sich zum Glaubensbekenntnis hinkniet und die Augen zumacht, sieht er das tränenüberströmte Gesicht seines Vaters, spürt das Kratzen des Schlauchs in seinem Hals, während ihm der Magen ausgepumpt wird. Nichts davon hat sich geändert, denkt er. Er kann sich vorstellen, daß er es jeden Tag wieder tut, jedesmal wenn er sieht, daß die Aspirintabletten im Medizinschränkchen unten im Bad vor ihm versteckt werden. «Und erlöse uns von dem Bösen», betet er. «Denn dein ist das Reich und die Kraft und die Herrlichkeit. In Ewigkeit. Amen.»

Er denkt an die Kindheit seines richtigen Vaters unter dem See, an den Staub eines Kleinstadtsommers. «Blödsinn», sagt er und sieht seine betrunkene Mutter vor sich, wie sie im Busbahnhof von Pittsburgh Soldaten um 25-Cent-Stücke anbettelt. Sie war es, die ihn zur Adoption freigegeben hat, nicht sein Vater, aber Glenn macht ihr keine Vorwürfe. «Zumindest hat sie's versucht», sagt er, stellt fest, daß sein Bier leer ist und macht ein neues auf. Er schließt die Augen, öffnet sie kurz darauf wieder. So leicht verschwinden diese Geister nicht.

Die Sterne weichen zurück und treten wieder hervor; der Wind raschelt in den Bäumen. Glenn trinkt das letzte Bier aus und donnert das Leergut in einen waschbärensicheren Abfalleimer. Bomber weiß, daß es Zeit ist zu gehen, und wartet an der Tür auf ihn.

«Ich komme schon», sagt Glenn und stapft bergauf.

Er hat nicht die Absicht, bei Annie vorbeizufahren. Erst als die Ausfahrt zur High-School auftaucht, wird er schwach, schwenkt auf die Abfahrt und bremst zu spät am Stoppschild. Er ist nicht betrunken, nur genügend angeduselt, um über den riesigen, angestrahlten Big Boy in seiner karierten Latzhose auf dem Dach des Eat 'n' Park zu lachen. Die Bank mit dem Autoschalter gibt bekannt, daß es nach Mitternacht ist und kalt genug für Schnee. Er biegt links ab, weg von den blauen Gas-and-Food-Hinweispfeilen, und die Lichter der Stadt funkeln in Bombers Fensterscheibe.

«Das ist nicht unsere Welt, mein Alter», sagt Glenn und klopft ihm auf die Schulter.

Die Straßenlaterne halbwegs die Turkey Hill Road runter wirft einen öden Lichtkegel auf die Straße und färbt ihre Risse und Schlaglöcher schwarz. Dahinter, so weit entfernt wie die Sterne, leuchten die Fensterscheiben des zweistöckigen Hauses. Glenn schaltet die Scheinwerfer und den Motor aus und läßt den Wagen die abschüssige Straße runterrollen. Er kann nichts sehen, bevor er unter die Straßenlaterne gleitet, und da ist es zu spät, um umzukehren.

In der Einfahrt steht Annies Maverick.

«Ha», sagt Glenn und stößt Bomber an, als hätten sie darum gewettet und er hätte verloren. Er hält an, und der Hund fällt beinahe in den Fußraum. Sie sind immer noch ein paar hundert Meter weit weg, außer Sichtweite im Dunkeln. Über dem Haus erhebt sich der Wasserturm swimmingpoolblau, den Tank voll übermalter Namen. Der Wald ist dunkel, die Nacht darüber wird vom Scheinwerferlicht des auf der Interstate vorbeifahrenden Verkehrs erleuchtet. Letzten Sommer haben er und Annie ihre Schlafsäcke aufs Feld mitgenommen und sich, mit Tara zwischen sich, die Sterne angesehen, bis es mit dem Ungeziefer nicht mehr auszuhalten war. Er denkt, er sollte am Halloweenabend in Verkleidung auftauchen, Bomber vielleicht einen Umhang umlegen.

«Was meinst du?» fragt er. «Superdog, Scooby Doo?»

Bomber legt den Kopf schief.

«Such dir was aus.»

Bomber berührt mit der Pfote sein Bein. Er weiß nicht, was los ist, warum sie so nah an zu Hause aufgehalten werden.

«Okay, Alter», sagt Glenn und startet den Lieferwagen. Er hofft, daß Annie entweder schon schläft oder noch fernsieht. Mit ausgeschalteten Scheinwerfern versucht er, in drei Zügen zu wenden, braucht aber fünf und schleicht dann die Turkey Hill Road im ersten Gang hinauf.

An der T-förmigen Kreuzung gegenüber von den Hardestys (eingeschlafen, unten alles dunkel), knipst Glenn die Scheinwerfer an. Er muß warten, um einen Wagen vorbeizulassen, aber der drosselt die Geschwindigkeit – abrupt, als würde der Fahrer Glenn für einen Bullen halten – und biegt dann in die Turkey Hill Road, wobei seine Scheinwerfer über den Lieferwagen streichen und er Staub vom Randstreifen aufwirbelt.

Der Wagen fährt an Glenn vorbei und hält dann an. Er kennt die Rücklichter von der Arbeit – ein '72er Charger – und stellt die Verbindung her. Es ist Barb mit ihrem Freund. Die Küche bleibt kalt, und sie halten Ausschau nach einer Party. Glenn weiß nicht, wie er erklären soll, daß er hier ist, und meint, es wäre vielleicht das beste, sofort alles zu bekennen, zurückzusetzen und mit ihnen zu reden, zu sagen, daß er geklopft habe, aber niemand daheim gewesen sei.

Er schaltet in den Rückwärtsgang und blickt über die Schulter, um zu sehen, wo er hinfährt. Die Bremslichter des

Charger leuchten auf, verglühen wieder, und dann fährt er davon.

Sie haben ihn gesehen, denkt er. Er kann nicht wegfahren.

Diesmal gelingt es ihm, in drei Zügen zu wenden, und er fährt zurück zum Haus, probt schon Entschuldigungen. Der Charger fährt unter der Straßenlaterne hindurch und ist ganz schön schnell. Er weiß, daß Brock gern Auto fährt.

Aber Glenn erkennt, daß es nicht Brock ist, weil der Charger nicht in die Einfahrt biegt. Er kommt an die Wendestelle, die Scheinwerfer beleuchten die Leitplanke, und er schwenkt langsam auf die unbefestigte Straße, die zu Marsdens Teich zurückführt. Das ist ein Platz zum Knutschen. Im Sommer haben sie immer die ganze Nacht Autos gehört, das Scheppern von zerbrechendem Glas, Geschrei und Gebrüll. Ab und zu kamen die Bullen. Annie hat erwähnt, daß sie, seit Glenn weg ist, einen der alten Revolver von ihrem Vater hat, für den Fall, daß es Ärger gibt, aber es ist nichts passiert. Er macht sich immer noch Sorgen um sie. Es ist seine beste und vielleicht auch die einzige Begründung dafür, daß er hier ist, und plötzlich, jetzt, da er aus dem Schneider ist und der Alkohol ihn ritterlich macht, glaubt er, daß es stimmt. Er ist ihr Beschützer, egal, ob sie es zu schätzen weiß oder nicht.

Er hält an der Straßenlaterne und dreht wieder um, läßt diesmal die Scheinwerfer an. Wenn sie ihn noch nicht gesehen hat, wird sie es jetzt auch nicht tun.

An der Kreuzung biegt Glenn links ab, wendet, fährt an den Straßenrand und schaltet die Scheinwerfer aus. Er wird von den Bäumen verdeckt, schaut aber weit genug hervor, um die Wendestelle und das Haus sehen zu können. Er will den Charger wieder rauskommen sehen; er will sich sicher sein, bevor er es seiner Mutter erzählt. Bomber ist verwirrt.

Das ist albern, denkt er nach ein paar Minuten. Er muß am nächsten Morgen aufstehen und zur Arbeit gehen, und er hat jetzt schon Kopfschmerzen von dem Bier. Er will gerade aufgeben, als er ein Licht durch den Wald gleiten sieht. Es ist der

Charger, der auf der unbefestigten Straße zurückkommt. Er erscheint unter dem Turm, schwenkt seine Scheinwerfer in Glenns Richtung.

«Das ging aber schnell», sagt der.

Er wartet darauf, daß er die Turkey Hill Road raufkommt, aber er kommt nicht. Er biegt in die Einfahrt hinter den Maverick, und es steigt jemand aus. Glenn wischt seine Atemluft von der beschlagenen Scheibe, springt, als das nichts bewirkt, aus dem Lieferwagen und läuft in der Kälte näher ran, wobei er seine Augen beschirmt, um besser zu sehen, als würde die Sonne scheinen. Auf diese Entfernung, im Lichtschein der Fenster, könnte es Barb, Brock oder sonst jemand sein. Der Fahrer geht über den Rasen. Die Tür geht auf, und dieses neu hinzukommende Licht reicht aus, um Glenn an dem flammenden Haar erkennen zu lassen, daß es sich bei dem Fahrer in Wahrheit um Annie handelt, so daß die größere Person neben ihr, die ihr die Tüte abnimmt und sie küßt, folgerichtig Brock ist.

Annie ist die Tagschicht zuwider, besonders im Winter, aber das ist die einzige Möglichkeit, ihren Job zu behalten. Barb hat die anderen Mädchen in der Nachtschicht gegen sie aufgehetzt; so kann man nicht arbeiten. Ihre Stechkarte ist dauernd verschwunden, und auf dem Dienstplan schreibt jemand überall hinter ihren Namen «Schlampe». Clare Hardesty hat schnippisch gesagt, daß sie ungeachtet dessen, was alle dächten, weiter für sie babysitten werde, und wenn ihre Mutter den Tag dazu benutzt, Freunde im Overlook-Altenheim zu besuchen (wo witzigerweise Brock arbeitet), läßt Annie Tara widerwillig bei Clare, die sie weder leiden noch sich leisten kann. Annie bedient die wenigen zu Mittag essenden Paare im Hauptspeiseraum, bringt ein Tablett Manhattans an einen Tisch in der Bar. Um drei ist es leer. In der Pause trinkt sie ihr kostenloses Tab und beobachtet, wie die Blätter über den verlassenen Golfplatz jagen. Die bunten Girlanden aus

Kreppapier, die für den bevorstehenden Turkey Trot aufge-
spannt sind, machen sich über sie lustig. Schließlich trifft sie
Vorbereitungen fürs Abendessen, schneidet Salat und füllt
mit den Studienabbrechern in der Küche Gewürzständer
nach. Dort spielen sie nur klassische Musik, weil Michael,
der Koch, gern so was hört, und als sie losfährt, um Tara abzuholen, läßt sie WDVE dudeln – Aerosmith: «Dream On.»

«Hör zu», sagt Glenn am Telefon, «ich verzeihe dir.»

Sie hängt auf, und das Telefon klingelt unter ihrer Hand.

«Uns allen wird vergeben. Daran glaube ich. Daran muß
ich glauben.»

«Bitte», sagt sie, «ich will nicht die Polizei verständigen
müssen.»

«Du vögelst mit ihm», sagt Glenn, «in unserem Bett. Wie
kannst du das tun?»

Barb ruft sie einmal an, um klarzustellen, daß es ihr nichts
ausmache, Brock zu verlieren. Daß sie es sei, habe ihr weh
getan, und sie wisse nicht, warum.

«Warum hast du das getan?» fragt Barb, nachdem sie sie
angeraunzt hat, und sagt ihr unter Tränen, daß sie nie wieder
Freundinnen sein können. Annie kann nichts erwidern. Sie
denkt an die Zeit, als Barb sich von Mark getrennt hat, wie sie
sie tröstete, wie sie beide auf Barbs Feuertreppe saßen, Pfef-
ferminzschnaps tranken und horchten, wie die Teams des
Wohltätigkeitsvereins der Polizei auf dem Kirchhof die
Drahtnetze klirren ließen. Als sie die Flasche ausgetrunken
hatten, schrieb sie Marks Namen auf die Folie, ließ Barb
einen Kuß darauf drücken und die Flasche in den Müllcontainer unten werfen. Sie ging kaputt, und die ballspielenden
Jungs schauten alle herüber.

«Ich weiß nicht. Du weißt, daß man manchmal verrückte
Sachen macht.»

«Nein», sagt Barb anklagend und widerlegt ihr Argument
mit einem Satz. «Man tut das, was man will.»

«Dann weiß ich's nicht», sagt Annie. «Es war nicht seinetwegen, oder wenn doch, dann jetzt nicht mehr. Und es war nicht meinetwegen; ich schwöre bei Gott, daß ich dir nicht weh tun wollte.»

«Hast du aber.»

«Stimmt», sagt Annie. Sie hat es satt, sich zu entschuldigen, und lauscht der Stille. Sie kann nicht mehr tiefer sinken.

«War's das wert?» fragt Barb. «Hast du bekommen, was du wolltest?»

«Nein.»

«Glenn hat mich angerufen. Er hat sich noch fertiger angehört als sonst.»

«Ich weiß», sagt Annie. «Er hat mich jeden Tag angerufen. Er hat mich bei der Arbeit angerufen.»

«Das hab ich gehört», sagt Barb. «Weißt du, was ich dazu sage? Ich sage, daß du alles, was du abkriegst, auch verdienst.»

«Ich kann nicht kündigen», sagt Annie.

«Das ist nicht mein Problem», sagt Barb. «Du bist alt genug. Das hast du dir selber eingebrockt. Erwarte bloß nicht, daß ich mit dir rede. Geh mir aus dem Weg.»

Als sie fertig sind, ist Annie enttäuscht, als hätte sie mehr erwartet. Sie ist erstaunt, daß Barb überhaupt angerufen hat. Ich hätte das nicht getan, denkt sie. Die ganze Angelegenheit erinnert sie an die High-School, daran, wie leicht es war, sich mit jemandem eine Woche, einen Monat lang einzulassen, und wie schwer das jetzt ist. Damals war es nicht Vertrauen, was sie brauchte (und sie wünscht sich, daß es noch so wäre; sie ist jung, es ist nicht ihre Schuld, daß sie sich verliebt hat). Sie erwartet nicht, daß Barb ihr sofort verzeiht.

Auch ihre Mutter ist nicht mit ihr zufrieden. Sie sagt, Annie hätte ihr von Brock erzählen können, kommt dann aber nicht rüber, wenn er da ist. Annie weiß, daß sie sie für dumm hält, daß sie glaubt, sie tue das alles ohne Rücksicht

auf die Folgen. Annie ist der Meinung, daß ihre Mutter auf
ihrer Seite sein sollte, egal, ob das stimmt oder nicht. Sie tragen ihre Scharmützel dort aus, wo Tara sie nicht hören kann.

«Du schlägst offensichtlich nach deinem Vater», entfährt
es ihrer Mutter.

«Was soll das heißen?» fragt Annie.

Ihre Mutter schenkt ihr keine Beachtung, als hätte sie das
nie gesagt. «Ich mache mir keine Sorgen um dich, sondern
um Tara.»

«Es ist alles in Ordnung», beteuert Annie. «Es gibt nichts,
worüber du dir Sorgen machen mußt.»

«Olive hat mich angerufen», sagt sie. Normalerweise machen sie sich über Glenns Mutter lustig, aber nicht jetzt.
«Hört sich an, als hätte es ihn schwer getroffen. Du kannst
ihm keinen Vorwurf machen.»

«Das hat nichts mit Glenn zu tun», sagt Annie, aber das
glaubt nicht einmal sie. Neulich nachts hat sie seinen Lieferwagen erkannt. «Er hat mich angerufen», gesteht sie ein.
«Drohungen ausgestoßen.»

«Er ist verletzt. Das kannst du sicher verstehen.»

«Ich hab keine Angst vor ihm.»

«Du weißt, daß du jederzeit hierbleiben kannst, wenn du
willst.»

«Ich hab ein Zuhause», sagt Annie, müde, ihr Leben
rechtfertigen zu müssen. Sie hören auf zu reden, belassen es
beim Unentschieden.

«Oh, Liebes», sagt ihre Mutter, die damit unzufrieden ist,
«ich wünschte, du hättest es mir erzählt.»

Das einzig Gute an der Situation, denkt Annie, ist Brock.
Nicht auszudenken, daß sie ihn weghaben wollte. Seine
Schicht im Overlook-Altenheim ist um elf zu Ende. An drei
Nachmittagen in der Woche paßt er auf Tara auf. Er läßt sie
auf seinen Schultern reiten, schwingt sie an den Füßen im
Kreis herum. Wenn sie sich Comics anschauen, liest er ihr die
Überschriften vor – «Acme Rocket Company», «Tasmanius

Horribilus» –, erklärt ihr, was die 4-F-Methode ist. Sie lassen den ganzen Tag die Schlafanzüge an und kuscheln sich unter die Decke. Genau wie Glenn überläßt er es Annie, Tara zu bestrafen, was richtig ist, weil sie nicht seine Tochter ist. Wenn sie es ernst miteinander meinten, wäre das etwas anderes. Manchmal, wenn sie dabei zusieht, wie er sie sich über die Schulter wirft, macht sich Annie erneut Gedanken über ihn, denkt, daß sie jetzt auf ihn zählen kann – bis er nachts um eins nach Hause kommt und nach Gras riecht. Alles, woran sie dann denken kann, ist, daß er Barb betrogen hat. Er entschuldigt sich, sagt, daß er es nicht gewohnt sei, bei einer Familie zu leben.

«Dann solltest du dich lieber schnell dran gewöhnen», rät sie ihm, aber nur, weil sie den ganzen Tag gearbeitet hat und die paar erholsamen Stunden, die ihr bleiben, mit ihm zusammen verbringen wollte. Im Bett hat sie ihm schon verziehen, und sie schlafen engumschlungen ein.

Als sie ein paar Tage später längst schlafen, wacht Annie auf, weil irgendwo Glas zu Bruch geht und weit entfernt ein Hund bellt. Es ist zu nahe, um vom Teich her zu kommen. Noch einmal, vor dem Haus. Der Radiowecker zeigt Viertel nach drei. Sie stößt Brock an.

«Ich hoffe, daß das nicht er ist», sagt er, «weil ich ihn dann nämlich in den Arsch trete.» Er rollt sich aus dem Bett und kommt mit den Füßen zuerst auf, als wäre er darauf vorbereitet gewesen. Er nimmt seine Jeans vom Türgriff des Wandschranks, zieht sie mit einem Ruck über seinen Schlafanzug und läßt die Gürtelschnalle runterbaumeln. Draußen kracht es erneut, und auf der anderen Seite des Flurs wacht Tara auf und jammert. Annie nimmt sie auf den Arm und folgt Brock bis zur Treppe. Sie wartet oben, während er zur Haustür runtergeht und mit einem Finger den Vorhang anhebt.

«Er ist es», sagt Brock, knipst, bevor sie reagieren kann, das Licht draußen an und macht die Tür auf. «He!» brüllt er. «Arschloch!»

«Brock!» flüstert sie und versucht, ihn wieder reinzurufen. Sie hört, wie Glenn irgend etwas brüllt, und stürzt ins vordere Zimmer, um zu sehen, was los ist. Sie sorgen immer dafür, daß die Tür zu ist, um Heizkosten zu sparen, und bei der Kälte drückt sie Tara fester an sich und streichelt sie, damit ihr warm wird. Sie läßt das Licht aus und geht ans Fenster.

Unten steht Glenns Lieferwagen mitten auf der Straße, und Glenn, in einer Hand ein Bier, wedelt im Scheinwerferlicht mit den Armen. Er ist stockbetrunken, um ihn herum lauter zerbrochene Flaschen. Bomber im Führerhaus dreht völlig durch. Hinter dem Lieferwagen dehnt sich das Feld dunkel bis zum Wald; der Wasserturm leuchtet wie ein blauer Mond.

«Es ist Daddy», piepst Tara.

«Nein, Schatz», sagt Annie, «es ist jemand anders.»

«Daddy», schreit Tara, «Daddy.»

«Scht», sagt Annie, «das ist nicht Daddy», drückt sie an sich und dreht sich um, damit sie es nicht sehen kann. Sie wiegt sich, als wäre Tara wieder ein Baby.

Brock steht in seiner Schlafanzugjacke barfuß in dem mit Rauhreif bedeckten Vorgarten und versucht, vernünftig mit Glenn zu reden. Annie denkt an den Revolver ihres Vaters in ihrem Nachttisch, an das Telefon neben dem Bett. Tara windet sich in ihrem Arm und versucht etwas zu sehen.

Glenn wirft seine Bierflasche in die Luft und läßt sie vor seinen Füßen zerspringen. Er zeigt auf Brock und droht ihm mit dem Finger. Brock zuckt mit den Achseln, die Handflächen nach oben gerichtet – was ist los? –, und winkt Glenn dann mit beiden Händen zu sich, als würde er jemandem beim Einparken helfen. Glenn tritt an den Rand des Grundstücks; Brock geht auf ihn zu und bleibt dann stehen. Sie beugen sich vor, um einander über eine unsichtbare Linie hinweg anzubrüllen. Bomber scharrt mit den Pfoten an der Fensterscheibe.

Annie kann sehen, wie der Dampf aus ihren Münden

strömt, und hören, wie laut sie schreien, aber die Worte gehen in Taras Schluchzen unter. Sie denkt, daß es unnütz wäre, die Polizei zu verständigen; sie käme nicht mehr rechtzeitig. Sie trägt die sich windende Tara in ihr Schlafzimmer und macht die Tür zu, geht in ihr eigenes Schlafzimmer und holt den Revolver.

Er ist nicht geladen, damit Tara sich nicht damit verletzen kann, aber Glenn weiß das nicht.

«Es ist alles okay, Schatz», ruft sie Tara durch die Tür zu und geht nach unten.

Die Treppe draußen ist eiskalt an ihren Füßen. Alles ist längst vorbei. Brock sitzt Glenn wie bei einer Schulhofschlägerei auf der Brust und schreit ihm ins Gesicht: «Versuch bloß nicht noch mal so eine Scheiße bei mir.» Durch Bombers Atem ist das ganze Führerhaus beschlagen. Glenn hat unter dem Auge eine Platzwunde, und seine Zähne sind blutverschmiert. Seine Oberlippe ist aufgeplatzt wie ein zerquetschter Pfirsich. Brock ist nichts passiert, außer daß seine Schlafanzugjacke zerrissen ist. Er sieht den Revolver und sagt ihr, daß sie ihn weglegen solle. Glenn dreht den Kopf zur Seite und spuckt Blut.

«Ich laß dich jetzt gehen», sagt Brock. «Ich will, daß du in deinen Lieferwagen steigst und von hier verschwindest, hast du verstanden? Ich will deinem Hund nichts tun.»

Glenn nickt, wirft aber gleichzeitig Annie einen mitleidheischenden Blick zu. Der Blick ist verschwommen; sie hat ihn noch nie so betrunken gesehen. Aber sein Gesicht. Er ist selbst schuld, denkt sie und wendet sich ab.

«Geh etwas zurück» rät ihr Brock, sagt dann: «Okay, Smokin' Joe», und stößt sich von Glenn ab.

Glenn rollt herum. Nasse Blätter kleben ihm am Rücken. Er stützt sich auf Hände und Knie und fährt mit den Fingern zum Mund und dann an die Wange. Er steht auf wie ein alter Mann, stolpert und geht, ohne zurückzublicken, durch den Vorgarten davon. Annie faßt Brock am Arm, und sie sehen zu, wie er sich in den Lieferwagen zwängt. Bomber stürzt sich auf ihn. Er braucht einen Augenblick, bis er die Tür zubekommt. Er legt den Gang ein, beugt sich aber heraus, bevor er mit einem Knirschen über die Glasscherben fährt, und spuckt noch einmal aus.

«Ich lasse mich nicht verleiten von dieser Welt», krächzt er. Er weint.

«Verschwinde, du Depp», sagt Brock und zeigt ihm den Mittelfinger.

Während der Lieferwagen unter der Straßenlaterne hindurchfährt, massiert Brock sich die Knöchel, spuckt aus und legt sich einen Finger an die Lippen. «Ich glaub, ich hab ihm einen Schneidezahn ausgeschlagen.» Er reckt das Kinn, lächelt für sie und fragt mit zusammengebissenen Zähnen, während sie ihn untersucht: «Hast du die Bullen schon verständigt?»

FÜNF

MEINE MUTTER BETEUERT, DASS DER SCHNEE in diesem Winter einfach nicht tauen wollte. Ihr zufolge kam es Mitte November zu den ersten Schneefällen, und wir sahen das Gras erst im Frühling wieder. Ich erinnere mich deutlich an eine Schar kleiner Kinder, die, unförmig wie Astronauten, in ihren Skianzügen in der Mondlandschaft aus gefrorenem Schlamm unter dem Klettergerüst spielten, aber es ist unwichtig, wie es in Wirklichkeit war; was meine Mutter damit zu sagen versucht, ist, daß wir gefroren haben in Foxwood, und das stimmt.

In unserem Apartment gab es keinen Thermostaten. Das stellten wir fest, als die Temperatur zwei Wochen nach unserem Einzug über Nacht jäh um zehn Grad fiel. Meine Mutter ging von einem Zimmer ins andere und rechnete irgendwo mit einem Kasten an der Wand.

«Arthur», rief sie, «komm und hilf mir.»

Als wir keinen finden konnten, sank sie auf unser Sofa und stützte die Stirn auf beide Hände. «Tut mir leid», sagte sie.

«Schon okay», sagte ich.

Der Hausmeister sagte, daß unser Gebäude eine Zeitschaltung habe, was bedeutete, daß wir, wenn wir aufwachten, ein schwaches Klicken in der Verteilerdose unter der Fußleiste hörten. Die untere Hälfte der Fensterscheiben war vereist. Meine Mutter setzte Kaffee auf und kaufte eine gepolsterte Klosettbrille. Wir gingen im Pullover ins Bett.

Inzwischen war meine Mutter zu dem Schluß gekommen, daß es ein Fehler gewesen sei, nach Foxwood zu ziehen, aber sie hatte den Mietvertrag unterschrieben, und wir saßen fest. Sie ärgerte sich, daß sie auf den neuen Anstrich und den Teppichboden reingefallen war. Jeden Tag entschuldigte sie sich dafür, daß wir kein heißes Wasser hatten, als wäre das ein Verbrechen, und keifte mich dann zehn Minuten später an, weil ich den Stecker des Toasters nicht rausgezogen hatte. Sie brauche meine Hilfe, sagte sie, ob ich das nicht sähe?

Morgens war ich sorgsam darauf bedacht, mich gleich mit ihrem ersten Vorschlag fürs Frühstück einverstanden zu erklären. Da mein Vater nicht bedient werden mußte, waren wir schnell fertig. Daran war meine Mutter nicht gewöhnt. Sie schlenderte durch das Apartment und versuchte, ihr Feuerzeug, ihren Lippenstift, ihre Autohandschuhe zu finden. Ich stopfte die Taschen meiner Jeansjacke voll mit Streichhölzern, Marlboros und was immer ich mir mit Warren teilen konnte, knöpfte die Klappen zu, zog mir meine dicke Daunenjacke und meine Handschuhe an und sagte, daß ich schon mal losginge.

«Allmächtiger», sagte sie aus dem anderen Zimmer und brach ihre Suche ab, um meine Kleidung zu begutachten und mir einen Kuß zu geben – etwas, womit sie aufgehört hatte, seit ich die Junior High besuchte. Sie sah meinen Posaunenkasten und fragte mich, egal, welchen Tag wir hatten, ob sie mich abholen solle. Ich sagte nur ja oder nein. Draußen fiel mir angesichts der Tatsache, daß ich ihr entkommen war, ein Stein vom Herzen, und gleichzeitig schämte ich mich dafür.

An der Bushaltestelle unterhielten Lila und ich uns und rauchten zusammen Zigaretten, während die eifersüchtige Lily schnippische Bemerkungen machte. «Mom bringt dich um, wenn sie das rauskriegt.»

«Na und?» sagte Lila. Seit sie mich gerettet hatte, hatte ich angefangen mir vorzustellen, wie sie wohl ohne ihre Brille aussehen mochte, und brachte den Mut auf, sie zu fragen, ob ich die Brille einmal sehen könne. Wir hatten vor Wochen die Uhren zurückgestellt, und über den Baumwipfeln lag wie Nebel ein graues Dämmerlicht, das ihrem Gesicht etwas Zartes verlieh. Mit Lily an ihrer Seite war es schwer, mit ihr zu flirten.

Bei unseren morgendlichen Begegnungen in der Kälte stellte ich fest, daß die beiden Raybern-Schwestern Foxwood genausowenig ausstehen konnten wie ich, und aus den gleichen Gründen. Ich hatte Angst, zu dem Gelächter, an dem ich mich immer beteiligt hatte, in den Bus einzusteigen. Ich haßte es, wie ein Trio von Waisenkindern an dem Tor im Schnee abgesetzt zu werden und eine halbe Meile weit über die Zufahrt gehen zu müssen, um zu der zertrümmerten Kapelle und unseren kasernenartigen Wohnhäusern zu gelangen. Wenn ich auf den Vermieter schimpfte – irgendeine Gesellschaft aus Baltimore –, nickten Lila und Lily nur. Dafür hatte ich sie gern. Heute glaube ich, daß ich sie irrtümlich bedauert habe, weil ich annahm, sie würden nie dort rauskommen, während ich nur vorübergehend da war. Auf den Gängen der Schule nahm ich nun Notiz von ihnen und erntete dafür scheele Blicke von den anderen. In ein Kloabteil neben meinem Klassenzimmer im zweiten Stock schrieb jemand: «Arty Party ißt Fuchsfleisch.»

Ich erzählte es nur Warren.

«Lila Raybern?» sagte er. «Willst du mich verarschen?»

«Was ist an ihr auszusetzen?»

«Ich weiß nicht», sagte Warren. «Sie spinnt und hat eine Zwillingsschwester. Reicht das nicht?»

«Sie ist nett», sagte ich.

«Das, und sie zieht sich an wie Mr. Rogers.»

«Okay», sagte ich, «zugegeben.»

In der Schule konnte ich beinahe so tun, als hätte sich mein Leben nicht verändert. Ich schwänzte Sport und Hausaufgaben mit Warren und zuckelte dann gegen Mittag von Marsdens Teich zurück. Es war dieser Übergang zwischen Herbst und Winter, wenn nur die abgestorbenen Bäume ihre Blätter behalten und der Himmel ständig bedrohlich aussieht. Wenn ich stoned nach Hause kam, blickte ich auf den Wald zurück, als wäre er ein Versprechen, ein Zufluchtsort.

Dienstags und mittwochs übte ich im Musiksaal, und freitags beobachtete ich, wie die Schneeflocken auf den mit Plastikfolie umhüllten Noten schmolzen, die an meinem angelaufenen, zerbeulten Posaunentrichter befestigt waren. Beim ersten Heimspiel unseres Footballteams würden wir ein Sousa-Poutpourri spielen. In der Klasse lobte Mr. Chervenick meine Mundstellung, und draußen hastete er während des Tornados hinter mir her und rief: «Ja, genau, Arthur, hoch die Knie!»

Meine Mutter kam unweigerlich zu spät, wenn sie mich abholte. Manchmal war ich der letzte, der vor den verschlossenen Türen stand, und dann fragte ich mich, ob sie mich vielleicht vergessen hatte. Es dämmerte schon, wurde jeden Tag ein bißchen früher dunkel; unten in der Stadt gingen reihenweise die Straßenlaternen an, als würde irgendwo ein Mann in einem summenden Raum Schalter anknipsen. Alle paar Minuten starrte der Hausmeister mit seinem Kehrbesen und seinem Zigarrenstummel zu mir heraus. Aber nein, da war sie, nur verspätet, und entschuldigte sich. Wir fuhren nach Hause, an unserem alten Haus vorbei, ohne noch ein Wort darüber zu verlieren. Statt dessen erzählte sie mir von ihrer Arbeit, erkundigte sich nach meinem Unterricht und zählte all die Sachen auf, die sie zu erledigen hatte. Sie redete von dem Moment an, da ich einstieg, bis sie neben der armseligen Kutschenlampe vor unserem Apartment parkte. Mit ihr zu fahren gefiel mir noch weniger, als den Bus zu nehmen. Hier, während wir an den abgeernteten Feldern vorbeibrausten, stellte sie mir Fragen, die ich nicht beantworten wollte.

«Willst du, daß ich deinen Vater anrufe?»

Ich beobachtete, wie die grauen, an beiden Seiten offenstehenden Scheunen vorüberglitten.

«Möchtest du mit Astrid sprechen?»

Neben der Straße standen grüne Schilder in Spielkartengröße, die den Arbeitern sagten, wo aus den durchgezogenen Linien gepunktete werden sollten.

«Ich weiß nicht, was ich nach deinem Willen tun soll.»

«Nichts», sagte ich, aber sie konnte sich nicht damit abfinden, daß das der Wahrheit entsprach.

Zu Hause ließ sie mir, nachdem sie die Schuhe ausgezogen hatte und das Abendessen zubereitete, keine Ruhe wegen meiner Schwermut, meiner schlechter werdenden Noten, meiner Zigaretten.

«Wenn es nach mir geht, sind wir nächstes Jahr hier raus», sagte sie über unserem Hamburger Helper. Sie wisse nicht so genau, sagte sie, wie man mit Geld umgehe, aber sie werde sparsam sein. Es werde alles in Ordnung kommen. Während sie daran gewöhnt war, alles für uns zu tun, belastete es sie sichtlich, mir gegenüber so hoffnungsfroh zu sein. Sie wurde nicht plötzlich zäh und energisch, wie ich es mir gewünscht hatte, sondern täuschte einen falschen, beinahe unerschöpflichen Optimismus vor, den ich immer meinem Vater zugeschrieben hatte und den ich – als Teenager ist das natürlich –, teils mit ihm teilen wollte und teils suspekt fand.

Ich half ihr beim Geschirrspülen und zog mich in mein Zimmer zurück, um zu üben und dann, wenn die Nachbarn sich beschwerten, mit meinem Kopfhörer Musik zu hören. Meine Mutter rauchte und sah fern, wobei sie manchmal ein Glas vom Scotch meines Vaters trank, aber nie mehr als zwei. Wenn ihre Sendung vorbei war – «Upstairs, Downstairs» oder einer von diesen aufgeblasenen Filmen über eine ein ganzes Wochenende dauernde Party in einem englischen Landhaus –, schaute sie immer in mein Zimmer, brachte einen Aschenbecher mit und fing an zu reden, als hätte sie nur schnell eine Pause eingelegt. Nimm den Kopfhörer ab, bedeutete sie mir, und ich saß in der Falle und gehorchte. Wir sprachen nicht über das, was sie getan hatte, oder darüber, mit wem mein Vater sich traf; das gehörte der Vergangenheit an. Sie erzählte mir Sachen über die Verwandten ihrer Kollegen, von denen ich nichts wissen wollte; sie wiederholte Gespräche, die sie auf ihren Reisen durch das County geführt hatte. Ich wußte, daß sie einsam war, aber um diese späte

Uhrzeit war ich es leid, mich von ihr als Zuhörer benutzen zu lassen. Ich wollte zu *Dark Side of the Moon* einschlafen und alles vergessen, was uns im letzten Monat zugestoßen war, und ich nahm es ihr übel, daß sie mich allein durch ihre Anwesenheit daran erinnerte. Ich spürte in ihrem Redeschwall eine Verzweiflung, die ich selbst zu bezwingen versuchte.

Im Haus versuchte ich, für meinen Vater einzuspringen, wo immer ich konnte. Wir durchstöberten immer noch die Umzugskisten und probierten die paar Arrangements der Möbel aus, die das winzige Wohnzimmer zuließ. Ich stand herum, wie mein Vater es getan hätte, hob, wenn meine Mutter irgendwohin deutete, einen Tisch, einen Sessel oder das Ende des Sofas hoch und trat dann wieder zur Seite. Es war jetzt meine Aufgabe, den Müll rauszubringen und zu einem von der Gemeinde aufgestellten Müllcontainer auf dem Besucherparkplatz zu schleppen. Wenn meine Mutter fragte, welches Gericht ich lieber zum Abendessen hätte, lernte ich, einem mit Entschiedenheit den Vorzug vor dem anderen zu geben, obwohl es mir in Wirklichkeit egal war. Aber ich konnte mich nicht so mit ihr unterhalten wie mein Vater, ich konnte nicht mit ihr streiten. Selbst wenn er wenig im Haushalt tat; wenn etwas Wichtiges erledigt werden mußte, hatten wir uns an meinen Vater gewandt, damit er uns sagte, was wir machen sollten. Ob richtig oder falsch, am Ende war er verantwortlich. Wenn meine Mutter etwas Ernstes mit mir zu besprechen versuchte – zum Beispiel, was wir mit meiner Schwester anfangen würden, wenn sie im Mai aus Deutschland zurückkehrte, oder ob wir den Mietvertrag kündigen sollten –, konnte ich ihr nichts sagen, ließ nur einen schwachen Widerhall ihrer Worte ertönen. Dann seufzte sie und ließ mich wissen, daß ich ihr keine Hilfe sei, daß sie die Entscheidung allein treffen müsse. Und auch nachts konnte ich ihr meinen Vater nicht ersetzen, sondern lag auf der anderen Seite des Flurs wach und wünschte mir, daß sie nicht so allein wäre.

Eines verschneiten Morgens unterhielt ich mich mit Lila an der Bushaltestelle, als wir hörten, wie bei einem Auto auf der Zufahrt die Reifen durchdrehten. Das hohe Jaulen von Gummi auf Eis und wildes Motorengeheul drangen zwischen den Bäumen hindurch. Ich erkannte am Geräusch, daß es sich um unseren Country Squire handelte. Meine Mutter hatte schon länger vorgehabt, einen Satz Schneeketten zu besorgen. Ich schnipste meine Zigarette in den Schnee und entschuldigte mich gelassen wie ein Held.

Ich folgte unseren Stiefelabdrücken die gewundene Zu-fahrt hinunter. Sie war glatt, wenn man sich an die Fahrspu-ren hielt, aber an den Rändern und auf dem Buckel lagen ein paar Zentimeter nassen, festgetretenen Schnees mit guter Bodenhaftung. Das Geräusch des Motors kam näher; er lief jetzt hinter einer Kurve im Leerlauf, ging dann plötzlich aus. Neben mir im Straßengraben floß ein Rinnsal den Hügel hin-unter. Im Wald fiel Schnee von den hohen Kiefern.

Sie war es. Das Heck unseres Wagens hing rechts im Stra-ßengraben, die lange Motorhaube ragte im spitzen Winkel auf die Straße, und nur noch ein Vorderreifen berührte den Boden. Meine Mutter saß noch drin, und als ich über das Rinnsal sprang, um mich zu vergewissern, ob alles mit ihr in Ordnung sei, sah ich, daß sie geweint, aber inzwischen aufge-hört hatte. Ihre Schlüssel lagen auf dem Armaturenbrett. Sie hatte die Autohandschuhe ausgezogen und rauchte eine frisch angezündete Zigarette.

«Man sollte schon annehmen, daß sie auf dem gottver-dammten Ding Salz streuen», sagte sie.

«Was ist, wenn ich schiebe?»

«Den Wagen hier?» Sie stieg aus, steckte die Schlüssel in die Tasche und zog ihre Winterhandschuhe an. «Wie heißt der Typ mit dem Abschleppwagen noch – der Typ mit dem Bart? Ich schau mal, ob er's umsonst macht.»

«Ich kenne ihn», sagte ich. «Ich gehe hin.»

«Du mußt in die Schule», sagte sie und begann die Zufahrt

runterzulaufen. Es war ein langer Weg, aber ich konnte nicht mit ihr streiten, nur zusehen, wie sie fortging. Sie war kaum zehn Meter weit gekommen, als sie hinfiel und vor Schreck aufschrie.

Es wäre lustig gewesen – es war lustig –, aber meine Mutter hatte genug. Sie schlug im Schnee um sich, schrie: «Verdammte Scheiße, ich hasse dich», und stieß und schleuderte ihre Handtasche herum wie eine Keule.

Ich rannte zu ihr, aber inzwischen hatte sie aufgehört und lag wie erschossen da, das geschminkte Gesicht mit starrem Kinn im Profil auf dem Schnee.

«Ist irgendwas gebrochen?» fragte ich.

Sie sah mich nicht an, und ich hütete mich, sie zu drängeln. Ich blickte himmelwärts auf die Kiefern und wieder auf den Wagen.

«Hilf mir auf», sagte sie.

An diesem Abend rief sie Astrid an, legte auf und wartete mit der Hand auf dem Telefon darauf, daß meine Schwester zurückrief. Die Air Force gewährte ihr monatlich eine bestimmte Anzahl von Minuten umsonst und danach zu einem speziellen Tarif. Sie redeten fast eine Stunde lang miteinander, bevor meine Mutter mich herüberwinkte.

«Was tust du?» wollte Astrid wissen.

«Wie?» sagte ich.

«Tust du überhaupt irgendwas für Mom?»

«Ja», sagte ich brav, damit meine Mutter nicht merkte, daß wir uns stritten.

«Ich bin nicht da, also mußt du ihr helfen.»

«Mach ich doch.»

«Offensichtlich nicht, weil sie nämlich völlig durchdreht. Weißt du, wie spät es hier ist?»

«Nein», sagte ich.

«Vier Uhr morgens.»

«War ein schlimmer Tag.»

«Schätze schon», sagte Astrid. «Es war auch für mich ein

schlimmer Tag, dabei hat er noch nicht mal angefangen. Tust du mir einen Gefallen?»

«Ja.»

«Kümmerst du dich bitte um sie, bis ich zurückkomme?»

«Ich werd's versuchen», sagte ich, aber erneut mit diesem flauen Gefühl, das man bei einem Versprechen hat, von dem man schon weiß, daß man es brechen wird.

Ich meldete mich jetzt öfter zur letzten Schicht im Burger Hut und ging nach der Probe mit meinem Kasten die von Auspuffgasen verdunkelte halbe Meile zu Fuß, steckte meine Karte in die Stechuhr und band mir die Schürze um. An Wochentagen machte die Küche um neun zu, und während der letzten Stunde durfte ich die Registrierkasse bedienen. Das war einfach; die Symbole für all die verschiedenen Posten waren direkt auf die Knöpfe gedruckt, und niemand sprach mich an, es sei denn, um nach Ketchup zu fragen. Wenn zugemacht wurde, füllte ich die Duftspender auf den Toiletten mit rosafarbener Lösung auf und staubte die Gummibäume ab. Bevor ich meine Karte erneut in die Stechuhr steckte, rechnete ich meine Stunden aus, um zu sehen, wieviel Geld mir bleiben würde, nachdem ich meiner Mutter die Hälfte abgegeben hatte. (Ich sparte für eine Stratocaster, die Warren in der Pfandleihe in der Innenstadt gesehen hatte, obwohl ich gar nicht Gitarre spielen konnte.) Mr. Philbin, der Geschäftsführer, fuhr mich nach Hause, schaltete, als wenn er wüßte, was mich erwartete, den Country- und Western-Sender ein und sprach kein Wort.

Aber das Burger Hut war nicht halb so erholsam, wie es der Freitagabend wurde, als meine Mutter anfing, mit Freunden von der Arbeit auszugehen. Nach dem Abendessen zog sie ihre Uniform aus und eins von zwei glitzernden Cocktailkleidern an. Das eine rot, das andere blau, waren sie beide kurz und ließen – fand ich – ihre Beine etwas kräftig aussehen. Während ich auf meinem Bett lag und die Gitarre von Jimi Hendrix dröhnte, tat ich so, als würde ich ihr bei ihrem

Ritual im Badezimmer auf der anderen Seite des Flurs nicht zusehen. Sie beugte sich zum Spiegel vor, um Lidschatten aufzutragen, und legte den Kopf schräg, um ihre Ohrringe zu befestigen. Wenn sie das Gesicht zurechtgemacht hatte, sah sie viel jünger aus. Ich hatte mir noch nie Gedanken darüber machen müssen, ob meine Mutter attraktiv war, und dieses Erscheinungsbild von ihr schüchterte mich zwar ein, doch ich war auch erleichtert, daß sie Freunde hatte und daß sie mir zutraute, allein zu Hause zu bleiben.

Sobald unser Wagen an der Kapelle vorbeifuhr, ging ich in mein Zimmer zurück, machte das Fenster auf und zog mir ein Schillum rein. Für alle Fälle versprühte ich Ozium, bis der Zitronenduft wie ein Dunstschleier im Zimmer hing. Ich plünderte die Küchenschränke, gab mich dann mit Pepsi und Pop-Tarts zufrieden und pflanzte mich aufs Sofa, um fernzusehen. Gegen elf tauchte – während ich mir darüber Gedanken machte, wann meine Mutter nach Hause kommen würde – die Streife vom Büro des Sheriffs auf, und die Scheinwerfer strichen über die Bäume, während der Wagen langsam die vereiste Zufahrt herunterkam. Genau wie die Lawsons direkt unter uns streifte ich meinen Mantel über und ging raus in den Schnee, um zuzusehen, wie die Polizisten die Streitereien unserer Nachbarn schlichteten. Ich erinnere mich nicht daran, daß irgend jemand zugeschlagen hätte, nur an jede Menge Gerangel und Flüche und daran, wie die Männer vom Büro des Sheriffs von ihrem warmen Vordersitz aus mit den Leuten redeten. Um halb zwölf fing «Chiller Theatre» an, das ich nie verpaßte. Meine Mutter kam gegen eins, gerade als John Carradine von seinem jüngsten Geschöpf erdrosselt wurde. Sie ließ sich ein großes Glas Leitungswasser einlaufen, setzte sich neben mich und rauchte eine Zigarette nach der anderen, während ich ihr die Handlung erzählte.

«Wo bist du gewesen?» fragte ich, als würde ich die Bars in der Stadt kennen. «Wie war's?»

Die ganze Woche hatte sie mich mit den belanglosesten

Einzelheiten aus dem Leben anderer Leute bestürmt, aber jetzt sagte sie nur: «DJ's. Es war okay.»

Wenn sie betrunken war, legte sie immer den Arm um mich und sagte: «Du bist ein guter Junge, weißt du das? Mein Gott, wie spät ist es? Ich muß ins Bett. Solltest du auch.» Kurz darauf konnte ich sie dann schnarchen hören. Ich guckte noch mal rein und vergewisserte mich, daß sie zugedeckt war, und am nächsten Morgen ließ ich sie schlafen, während ich das Frühstück zubereitete.

Samstags sollte mein Vater mich besuchen, aber das hatte er noch nicht getan. Obwohl meine Mutter mit ihm telefonierte, hatten wir ihn seit dem Umzug nicht mehr gesehen. Meine Mutter hatte eine Mülltüte voll mit seinem Zeug zusammengetragen, das sie aus den Schubladen ihrer Kommode hervorgekramt hatte. Es wartete auf dem Treppenabsatz vor der Tür auf ihn.

Ich wollte ihn sehen, einerseits, weil ich ihn vermißte, und andererseits, weil er, wie ich meiner Mutter erzählte, versprochen hatte, mir das Autofahren beizubringen. Ich würde im Frühling fünfzehn werden, alt genug, um Fahrstunden zu nehmen. Ich hatte mich bei Driver's Ed angemeldet und auch schon das Handbuch bekommen. Ich dachte, daß ich, wenn ich erst mal ein Auto zur Verfügung hätte, von Mädchen belagert werden würde. Zumindest könnte ich dann Lila Raybern zum Sky-Vue-Autokino mitnehmen.

«Danach hab ich nicht gefragt», sagte meine Mutter. «Das Autofahren kann ich dir auch beibringen. Willst du deinen Vater sehen oder nicht?»

«Klar», sagte ich.

Sie rief ihn an und gab ihn mir, wobei sie mir das Telefon hinhielt, als sollte ich mich ja nicht erdreisten, es zu nehmen. Demonstrativ verließ sie das Zimmer.

«Arty», sagte mein Vater und fragte mich, wie ich zurechtkäme. Mein Vater ist kein großer Redner und sein Sohn auch nicht. Ich stand schweigsam im Wohnzimmer und überließ es ihm, das Schweigen zu überbrücken. Wir hakten die Steelers und den Schnee ab.

«So», sagte mein Vater. «Ich wollte was essen mit dir. Wie wär's diesen Samstag?»

«Okay», sagte ich betont gelangweilt.

«Okay», sagte er. Ich ging zwischen dem Sofa und dem Fernseher hin und her. «Okay, wie wär's, wenn du mir deine Mutter noch mal gibst?»

Ich stellte das Telefon aufs Sofa und schrie nach ihr.

Lake Vue, wo mein Vater jetzt wohnte, war ein Neubauviertel. Ich war noch nie dagewesen, aber wenn der Bus die Kinder abholte, trugen die, die dort zustiegen, hübsche Levis, Rugbyhemden und Puma Clydes aus blauem Wildleder. Sie waren ziemlich adrett in ihren Daunenwesten und verachteten Langhaarige wie Warren und mich. Ich stellte mir vor, wie sie sich über den alten Nova meiner Tante lustig machten.

Im Verlauf der Woche wurde ich richtig wütend auf die Jungs aus Lake Vue.

«Es liegt nicht einmal direkt am See», erklärte ich Lila. «Er ist gut fünf Meilen weit weg. Die einzige Aussicht, die sie haben, ist die auf das Agway auf der anderen Straßenseite.»

«Ja», sagte sie, «aber ich wette, sie haben warmes Wasser.»

Bis mein Vater am Samstag kam, um mich abzuholen, machte ich ihm Vorwürfe, daß er uns in Foxwood vermodern ließ, während er und die geheimnisvolle Frau, mit der er zusammen war, das Geld von mir und meiner Mutter in Lake Vue verjubelten.

Er war pünktlich und fuhr den Nova. Die Stoßstange ragte aus dem Kofferraum hervor, die eine Heckseite war eingedrückt.

Meine Mutter kam im Pullover mit nach draußen und vergewisserte sich, daß ich die Tüte mit seinem Zeug hatte. Sie wollte nicht, daß er reinkam, weil die Wohnung unordentlich war. Wir standen auf dem unteren Treppenabsatz in der Kälte.

«Was ist da passiert?» fragte sie – voll Schadenfreude, dachte ich.

«Kleiner Blechschaden», sagte mein Vater.

«Klein», sagte meine Mutter.

«Das kommt schon wieder in Ordnung.» Es war drei Wochen her, daß wir ihn gesehen hatten. Ich hatte erwartet, daß er anders aussehen würde, irgendwie verändert oder rausgeputzt, aber da war er, mein Vater, in seinen Arbeitsstiefeln mit Stahlkappen und seinen Jeans, unrasiert, weil Samstag war.

«Hast du mit Astrid gesprochen?»

«Ja», sagte meine Mutter.

«Wie geht's ihr?»

«Gut.»

Mein Vater wartete, aber das war alles, was sie ihm mitteilen wollte. «Gut», sagte er schließlich. «Arty, bist du soweit?»

«Er hat ein paar Sachen, die du dagelassen hast.»

Mein Vater bedankte sich bei ihr, nahm sie und legte sie, ohne in die Tüte zu gucken, auf den Rücksitz. Während sie aushandelten, wann er mich zurückbringen sollte, glitt ich auf den Vordersitz. Meine Mutter winkte mir nach, als würde ich für immer fortgehen.

Der Nova kam mühelos die Zufahrt hoch. Obwohl er meinem Vater gehörte, war es nicht sein Wagen. Die Sitze rochen nach den Zigaretten meiner Tante, und mein Vater hatte ihr Ritual, eine nutzlose Schachtel Papiertaschentücher auf der Ablage vor dem Heckfenster aufzubewahren, entweder beibehalten, oder es hatte ihn nicht gestört. Wir fuhren nach Westen, weg von Lake Vue.

«Wohin fahren wir?» fragte ich.

«Ich dachte mir, wir teilen uns eine Pizza, wenn dir das recht ist. Mein Herd macht Schwierigkeiten.»

«Klar.»

«Wie läuft's bei euch?»

«Gut», sagte ich.

«Ich weiß, daß es deiner Mutter da nicht gefällt.»

«Es ist schon okay.»

«Sie sagt, du bist ihr eine große Hilfe», sagte er, aber ich biß nicht an.

Wir fuhren am Festplatz des County mit dem Schild vorbei, das für die immer gleichen drei Tage im August Werbung machte, und hielten an einem Einkaufszentrum, wo es ein Fox's Pizza Den gab. Mein Vater bestellte. Ich dachte, er hätte gemeint, daß wir uns eine Pizza mitnähmen, aber er streifte seinen Mantel ab und legte ihn über einen Stuhl, und ich machte es genauso. Ich fragte mich, ob er mit dieser Frau zusammenlebte und nicht wollte, daß ich sie sah, oder ob er – richtigerweise – dachte, daß ich sein Apartment mit unserem vergleichen und es als weiteren Beweis dafür ansehen würde, daß er uns betrog.

Es war kein bemerkenswertes Essen. Wir waren beide hungrig und verlegen und sagten, als die Pizza erst einmal da war, kaum mehr etwas. Mein Vater bot mir kein Bier an.

«Deine Mutter sagt, du hast eine Freundin.»

«Nein», sagte ich.

«Du arbeitest dran.»

«So ungefähr.»

«Willst du noch was?»

«Nein danke», sagte ich.

Auf dem Rückweg sagte mein Vater, er müsse kurz an seiner Wohnung halten. Das leuchtete mir ein. Seine Geliebte – zu diesem Zeitpunkt die einzige Bezeichnung, die mir für sie einfiel – würde saubergemacht und aufgeräumt haben.

Aber als wir nach Lake Vue kamen, parkte mein Vater den Wagen und sagte, daß er gleich wieder dasein werde. Bunte Scheinwerfer tauchten die Fassade des Wohnkomplexes in ein blaugrünes Licht. Das Apartment meines Vaters lag im Erdgeschoß neben einem Durchgang mit einer Eismaschine. Er blieb an seiner Tür stehen und beugte sich über seine

Schlüssel. In der Stille des Wagens fragte ich mich, was er wohl vor mir verbarg, und wie zum Zeichen kippte die Tüte mit seinem Kram auf dem Rücksitz um.

Ich stieg aus, klappte den Sitz nach vorn, warf mir die Tüte über die Schulter und stieß die Tür mit der Fußspitze zu. Ein paar Plätze weiter unten stand ein weißer Eldorado, aber die anderen Wagen waren Fairlanes, Biscaynes und Satellites aus derselben Zeit wie der Nova meiner Tante. Auf dem Weg funkelte eine zerbrochene Bierflasche.

Die Tür zum Apartment meines Vaters stand einen Spaltbreit offen, gerade weit genug, daß ich Licht und den Flor eines gelblichgrünen Flokatis sehen konnte. Ich schwang die Tüte vor mir her wie einen Schild oder eine Waffe und trat ein, wobei ich beinahe ein nicht angeschlossenes Heizgerät umgestoßen hätte.

«Hallo?» rief mein Vater – neben mir, hinter der geschlossenen Badezimmertür. «Arthur?»

«Dad?» sagte ich, aber ich antwortete ihm nicht wirklich, ich zog ihn und das, was ich erblickte, in Zweifel.

Das erste, was ich bemerkte, war das Sofa aus dem Freizeitraum an der Wand dessen, was ich für das Wohnzimmer hielt. Es lagen Tücher über den Polstern, ein Kissen an jedem Ende, auf der Lehne ein Stapel Leihbücher. Auf dem Fußboden lag einer meiner alten Schlafsäcke. In einer Ecke stand der Korbsessel, daneben Astrids alte Frisierkommode. Sein abgeschlossener Werkzeugkasten. Das war alles, ansonsten nichts als Teppich. Ich tat einen Schritt hinein, um zu sehen, wie die Küche war, aber es gab keine, genauso wie es kein Schlafzimmer gab; die Wandverkleidung lief rundherum, keine Fenster oder Türen, nicht einmal ein Wandschrank. In der nächstgelegenen Ecke stand eine Kochplatte auf einem kleinen Tisch, darunter ein Pappkarton mit Kochtöpfen, ein weiterer Karton mit Dosen. Eine Schicht orangefarbenen Pulvers ließ darauf schließen, daß er vor kurzem Makkaroni mit Käse gegessen hatte. Pappteller, ein Satz Silberbesteck in einem Motelglas, ein Krug mit Deckel von Dunkin' Donuts. Es war sauber und, abgesehen von dem Schlafsack auf dem Fußboden, auch ordentlich. Eigentlich war alles in Ordnung damit.

«Arty», sagte mein Vater vom Bad her.

«Ich habe deine Sachen reingebracht», sagte ich, trat zurück und stieß gegen das Heizgerät.

Er kam aus dem Bad und schnallte sich den Gürtel zu. «Ich wollte nicht, daß du das siehst.»

«Es sieht okay aus», entgegnete ich.

«Das ist nett von dir.» Er betrachtete das Zimmer, als könnte ich recht haben. «Laß uns deiner Mutter nichts davon erzählen. Sie hat genug Sorgen.»

«Klar», sagte ich.

Er hob das Heizgerät auf und schob mich zur Tür.

Im Wagen sagte er: «Ich habe nicht vor, lange dort zu bleiben», und ich erkannte in seinem keineswegs überzeugenden Ton meine eigenen Hoffnungen wieder.

«Also», sagte er dann neben der Kutschenlampe, «das bleibt unter uns.»

Ich beugte mich mit dem Heizgerät zu seinem Fenster runter.

«Und richte Ast aus, daß ich sie vermisse.»

«Mach ich», sagte ich, und er tätschelte mir die Hand.

Meine Mutter sah vom Fenster aus zu. Als ich halb die Treppe hinauf war, kam sie raus, um zu sehen, was ich da trug.

«Na, das ist ja genau das, was wir brauchen», rief sie aus und winkte dem Wagen meines Vaters nach, dessen Rücklichter soeben von den dunklen Kiefern verschluckt wurden.

Drinnen stellte ich das Heizgerät auf den Fußboden und hängte meinen Mantel auf.

«Hast du dich gut amüsiert?» fragte meine Mutter.

«Ja», sagte ich und ging in mein Zimmer, obwohl ich wußte, daß sie hinterherkommen würde.

SECHS

ANNIE ENTDECKT DEN FAUSTHANDSCHUH AM

Ende der Einfahrt. Taras Nase läuft, und sie sollte nicht zu
lange draußen sein, aber sie hat Annie den ganzen Nachmittag wegen des Schnees genervt, hat vorn am Fenster gestanden und zugeschaut, wie er vom Himmel fiel. Brock hat wieder Tagschicht, und der Club ist geschlossen, denn es wird
alles für den Turkey Trot vorbereitet. Sie sitzen schon die
ganze Woche im Haus fest; der Maverick springt nicht an.
Brock meint, die Benzinleitung sei eingefroren, oder vielleicht liege es an der Batterie. Das wurmt Annie; Glenn
wüßte Bescheid. «Ich will meinen Skianzug anziehen. Ich
will ein Fort bauen.» Sie konnte Tara nicht ewig hinhalten.

Annie ist selbst krank, eine Grippe hat sie ans Sofa gefes-
selt, mit einem Glas abgestandenem Ginger-ale neben sich;
andernfalls wäre sie mit Tara draußen. Annie hat gesagt, zehn
Minuten, und ist dann, groggy vom Nytol, eingedöst, während sie sich «All My Children» angesehen hat. Als sie aufwachte, lief «General Hospital».

«Ta-ra!» ruft sie.

Die verwelkten Stengel rascheln. Felder wölben sich in die
Ferne, zerschnitten durch vereiste Bäche, an denen ge-
beugte, nicht verwertbare Bäume stehen. Überlandleitungen
tauchen auf und ab, spinnengleiche Masten schreiten in den
Nebel davon. Der Schnee hüllt den Horizont in ein weißes
Leichentuch. So war es schon den ganzen Tag.

Annie tritt auf die Straße und ruft, mit verschränkten
Armen ihren Bademantel an die Brust drückend, in beide
Richtungen. Sie hat lange Unterhosen und Brocks aufge-
schnürte Stiefel an. Schneefahnen, fein wie Sand, schlängeln

sich über die Straße. Die Post ist da, im Briefkasten liegt eine Wurfsendung von Thrift Drug mit einem Stechpalmenzweig vorne drauf. Am Montag hat die Bezirksverwaltung die Straße vom Schnee räumen und Splitt streuen lassen; jetzt ist sie, bis auf einen braunen Buckel in der Mitte, weiß. Annie kann unter mehreren anderen Spuren, die sich darübergelegt haben, kaum die schmalen des Postjeeps erkennen, von dessen Auspuff dort, wo Mr. Werner gehalten und die Hand nach dem Briefkasten ausgestreckt hat, ein flammenförmiges Loch zurückgeblieben ist. Sofort denkt sie an Glenn und den Zurückhaltungsbefehl, den sie zu erwirken drohten. Seit der Prügelei hat sie ihn Tara nicht mehr sehen lassen. Er rief an und entschuldigte sich, forderte seine Rechte ein. Er sei nicht gefährlich, sagt Brock, bloß bemitleidenswert. Jetzt ist Annie sich da nicht mehr so sicher.

Sie läuft in den schlappenden Stiefeln schwerfällig seitlich ums Haus herum. «Tara!» ruft sie, «Tara?» Unterhalb des Wasserturms endet die Straße an einer gestreiften Leitplanke. Drei- oder viermal während des Sommers sah Annie einen Mann in einem blauen Wagen, der an der Wendestelle parkte. Ein unscheinbares Auto, das wie ein Dienstwagen aussah. Das erste Mal, als sie ihn den *Eagle* lesen sah, nahm sie an, er sei vom Wasserwirtschaftsamt, und bemerkte dann erst, wie alt er war. Clare Hardesty fragte ihren Cousin bei der Polizei; niemand schien ihn zu kennen. Annie dachte, er sei harmlos, ein Ruheständler, der versuchte, ein bißchen aus dem Haus zu kommen. Jetzt sieht sie ihn vor sich, wie er, die Hand hinter der erhobenen Zeitung in steter Bewegung, sie und Tara beim Herumtollen im Planschbecken beobachtet.

«Tara», schreit Annie in die Bäume, «das ist jetzt nicht der Moment für irgendwelche Spielchen.»

Sie hört zu, wie ihre eigene Stimme verhallt, wartet in der Stille auf ein Kichern, einen Zweig, das Scheuern ihres Skianzugs. Weit entfernt schaltet ein Lastwagen auf der Interstate hoch, und sie läuft hinters Haus.

Als sie um die Ecke biegt, stolpert sie und fällt hart, beißt sich dabei auf die Zunge. Sie spürt es, vergißt den Schmerz jedoch sofort. Hinten ist alles weiß. Der Schneemann, den sie beide gestern gebaut haben, beugt sich vor und nickt, als suche er nach seiner verlorenen Karottennase, die herunter-gefallen und schon mit Schnee bedeckt ist. Kaum noch er-kennbare Fußspuren sind unter der Wäschespinne entlang-getrippelt. Es ist unmöglich, die von heute von denen von gestern zu unterscheiden, sie sind fast zugeschneit. Bombers alte Hütte ist geruchlos in der Kälte, und seine Kette hängt an einem rostigen Nagel an der Platane. Sie steht mit schlaffen Armen und dampfendem Atem da und blickt zum Waldrand. Die Bäume sind kahl, ein paar Vögel schweben über das Ge-strüpp, lassen sich nieder und zwitschern. Die Pfade hinten laufen um Marsdens Teich herum und rauf zur Interstate. Hier kann sie die Lastwagen besser hören, das Heulen der Schneeketten.

Auf der Veranda ist niemand; sie ist vollgestopft mit som-merlichem Plunder. Annie läuft mit gefühllosen Fingern zur anderen Seite des Hauses. Sie ist auch nicht im Wagen. Annie schlägt die Tür zu, als wäre der Maverick schuld, und es ist so kalt, daß die Fensterscheibe in tausend Stücke zerspringt und den Fahrersitz mit Schnee und blauen Splittern überzieht. «Nein», schreit Annie, «verdammtes Scheißding», hat aber keine Zeit, ihr nachzutrauern. Sie schaut noch einmal in beide Richtungen, die Straße entlang, in die Straßengräben und rennt dann ins Haus.

Es ist dunkel, um Strom zu sparen. Die Fenster sind mit Plastikfolie zugeklebt; das winterliche Licht läßt den Tep-pich schäbig aussehen. Sie stellt «General Hospital» leiser und ruft durchs Erdgeschoß. Das Geschirr vom Mittagessen wartet neben dem Spülbecken, Taras Teller mit dem in einer Traube aufsteigender Ballons hängenden Bären darauf, ein knickbarer Trinkhalm neigt sich aus der dazu passenden Tasse. Sie geht durch die Zimmer, läuft nach oben. «Schätzchen, hör auf, dich vor Mommy zu verstecken», ruft sie. Der Hase, den Glenn ihr gekauft hat, sitzt, eine Karotte an die Pfote genäht, in Taras Schaukelstuhl. Der Duschvorhang gibt den Blick auf Blumenabziehbilder frei. Sie schürft sich die Haut am Teppich auf, als sie unter ihr Bett schaut, findet die Bluse von Barbie, läuft, diese in der einen und den Faust-handschuh in der anderen Hand, zur Haustür und ruft immer wieder Taras Namen.

Draußen hört es nicht auf zu schneien. Annie folgt dem Pfad nach hinten zu Marsdens Teich ein paar hundert Meter, aber als sie oben auf der Kuppe ankommt, von wo man ihn überblicken kann, sieht sie nichts. Der Schnee hat die Jungs und Mädchen von der High-School vertrieben. Sie braucht ihre eigenen Stiefel und Handschuhe, um noch weiter zu ge-hen. Sie muß Brock anrufen. Sie dreht sich um und läuft zum Haus zurück.

«Overlook-Altenheim», meldet sich eine Empfangsdame. Sie sagt Annie, daß sie sich beruhigen solle, fragt noch einmal nach dem Namen.

«Es handelt sich um einen Notfall», sagt Annie.

«Tut mir leid», sagt die Frau, «er ist schon gegangen.»

«Wie lange ist das her?»

«Weiß ich nicht.»

Annie sieht neben dem Telefon den Handschuh liegen, an dessen Wolle ein paar Tropfen geschmolzenen Schnees hän-gen, und sie kommt nicht auf die Frage, die sie als nächstes stellen muß. «Es ist ein Notfall», macht sie einen erneuten Anlauf.

«Brauchen Sie einen Krankenwagen?» fragt die Frau. «Brauchen Sie die Polizei?»

Ohne ihr eine Antwort zu geben, legt Annie auf und ruft ihre Mutter an.

«Ich komme», sagt ihre Mutter. «Ich bin in zwanzig Minu-ten da, wenn es die Straßenverhältnisse zulassen. Ruf wie heißt sie noch gleich an – deine Nachbarin.»

«Clare.»

«Ruf Clare an», sagt ihre Mutter.

«Soll ich die Polizei verständigen?» fragt Annie.

Ihre Mutter zögert, sagt dann: «Ja, ich denke, das wäre vernünftig.»

In der Mittagspause bekifft Brock sich mit Tricia aus der Lohnabteilung in seinem Wagen. Die Windschutzscheibe ist mit Schnee bedeckt; niemand kann sie sehen. Tricia ist drall, blond und lustig und stammt aus Ford City. Sie hört für ihr Leben gern Neil Young.

«Ich wohne mit Kenny zusammen», sagt sie, «aber wenn es was Festes ist, dann spür ich das, weißt du?»

«Und das trifft im Augenblick nicht zu», sagt Brock. Sie haben noch fünfzehn Minuten, und er fragt sich, ob er noch genug Urlaub hat, um sich einen halben Tag frei zu nehmen.

«Kenny? Machst du Witze? Wir sind zusammen zur Schule gegangen.»

«Genauso wie ich und Annie.» Die Heizung läuft stokkend, ein Blatt steckt im Gebläse. Rauch strömt aus dem Fenster. Er weiß, sie mag ihn; sie läßt ihn in ihre Augen blikken. Für ihn ist es mehr als reine Anziehung. Er ist noch nie mit einer Frau mit solch einem Vorbau zusammengewesen, hat sich noch nie Gedanken darüber gemacht. Allein die Aussicht darauf scheint ihm Gold wert. Er hat versucht zu begreifen, warum er glaubt, er sei in sie verliebt. Er will sich dem Gefühl ausliefern, sich geschlagen geben, sich lächerlich machen. Er muß bei Annie ausziehen, es ist einfach zu verrückt; sie will ständig über Barb reden, darüber, daß er Glenn nicht hätte weh tun müssen. Brock will Annie nicht verlassen, aber Tricia wird vielleicht etwas mehr als Freundschaft erwarten. Er ist bereit für eine Veränderung, einen Schnitt. Zum Teufel, er belügt sich selbst, er träumt.

«The Needle and the Damage Done» zieht ihn ins Innere des Armaturenbretts, in eine vergessene Sommernacht, auf eine dunkle Nebenstraße. Die Glut des Joints fällt ab. Tricia hat Kaugummi und gibt ihm eins. Er sieht in den Seitenspiegel. Hinter ihnen fahren ein paar Wagen auf der Suche nach einem Parkplatz herum; die Leute aus der Verwaltung kommen vom Hot Dog Shoppe, von Natili's, von Hojo's zurück. Er streckt die Hand aus, um seine Visine-Augentropfen ins Handschuhfach zurückzulegen, und Tricia berührt ihn, und dann küßt sie ihn, und das Kaugummi liegt süß zwischen ihren Zungen.

«Was fangen wir jetzt damit an?» sagt sie.

Clare hat den Wagen, weil Freitag ist und ihre Mutter Regina am Freitag ihre Freunde im Overlook-Altenheim besucht. Regina hat dort gewohnt, aber vor ein paar Monaten fragte sie, ob sie nach Hause kommen könne, und weigerte sich zu essen, als Jerrell und Clare nein sagten. Jetzt sieht sie ihre Freunde dreimal pro Woche, und sie müssen doppelt soviel für ihr Essen bezahlen. Sie sind auf dem Weg nach draußen, als Annie anruft, und Clare bleibt nichts anderes übrig, als Regina mitzunehmen. Sie könnten die Felder und den Wald unten am Teich absuchen und, wenn sie sie dann noch nicht gefunden haben, herumfahren und nach ihr Ausschau halten.

Annie sagt, daß sie keinen besseren Plan habe.

«Vermißt?» sagt Regina, als Clare den Hörer auflegt. «Wie kann man sein einziges Kind aus den Augen lassen?»

«Ich bin sicher, da ist irgendwas schiefgelaufen», sagt Clare. «Wahrscheinlich hat ihr Vater sie jetzt.»

«Der, mit dem sie zusammenlebt, ist nicht der Vater des Kindes?» Clare weiß, daß sie Bescheid weiß; Regina sagt das nur, um darauf aufmerksam zu machen, wie falsch es ist.

«Das ist ihr Freund.»

Regina schüttelt den Kopf. «Er verdient seinen Lebensunterhalt mit dem Saubermachen von Bettpfannen.»

«Wir gehen jetzt, Mutter.»

Draußen springt der Dart, nachdem Clare die Scheiben

freigekratzt hat, nicht an. Er hat ihr schon mal Schwierigkeiten gemacht; sie sagt ständig zu Jerrell, daß er bald hinüber
sein werde.

«Du könntest es mit dem Choke versuchen», sagt Regina.

«Siehst du irgendwo einen Choke?» fragt Clare, aber das ist
sinnlos, Reginas Augen sind kaum gut genug zum Lesen. Annies Haus liegt gleich über die Straße und eine halbe Meile
bergab; sie könnten fast hinrollen. Die Turkey Hill Road
führte nach Saxonburg, bis sie den Highway dazwischenge-
baut haben. Manchmal denkt Clare, daß ihr die Abgeschiedenheit gefallen würde. Sie betätigt den Anlasser, und der
Motor springt stotternd an; sie gibt noch ein bißchen mehr
Gas, bringt ihn auf Touren und fährt die Einfahrt runter.

Sie biegt in die Turkey Hill Road, und der Wassertank
zeichnet sich blau, riesenhaft ab.

Clare sieht Annie ohne Kopfbedeckung, das Haar verfilzt
und auf einer Seite angepatscht, neben dem Briefkasten winken. Jerrell fragt Clare immer, warum sie sich da überhaupt
engagiere; das Mädchen mache einem doch nur Probleme,
jeder könne das sehen.

«Oh», sagt Clare, «und wie erkennt man die Probleme?»

«Ganz leicht», sagt Jerrell, «du schaust einfach hin. Und da
sind sie schon, die Probleme.»

«Du kennst sie nicht mal», sagt Clare. «Sie ist sehr nett.»

Aber Annie ist nicht sehr nett, ist nicht die Freundin, die
Clare sich vorgestellt hat, als Mrs. Petersons Familie beschloß, sie nach Florida mitzunehmen. Sie ist in allem auf die
falsche Art jung; sie weiß nie, wann sie aufhören muß. Sie hat
Glenn wie den letzten Dreck behandelt, wegen Brock, und
nach allem, was Clare gesehen hat (und manchmal gefällt ihr
das, was sie da sieht: Brock kümmert sich nicht um die Öl-
rechnung, er mag das Nachtleben, die Vergnügungsmeile am
Pullman-Werk), ist Brock niemand zum Heiraten. Genau wie
Jerrell fragt sie sich, was Annie nur an ihm finden mag. Ihre
Antwort fällt anders aus, wenn Jerrell mit übelriechendem

Atem von den drei Bieren, die er während des Spiels der Penguins getrunken hat, und muffig von der alltäglichen Kletterei auf ihr schlappmacht. Er ist beim Störungsdienst der Telefongesellschaft, und manchmal träumt Clare davon, eine verhängnisvolle Nummer zu wählen, ein Stromstoß wird ihn durch die Leitungen treffen, wo immer er sich im Bezirk aufhält, und ihm, Sicherheitsgurt hin oder her, die Sinne rauben. Sie nimmt an, daß sie ihn liebt, warum wäre sie wohl sonst noch da – jedenfalls nicht Warren zuliebe, der hat nie auf sie gehört. Und wo sollte sie sonst hin? Aber so zu denken ist albern; sie geht nirgendwohin. Sie liebt diesen Idioten. Sie ist auch nicht vollkommen. Sie hätte sich mit Glenn zufriedengegeben.

Clare hält neben Annie. «Mutter», sagt sie, «du wirst auf dem Getriebetunnel sitzen müssen.»

«Ist sie das?» sagt Regina.

Annie steigt ein, das Gesicht gerötet vom Weinen, und erstmals seit ihrem Anruf wird Clare klar, daß es sich hier um keinen Irrtum handelt, um kein alltägliches Durcheinander.

«Wir sehen zuerst am Teich nach», sagt sie. Sie wartet auf Annies Einverständnis, fährt dann zur Wendestelle und rumpelt über den zertrümmerten Randstein auf die unbefestigte Straße. Sie folgt ihr entlang den Baumreihen und holpert über den gefrorenen, von Furchen durchzogenen Schlamm.

Regina hält sich am Armaturenbrett fest. «Ich glaube nicht, daß der Wagen dafür gebaut ist.»

«Red nicht», sagt Clare, «guck lieber.»

Die Felder sind kahl, der späte Mais vom letzten Jahr ist Reihe für Reihe abgeerntet, nur ein paar gebeugte und ausgebleichte Überlebende stehen schlapp herum. Das Radio ist an, damit sie den Wetterbericht mitbekommen; der richtige Schnee läßt immer noch auf sich warten, es ist noch zu kalt. An der Ecke eines Feldes versperrt ein Erdwall, aus dem alte Zaunpfosten sprießen, die Straße.

Clare schaltet auf Parken.

«Ich bleibe hier», sagt ihre Mutter. Annie ist schon draußen und läuft zum Teich runter.

«Drück alle paar Minuten auf die Hupe», weist Clare sie an. «So können wir uns nicht verirren.»

«Verstanden, wird gemacht.»

Clare rennt, um Annie einzuholen.

May schnappt sich einen Tupperwarebehälter mit Gerstensuppe aus der Tiefkühltruhe im Keller, zwei Zwanziger, die sie in ihrer zweitbesten Teekanne aufbewahrt, ihre Handtasche, und ist zur Tür hinaus und auf der Straße. Der Polara schaukelt über den Schnee; irgendwas stimmt mit der Lenkung nicht, aber sie hat keine Zeit, sich darüber Gedanken zu machen. Sie malt sich aus, wie Tara in ihrer taubenblauen Jacke mit der pelzbesetzten Kapuze zwischen den Bäumen umherwandert – und das ist noch das Beste, was passieren kann. Sie versucht, nicht an einen Lieferwagen zu denken, der langsamer wird und hält, an ein Paar Hände. Oder Tara auf der Erde, und Zweige haben sich in ihrer weißen Strumpfhose verfangen.

Der Polara ist so langsam, daß es am Motor liegen muß. Sie hängt hinter einem Lastwagen fest und dann an einem Bahnübergang: eine endlose Reihe schwarzer Schüttgutwagen voll Kohle.

«Verdammt noch mal!» schreit sie die blinkenden roten Lichter an: «Los jetzt!»

Im Grunde ihres Herzens weiß sie, daß es nicht Glenn ist. Sie macht sich mehr Sorgen darüber, daß Brock Annie ausnutzt. Das würde gut zu ihm passen, denkt sie. Das Leben ihrer Tochter ist so in Unordnung, daß es May umbringt. Eine dreijährige Tochter und nicht mal in der Lage, ihren Lebensunterhalt zu bestreiten. May weiß nicht, wie Annie die Miete zusammenbekommt, bestimmt nicht von dem, was sie im Club verdient. Jedesmal wenn sie sie danach fragt, endet es mit einem Streit. Sie hat immer das Gefühl gehabt –

obwohl sie es nie gesagt hat, oder nur leise zu Charles –, daß Annie nicht sonderlich intelligent ist, daß sie nicht vorausschaut und sich dann wundert, wenn alles schiefläuft. Raymond war bei den Marines, und Dennis hat seine Ausbildung am Gemeinde-College selbst finanziert. Annie scheint immer noch an der High-School zu sein: Sie hat einen Teilzeitjob und sucht sich aus, welchem Jungen sie sich hingibt. Sie ist ihre Jüngste, und nach allem, was May gelesen hat, müßte sie sich verzweifelt an Annie festklammern. Aber May wünscht sich nur, daß sie zur Ruhe käme oder daß sie, falls daraus nichts wird (und das befürchtet sie, ihr einziges Mädchen), irgendwohin zöge, wo sie es nicht mehr mit ansehen muß. Aber wie sehr sie Tara vermissen würde.

Der Mann, der am Bahnübergang im Wagen neben ihr sitzt, hat seine Fensterscheibe runtergekurbelt und ruft ihr etwas zu.

May fummelt an der Kurbel herum. Der Zug rattert und rumpelt, und sie kann nicht hören, was er sagt. «Was?»

«Sie haben einen Platten», sagt er und zeigt auf den Reifen.

«Danke», nickt May und schießt dann, als die Schranke aufgeht, über die Gleise.

Sie biegt in die erste Tankstelle, die sie sieht – eine Philipps 66 –, und hupt, damit der Tankwart sich um sie kümmert. Während sie wartet, rast ein Streifenwagen mit heulender Sirene vorbei. Sie malt sich aus, wie Annie Tara gegen den Backofen knallt, und kann ihren nächsten Gedanken nicht zurückhalten: Ich hoffe, sie hat keine Dummheit gemacht.

Auf der Arbeit hat Glenn heute viel zu tun. Der letzte landesweit verschickte Katalog in diesem Jahr ist vor zwei Wochen rausgegangen, und jetzt strömen die Aufträge herein. Die meisten davon sind Routine, irgendwas, wofür sie neuwertige

Ersatzteile haben – '57er Chevys und Shelby Cobras, Goats, Tempests –, aber vier- oder fünfmal am Tag möchten irgendwelche Kunden wissen, ob sie vielleicht einen Artikel hätten, den sie nicht auf der Liste gesehen haben. Da Glenn neu angefangen hat, ist er derjenige, der dann den Werkzeuggurt über seinen Mantel schnallen und mit dem elektrischen Golfwagen durch den Schnee fahren muß, bis er das Auto und das Teil gefunden hat, das die Leute haben wollen.

Die Autowracks sind nach Fabrikaten geordnet – hier Fords, daneben Mercurys, große Lincolns – und dann reihenweise nach Modellen aufgegliedert. Manchmal bummelt Glenn, damit der Tag schneller vorübergeht, verweilt über dem kaputten Motor oder auf den blutbefleckten Sitzen, aber heute friert es, und er versucht wiedergutzumachen, daß er zu spät gekommen ist. Gestern nacht sind er und Rafe bis drei aufgeblieben. Er erinnert sich an Rafes Versuche, ihn davon zu überzeugen, daß er aufhören solle, in die Kirche zu gehen, und daran, daß sie ein paar Gläser kaputtgemacht haben, aber nur an einen Teil der Heimfahrt. Als er aufwachte, sah er, daß Bomber auf die Jeans gekotzt hatte, die er sich aufgehoben hatte. Hot dogs. Im Spiegel sah seine Lippe immer noch blau aus, die Rißwunde unter seinem Auge verkrustet.

«Von wem behauptest du, daß er so leicht aufgibt?» sagte er, aber als er das Medizinschränkchen aufmachte, war kein Aspirin da.

Jetzt sucht er nach einem Rücklicht mit Halterung für ein '62er Oldsmobile F-85, einen häßlichen kleinen Wagen, der Ähnlichkeit mit einer Schildkröte hat und schon lange nicht mehr gebaut wird. Er fährt geradewegs zum General-Motors-Bereich hinten am Zaun und biegt rechts ab, an den Buicks, Cadillacs und Chevys vorbei. Je schneller er fährt, um so kälter wird ihm im Gesicht, selbst durch die juckende Skibrille. Der Wagen surrt unter ihm. Er kommt bei den Cutlasses an und drosselt die Geschwindigkeit. Delta 88er. Die Wracks beobachten ihn, manche einäugig, blind, ihre Stoßstangen,

Motorhauben und Dächer schneeverkrustet. Die F-85er fangen an, eine ganze Reihe davon. Er weiß, daß hier draußen irgendwo ein grüner '62er steht.

«Ja», sagt er, als er ihn sieht. Er nimmt den Fuß vom Gas, und der Motor des elektrischen Golfwagens geht automatisch aus. Glenn gefällt es hier draußen; es ist still, nur der Schnee rieselt in die Bäume und das Gestrüpp hinter dem Zaun.

Er geht zum Heck des Wagens und wischt den Schnee vom Kofferraum. Beide Lichter sind unbeschädigt. Der Kunde wollte nur eins haben, aber welches? Das rechte und das linke weisen geringe Unterschiede in der Konstruktion auf. Glenn beschließt, sich eine Fahrt zu ersparen und beide abzubauen.

Er bearbeitet eine festgerostete Schraube mit etwas WD40-Öl und einem Sechskant-Schraubenzieher, als er etwas hinter den Ramblers knirschen hört. Er richtet sich auf und blickt sich um. Es kann hier draußen auch gespenstisch sein, mit all den zersplitterten Windschutzscheiben und verzogenen Lenksäulen.

«Nichts», sagt er. Der Wind. Er beugt sich wieder über seine Arbeit.

«Glenn Marchand», ruft eine strenge Stimme, und in der Zeit, die er braucht, um sie zu lokalisieren, denkt er, daß sie vielleicht vom Himmel kommt.

«Lassen Sie den Schraubenzieher fallen», ruft ein Polizist hinter einem Ambassador. Er hat eine Waffe, aber sie ist senkrecht nach oben gerichtet. «Schnallen Sie jetzt den Gurt ab und kommen sie da raus.»

Glenn gehorcht, und ein anderer Mann in einem teuren Trenchcoat wirbelt ihn herum, so daß er mit dem Gesicht zur Motorhaube steht, und drückt ihn mit dem Knie gegen den Kotflügel. Er zückt seinen Ausweis, sagt, sein Name sei Inspektor Burns. «Hände auf den Wagen», sagt er. Er reißt Glenn die Skibrille runter und stößt dabei an seine Nase.

«Jetzt machen Sie sich flach. Ganz flach.»

Glenn versteht nicht, und der Inspektor packt ihn am Genick und drückt ihn behutsam auf die Motorhaube. Glenn legt die Wange in den Schnee. Seine Lippe pocht. Der Inspektor zieht seine Brieftasche und seine Schlüssel heraus, klopft ihm auf den Rücken und sagt ihm, daß er sich aufrichten solle. Ein Polizist in einem Einsatzwagen hält neben ihnen.

«Was hab ich getan?» sagt Glenn.

«Wir hoffen, nichts», sagt der Inspektor. «Ihre Tochter wird vermißt.»

«Was?» sagt Glenn, aber ein Polizist hält ihn am Arm fest und führt ihn zu der offenen Tür, dem vergitterten Fond. «Was ist los?»

«Ist das das neueste Bild, das Sie haben?» fragt der Inspektor von vorn. Er hält die Aufnahme von Tara in der Hand, die Glenn in seiner Brieftasche hat.

«Das ist brandneu», sagt Glenn. «Davon hab ich zu Hause jede Menge.»

Regina schaut auf die Uhr am Armaturenbrett. Clare und Annie sind erst ein paar Minuten weg, aber sie rechnet damit, daß sie jeden Augenblick am Ende des Pfads auftauchen und eine tränenüberströmte Tara bei sich haben werden. Es wundert Regina, daß so was nicht schon früher passiert ist, bei dem Leben, das das Mädchen führt. Wirf nie den ersten Stein, aber in diesem Fall ist die Frau ein ausgemachtes Flittchen, das seinen Ehemann betrügt und sich mit einem Nichtsnutz einläßt. Noch dazu aus einer äußerst netten Familie, das ist ja das Furchtbare. Was ihre Mutter jedesmal, wenn sie an sie denkt, durchmachen muß? Sie kennt May Van Dorn als eine rechtschaffene Frau. Wie ihre Tochter so werden konnte, ist ein Rätsel, eine echte Schande. Regina hofft, daß Annie ein schwarzes Schaf ist, daß da schlicht ein Gen außer Kontrolle geraten ist und sie sich schon noch als eine Van Dorn erweisen wird. Und wer weiß, die Sache hier könnte ihr eine Lehre sein, sie zur Umkehr bewegen. Nicht der Gerechte, sondern der Sünder ist es, über dessen Errettung Gott sich freut. Die Wettervorhersage erwartet 8 bis 15 Zentimeter, 15 bis 20 in den Bergen. Regina sieht auf die Uhr, streckt die Hand aus und drückt auf die Hupe.

Annie hört es auf dem Pfad oberhalb des Teiches, weit entfernt und gedämpft durch die Bäume. Der Pfad ist vereist, und Annie stürzt mehrmals auf dem harten Boden. Sie bleibt stehen und blickt auf den Teich, den Wasserturm, der sich oberhalb des Waldes erhebt, die Felder im Norden zurück.

Flocken schweben herab, zeichnen sich scharf gegen den dunklen, verhangenen Himmel ab. In weiter Ferne leuchten Ranchgebäude, lehnen Scheunen. Die gepflegten Fairways des Country Clubs umringen das niedrige Steingebäude des Clubhauses, der abgelassene Pool ist ein blauer Punkt. Sie ist noch nie so weit hinten gewesen, obwohl sie seit der Junior High von der Abkürzung wußte. Der Blick läßt alles noch weniger vertraut erscheinen. Sie entdeckt Clares schwarzgrünen Wollmantel in dem Gestrüpp unterhalb der Überlaufrinne, winzigklein. Tara kann auf keinen Fall diesen Hügel raufgekommen sein, denkt sie, aber sie klettert weiter, fällt hin und steht wieder auf, während das Rauschen und Brausen vom Highway näher kommt.

Sie setzt im Schersprung über die Leitplanke. Hier oben ist der Boden trocken, und man kann mühelos gehen. Ein zerfetzter Lkw-Reifen liegt auf dem geschotterten Seitenstreifen. Die beiden zweispurigen Fahrbahnen sind salzfleckig, der Schnee in der Bodensenke dazwischen ist grau, aber unberührt. Sie trabt gegen den Verkehr zu einer Überführung, die eine halbe Meile entfernt liegt – der Fußgängerbrücke zwischen den beiden Schulen. Ein Sattelschlepper fährt auf der rechten Spur vorbei, und der Wind, der hinter ihm herweht, wirft sie einen Schritt zurück, Schotter prasselt ihr gegen die Schienbeine. Ein ausgebleichter Bierkarton wirbelt über ihr durch die Luft und landet auf der Erde. Sie kommt an ein paar verbogenen und plattgedrückten Rohren vorbei, die vor sich hin rosten. Auf der anderen Seite der Leitplanke fällt die Böschung jetzt steil ab, die Baumwipfel sind auf Augenhöhe. Annie hält sich an der rußigen stählernen Ausbuchtung fest und starrt nach unten. Etwa fünf Meter unter ihr hängt ein totes Reh in einer Astgabel.

Sie führt eine Hand zur Kehle, um zu verhindern, daß sie sich übergeben muß, aber es kommt doch. Sie geht auf alle viere runter und würgt es raus, paßt dabei auf ihre Haare auf. Sie denkt, daß sie keine Zeit dafür hat, und steht auf, bevor sie fertig ist, schafft es ein paar Schritte weit und bricht zusammen. Bevor sie es erneut versucht, wischt sie sich die Augen; sie will nicht auf die Straße geraten.

Als sie an der Fußgängerbrücke ankommt, geht es ihr wieder gut. Der Zaun am Fuß der Brücke ist von Kindern, die darübergeklettert sind, runtergedrückt worden; er ist zweifellos zu hoch für Tara. Annie hört die Hupe – die nun nicht mehr einmal kurz ertönt, sondern ohne Unterbrechung – und läuft über den Seitenstreifen zurück. Sie haben sie gefunden, denkt sie und hofft wider alle Hoffnung, will es nicht beschreien.

Sie springt über die Leitplanke und läuft den Pfad hinunter, wobei sie Trippelschritte macht und unten nach Clares grünem Schemen Ausschau hält. Die Hupe hallt durch den Wald. Auf dem steilen Stück rutscht Annie aus. Sie läuft zu schnell, und noch im Fallen versucht sie zu schlittern. Sie streckt die Arme aus, um irgendwo Halt zu finden oder zumindest langsamer zu werden, aber da ist nichts als Schnee. Unten macht der Pfad eine Kurve, und der Hang fällt steil ab in die Bäume. Sie ist jetzt auf die Seite geschlagen und wird immer schneller. Ihre Jacke ist hochgerutscht; Schnee kratzt und brennt an ihrer Taille. Sie sieht die Kurve kommen und versucht, die Füße einzustemmen, sich mit den Fingern festzukrallen, aber sie stößt mit dem Ellbogen an einen Stein und ringelt sich in einer Reflexbewegung um die schmerzende Stelle. Der Pfad biegt ab, und sie schießt darüber hinaus und fliegt plötzlich durch die Luft. Wie durch ein Wunder verfehlt sie die Bäume, landet weiter unten am Hang und überschlägt sich mehrmals im Schnee. Sie wundert sich, daß ihr nichts passiert ist. Die Hupe ertönt immer noch. Annie steht auf und schüttelt den Schnee ab, setzt einen Fuß auf und spürt dann, daß der Knöchel nachgibt. Aber sie kann damit gehen.

«Bist du okay?» ruft Clare vom Fuß des Hügels.

«Alles in Ordnung», gibt Annie mit einer Handbewegung zu verstehen. Nein, er ist gebrochen. «Warum hupt deine Mutter?»

«Die Polizei ist da.»

«Haben sie hier Kabel?» fragt Tricia, nackt, und trinkt einen Schluck Wein aus dem winzigen, keimfrei verpackten Glas. Sie haben den ganzen Nachmittag miteinander geschlafen, dabei beide Betten benutzt und das Zimmer mit süßem Rauch erfüllt. Sie lassen die Heizung auf vollen Touren laufen und haben das Licht aus; das Weiß draußen dringt unauffällig durch die Jalousien, und wenn jemand vorbeigeht, tanzen Schatten über die Rückwand.

«Tagsüber läuft da nichts», sagt Brock. Er fährt mit der Zunge über ihren Nabel und versucht sie dazu zu bringen, daß sie etwas verschüttet. Sie schüttet den Schluck über ihn, und er schreit auf, hechtet dann lachend quer über sie und schnappt sich die Flasche vom Nachttisch.

«Sei nicht so verschwenderisch.»

«Wir haben noch eine.»

«Wir wollen keine Schweinerei veranstalten», sagt sie. «Jemand muß die Zimmer wieder saubermachen.»

«Was hältst du von der Badewanne?» sagt Brock.

«Das könnte Spaß machen.» Tricia springt vom Bett. Er sieht zu, wie sie ins Bad geht, hört die Hähne quietschen und das Wasser einlaufen.

Brock schaut auf den geringelten Stuck an der Decke und

denkt daran, wie Tara sich letzte Nacht in den Schlaf weinte, weil Annie sie nicht gebadet hat.

Alles fing an, als sie sich «Let's Make A Deal» anschauten. Tara war in der Küche und fragte, ob sie ein M&M haben könne. «Ein rotes?» sagte sie.

«Nein», sagte Annie, «weil du dein Abendbrot nicht aufgegessen hast.»

«Oh, gib ihr doch eins», sagte er. Er dachte, sie sei schlecht gelaunt, weil sie krank war.

«Nein, sie hat ihr Abendbrot nicht gegessen, weshalb sollte sie dann Süßigkeiten kriegen?» Annie lehnte den Kopf zurück und horchte. «Und du ißt auch da drüben besser keine M&Ms.»

«Würde sie das tun?» fragte Brock.

«Moment. Tara?» rief sie. «Tara?» Sie gingen beide in die Küche und entdeckten Tara unter dem Tisch, mit vollem Mund, eine braune Sabberspur am Kinn. «Komm sofort da raus», sagte Annie. «Sofort! Du kommst, wenn ich es dir sage.» Sie zerrte sie am Arm heraus, und Tara schlug mit dem Kopf ans Tischbein. Das Kind fing an zu weinen und würgte, rot im Gesicht und schluckend, die braune Masse hervor. Annie fing an, ihr kräftig den Hintern zu versohlen.

«Hör auf», sagte Brock, «hör auf.»

«Du hältst dich da raus», sagte sie und zeigte mit dem Finger auf ihn. Taras Gesicht war von Tränen entstellt. Ihre Lippe zitterte, während sie versuchte, wieder zu Atem zu kommen. «Geh und guck dir deine verdammte Show an», sagte Annie, und er ging.

Und zehn Minuten später war dann alles vergeben und vergessen. Brock kann nicht verstehen, daß die beiden das machen. Wegen nichts. Später, als sie sie hoch ins Bett brachten, sagte Annie: «Kein Bad», und Tara warf sich auf den Fußboden und schrie herum. «Siehst du?» sagte Annie und gab ihr erneut einen Klaps, diesmal seelenruhig. Unten hörten sie sie noch bis weit in den Neun-Uhr-Film heulen.

Es war richtig von ihm, sich rauszuhalten – sie ist ihre Mutter –, aber jetzt wünschte Brock, er hätte sie davon abgehalten. Er muß Tara nur selten anschreien, wenn sie zusammen sind; sie ist ein braves Kind. Annie sagt, er habe leicht reden, weil er nicht für sie verantwortlich sei, was bedeutet, daß er es nie sein wird, daß er irgendwann gehen muß. Obwohl das stimmt, meint Brock, daß es keine Entschuldigung ist. Nächstes Mal wird er dazwischentreten und, wenn nötig, die Strafe über sich ergehen lassen.

Im Bad quietschen die Hähne, und das Wasser hört auf zu laufen.

«Alles fertig», ruft Tricia. «Ich warte bloß auf dich.»

Brock wälzt sich aus dem Bett und schaltet den Fernseher aus, und da ist er wieder im Spiegel. Der andere Brock im anderen Zimmer kommt ihm vor, als warte er auf eine Antwort. Als ob es eine gäbe.

Annie wacht in ihren Kleidern im Bett auf; man hat ihr die Stiefel ausgezogen und den einen Knöchel mit einer Ace-Bandage umwickelt. Graues Licht kämpft sich durch die Plastikfolie; das Zimmer wirkt müde, die Kleider auf einem Haufen, die verstreuten Spielsachen. Gesprächsfetzen dringen von unten herauf. Sie erinnert sich daran, wie der Mann am Krankenwagen gesagt hat, ihr Knöchel sei ordentlich verstaucht. Er gab ihr gerade etwas gegen den Schmerz, als sie ohnmächtig wurde.

«Brock?» ruft sie.

Es klopft, und dann schaut eine Polizistin herein. «Ihr Mann ist unterwegs. Kann ich Ihnen irgendwas holen?»

«Welcher Mann?» sagt Annie.

«Sie sind nicht verheiratet?»

«Wir leben getrennt. Tara war nicht bei ihm?»

«Ihre Tochter, nein.»

«Warum suchen Sie dann nicht nach ihr?»

«Es sind Leute von uns draußen, und wir kriegen den Rettungshubschrauber vom Krankenhaus, wenn das Wetter hält. Wir tun, was wir können. Wollen Sie rausgehen? Wenn ja, dann soll ich Sie begleiten. Mein Name ist Officer Scott.»

«Wo ist Brock?» fragt Annie.

«Wer?»

Glenn wartet mit Inspektor Burns in der Küche, während die Männer das Haus durchsuchen. Sein Vater und seine Mutter sitzen am Tisch; sie haben die Erlaubnis dazu erteilt, dem Inspektor Kaffee angeboten. Der Fußboden ist naß von den Stiefelspuren. Draußen hinter dem Haus schlägt Bomber Krach. Der Inspektor hat versprochen, daß sie ihn, wenn sie hier fertig sind, mit zu Annies Haus nähmen, damit er sich an der Suche beteiligen könne. Glenn sagte ihm, daß es Zeitverschwendung sei; sie könnten längst draußen sein und suchen. Obwohl er keine Handschellen trägt, fühlt er sich handlungsunfähig, wie gelähmt. Er muß pinkeln.

Ein uniformierter Beamter fährt in Glenns Lieferwagen vor. Er geht in einem Bogen um Bomber herum und hat einen braunen Umschlag dabei. Der Inspektor macht ihm die Tür auf und nimmt den Umschlag. Er ist dick wie ein Kissen und mit Plastikbeuteln vollgestopft.

«Es sind hauptsächlich Hundehaare.»

«Bilder gemacht?» fragt der Inspektor.

Glenn macht sich Sorgen, daß er die Sitze nicht gut genug gereinigt hat, daß sie Blut auf den Polstern finden werden. Er hat dem Inspektor von der Schlägerei erzählt («Wovon haben Sie so eine Lippe?» hatte der gefragt), aber er spürt, daß ihn das nur noch verdächtiger gemacht hat.

Und er war bei seinem alten Haus, wenn auch nur, um vom Rand des Feldes aus die Lichter zu beobachten. Es ist seine Familie; es zieht ihn immer wieder hin. Sie werden die Reifenspuren mit seinen vergleichen, seine Eltern fragen, wo er abends hinfährt.

Oben poltern die Stiefel der Polizisten. Die Blase tut ihm

weh. Es einzuhalten lenkt ihn ab, verursacht Kopfschmerzen.

«Ich weiß nicht, warum Sie glauben, daß er irgendwas damit zu tun hat», sagt seine Mutter.

«Livvie.»

«Nein. Das hier ist mein Haus. Sie sollten Annie fragen.
Sie läßt ihn ja nicht mal seine eigene Tochter sehen.»

«Das stimmt», gesteht sein Vater ein, als wäre es ein Geheimnis. «Er hat sie jetzt volle zwei Wochen nicht mehr
sehen können.»

«Das hat Ihr Sohn mir auch erzählt», sagt der Inspektor.

«Sagt Ihnen das nichts?» fragt seine Mutter.

Ein Polizist in einer unförmigen kugelsicheren Weste
kommt mit einem Paar doppelläufiger Gewehre, auseinan-
dergeklappt auf der Schulter, aus dem Wohnzimmer herein,
und Glenns Vater steht auf.

«Die haben meinem Vater gehört», sagt er, «und ich hab
was dagegen, daß Sie oder irgend jemand sie anfaßt.»

«Ithacas», wirft der Inspektor ein. «Die sind wirklich alt.
Knickerbockers. Wunderbare Gewehre.» Er schnüffelt an
beiden Verschlüssen und reicht sie, besorgt um die Läufe,
Glenns Vater. «Tut mir sehr leid», sagt er. «Das ist alles reine
Formsache. Ich verspreche Ihnen, daß wir Sie sobald wie
möglich rüberbringen.»

«Kann ich mal auf die Toilette?» fragt Glenn.

«Wo befindet die sich?» sagt der Inspektor.

Er folgt Glenn hinein, steht, während Glenn Wasser läßt,
mit dem Gesicht in die andere Richtung, läßt ihn aber nicht
aus den Augen.

«Sie sind dazu fähig», sagt der Inspektor. «Sie könnten es
tun.»

«Was tun?»

«Sie ihrer Mutter wegnehmen. Sagen Sie ja nicht, daß das
nicht stimmt.»

«Ich würde Tara niemals weh tun.» Glenn gefällt nicht,

wie er das sagt – theatralisch, unaufrichtig. Es ist lächerlich, überhaupt davon zu reden.

«Das meine ich nicht», sagt der Inspektor.

«Ich habe nichts getan.»

«Das weiß ich. Aber Sie haben daran gedacht.»

«Nein», sagt Glenn, «das stimmt nicht», und fragt sich, ob er die Wahrheit sagt.

In der Küche wickelt seine Mutter den Hamburger ein, den sie zum Abendessen aufgetaut hat. Sie hat ihren Mantel an. Sein Vater ist rausgegangen, um den Wagen warmlaufen zu lassen. Als die Polizisten nach unten kommen, erzittert das Haus.

«Und?» spottet seine Mutter.

«Wir haben alles gesehen, was wir im Moment sehen müssen.»

Glenn fährt mit dem Inspektor in einem zivilen Einsatzfahrzeug, und seine Eltern folgen im Fury einem Streifenwagen. Das Gebläse ist an; Flocken treffen auf die Windschutzscheibe und lösen sich in nichts auf. Auf dem Armaturenbrett steht ein Blaulicht wie das in seinem Lieferwagen. Er denkt an ein Mädchen in Taras Alter, das er gerettet hat, als er noch beim Rettungsdienst arbeitete. Sie hatte in einem aufblasbaren Swimmingpool aus Plastik geplanscht, als ihre Mutter ans Telefon mußte. Glenn legte sie mit ausgestreckten Armen und Beinen auf den Rasen und versuchte, sie wiederzubeleben. Er erinnert sich daran, daß er Verachtung für die Frau empfand, genau wie er jetzt Verachtung für sich selbst empfindet, weil er unfähig war, Tara zu beschützen. Es ist bis zu einem gewissen Grade seine Schuld.

«Marchand», sagt der Inspektor, «wollen Sie mir was über das Bild erzählen?»

«Welches Bild?»

«Ihre Zeichnung, die über Ihrem Bett.»

Er meint eine Skizze, die Elder Francis ihn während seiner Beratungsgespräche zu machen bat. Wie stellen Sie sich Ihre persönliche Beziehung zu Jesus vor? Darauf ist die Welt als eine Stadt unter einem Meer von Blut symbolisiert, und die Menschen sind aneinandergekettet. Glenn stellt sich selbst als Ertrinkenden dar; die Blasen, die aus seinem Mund kommen, vereinigen sich zu einem blauen Geist, der in den Himmel hinaufschwebt und dem lächelnden Christus etwas ins Ohr flüstert.

«Das bedeutet, daß ich errettet bin», sagt Glenn.

«Wovor?»

«Vor der Welt. Der Hölle. Allem.»

«Das ist ein bißchen viel verlangt von einem einzigen Typen», sagt der Inspektor.

«Es ist nicht so, daß ich eine Wahl hätte», sagt Glenn.

Sie biegen im Konvoi in die Turkey Hill Road, und er sieht Männer, die in einer Reihe langsam die Felder durchkämmen. Das Haus ist von Autos umgeben – Polizei, ein Krankenwagen, der Rettungswagen. Näher dran bemerkt er, daß Brocks Charger fehlt und daß die Fensterscheibe des Maverick kaputt ist. Sofort denkt er, daß sie Streit hatten (seinetwegen oder vielleicht wegen Tara). Der Inspektor sagt zu Glenn, er solle warten, bis er herumkomme und die Tür aufmache.

«Ich will nicht, daß Sie Streit mit Ihrer Frau anfangen», warnt er. «Wenn Sie's tun, sind Sie weg vom Fenster.»

Aber drinnen, im Beisein so vieler Leute, ist Annie ruhig. Sie sitzt auf dem Sofa, den bandagierten Fuß auf dem Couchtisch, ihre Mutter auf einer Seite, auf der anderen eine Polizistin, die er von einem erst kurz zurückliegenden Wohnwagenbrand wiedererkennt. Die Tür steht offen, und es ist kalt. Das Gekrächze und die atmosphärischen Geräusche von Walkie-talkies sind zu hören. Inspektor Burns steht direkt vor ihm, als wäre er bereit, jederzeit einzuschreiten.

«Du hast sie nicht?» fragt Annie, aber es liegt kein Vorwurf darin. Sie sieht erschöpft aus.

«Was ist passiert?» fragt er.

«Sie ist einfach verschwunden», erklärt May.

«Schwör's mir, Glenn. Du hast sie nicht.»

«So was würde ich nie tun.»

«Wir haben ihn von der Arbeit geholt», bestätigt Inspektor Burns.

«Wo ist Brock?» fragt Glenn.

May wirft voller Empörung die Hände in die Luft.

«Ich weiß nicht. Er hätte eigentlich im Altenheim sein müssen, aber sie sagen, daß er nicht da ist.»

«Es sind Leute von uns unterwegs», sagt die Polizistin.

Der Scheißkerl, denkt Glenn und stellt die richtige Vermutung an.

«Geh und such nach ihr», sagt Annie, «du weißt, wo sie hingehen würde.»

«Kann ich?» fragt Glenn den Inspektor, und der ruft einen Polizisten herüber, der ihn bewachen soll.

«Finde sie», sagt Annie.

«Mach ich», verspricht Glenn.

Barb ist gerade mit ihrer Schicht im Rusty Nail fertig, als Roy Barnum reinkommt, sich auf einen Hocker setzt und einen Koffeinfreien mit Milch und Zucker bestellt. Er ist im Dienst und muß nicht zahlen, Regel des Hauses. Barb zapft ihn aus der Kaffeemaschine, stellt ihn klirrend hin. Roy schiebt ein Flugblatt über die Theke, mit einem grobkörnigen Foto in der Mitte, ein kleines Mädchen in einer Latzhose, runde Bäckchen, teuflisches Lächeln.

«Hängst du das an einem guten Platz für mich auf?» fragt Roy, aber Barb hat Tara erkannt und steht, eine Hand vor dem Mund, sprachlos da.

Die Straße ist von Streifenwagen gesäumt – ein paar von der Staatspolizei, wie Brock sieht –, und nachdem er kurz erwogen hat umzudrehen, parkt er in der zweiten Reihe vor dem Haus und eilt über den Schnee. Glenn. Er stellt sich vor, was er tun muß, falls Annie tot ist. Er denkt, daß er todunglücklich sein, sich mit der Zeit aber wieder fangen wird. Das ist irrsinnig.

Der Vorgarten ist voller Bullen, von denen einer mit Glenn redet.

«Brock», sagt Glenn, als sei er ein Kumpel.

«Was ist los?» fragt Brock den Bullen.

«Sind Sie der Freund?»

«Wo ist Annie?»

«Tara wird vermißt», sagt Glenn, als wäre es seine Schuld.

Annie ist drinnen und sitzt bei ihrer Mutter. Er will zu ihr, aber ihre Mutter läßt ihn nicht durch. Er fragt sich, ob sie die Seife an ihm riechen könne, den Wein durch sein Juicyfruit. Tara wird vermißt. Bei ihm klappt aber auch gar nichts.

«Wo zum Teufel bist du gewesen?» sagt Annie.

«Auf der Arbeit.»

«Nein, das stimmt nicht.»

Ein Bulle im Trenchcoat kommt herüber und fragt ihn, ob er Brock sei.

«Ja», sagt Brock und hat diesen Mist gründlich satt, «ich bin Brock.»

Der Schnee kommt seitlich runtergewirbelt und deckt innerhalb von Minuten die Fußspuren zu. Der Rettungshubschrauber kann nicht fliegen. Es wird nur noch eine Stunde hell sein, und das Licht ist jetzt schon schwach. Im Wald stöbern die freiwilligen Helfer. Die Nachricht wird übers Radio verbreitet; Rafe kommt direkt von der Arbeit. Die Teilnehmer des Freitagstreffs der Anonymen Alkoholiker sind da, der Methodistische Frauenbund. Clare und Jerrell durchsuchen die ausgeschlachteten Lieferwagen und Traktoren am Nordrand des Maisfeldes; Brock und Glenn sind mit dem Inspektor unterhalb des Teiches. May und Regina, Frank und Olive unterhalten sich im Wohnzimmer, der Lokalsender mit seinem Thermometer und seiner Uhr läuft ohne Ton neben ihnen. Barb hat das Flugblatt mit Tara an den Spiegel im Rusty Nail geklebt und ist in ihrer Uniform, mit nackten Beinen, Pumps und allem hergefahren. Die Suche ist jetzt über die Interstate bis zum Gelände der Junior High ausgeweitet worden. Lastwagen schlängeln sich zwischen den flackernden Lichtern, den orangefarbenen Lichtkegeln aus den Taschenlampen der Polizisten durch. Die Reservistenvereinigung der Army hat zwei Trupps versprochen, falls es sich bis morgen hinziehen sollte.

Und doch wird es kein Mitglied dieser Suchmannschaft sein, das Tara findet, sondern ein weithin unbeachteter Vierzehnjähriger aus der High-School-Band, der für sein Alter zu klein ist, nämlich ich selbst, Arthur Parkinson, der, weil sie bereits tot ist, nicht zum Helden werden wird, und Jahre später wird man ihn in der Stadt nicht einmal als den in Erinnerung haben, der sie gefunden hat, aber er selbst wird, genau wie Annie, Glenn, Brock, May, Frank, Olive, Clare und Barb, Tara sein ganzes Leben lang immer wieder aufs neue finden und nie vergessen.

SIEBEN

ICH ERINNERE MICH DARAN, DASS ICH NICHT
gehen wollte. Es war ein Freitag, und wir waren gerade auf
den Platz gekommen. An Thanksgiving würden wir gegen
das County Armstrong spielen; in der Cafeteria forderten uns
Spruchbänder auf, den Beavers Beine zu machen. Wir standen in Gruppen herum und spielten zum Aufwärmen Rock-
riffs – «Satisfaction», «Foxy Lady» –, als der stellvertretende
Direktor über die Fußgängerbrücke gelaufen kam. Mr. Chervenick blies auf seiner Pfeife und stieg auf das fahrbare Podest. Er sagte, wir würden die Probe ohne Rücksicht auf das
Wetter am nächsten Montag nachholen. Er betonte, daß die
Beteiligung an der Suche nicht verbindlich sei.

«Aber klar», sagte Warren neben mir.

Keiner in der Band war cool oder gemein genug, es drauf
ankommen zu lassen. Die meisten von uns Blechbläsern
waren froh; an einem so kalten Tag erforderte es Gottver-
trauen, seine Lippen an das Mundstück zu setzen. Wir klapp-
ten unsere Kästen zu und marschierten über die Brücke zurück. Zwei Busse warteten tuckernd auf uns und bliesen
Abgaswolken in den Schnee. Wir sollten unsere Instrumente
und Büchertaschen in der Eingangshalle lassen; der Hausmeister würde darauf aufpassen.

Der stellvertretende Direktor, Mr. Eisenstat, fuhr mit. Er
hatte die Kiste mit den Fundsachen dabei, ging den Gang
entlang und fragte, ob irgend jemand Handschuhe brauche.
Wir würden welche brauchen, sagte er, wenn wir an den
Schauplatz kämen.

«Schauplatz», äffte Warren ihn mit ernster Miene nach.
Wir saßen gemeinsam hinten unter der gewölbten meergrü-

nen Dachbespannung, ausgebrannt vom langen Feiern. Es war ein Freitag, was bedeutete, daß den ganzen Tag Fetenstimmung herrschte, und nächste Woche war Thanksgiving.

Ich fand keins von beidem erfreulich. An den Probetagen kam ich nicht dazu, mit Lila von der Bushaltestelle nach Hause zu gehen, und am Wochenende sah ich sie nicht, obwohl wir in nebeneinanderliegenden Gebäuden wohnten. An den Schultagen lag ich nachts wach und dachte darüber nach, was ich ihr am nächsten Morgen sagen, wie ich sie ins Kino einladen würde. Natürlich kam es nie dazu, aber die Freitagabende kamen mir in diesem Winter besonders hoffnungslos vor.

Was Thanksgiving anging, so deutete meine Mutter an, daß wir in diesem Jahr vielleicht nicht bei den Eltern meines Vaters in Pittsburgh zu Abend essen würden. Sie hatte geschickt wegen des Horn of Plenty bei mir vorgefühlt, einem Restaurant an der Route 8, in das wir immer an ihrem Geburtstag gingen. Dort konnte man so viel essen, wie man wollte. Am Ende einer Warmhalteplatte schnitt ein Koch mit Mütze ein blutiges Roastbeef unter einer Wärmelampe in Scheiben. Ich sagte, es sei okay, aber grummelnd, was bedeutete, daß ich das Gegenteil meinte.

«Hör mal», schnauzte meine Mutter mich an, «vielleicht hast du's noch nicht gemerkt, aber es ist alles anders geworden.»

«Hab ich gemerkt», sagte ich.

«Dann spar dir doch deine klugscheißerischen Kommentare. Ich versuche, dir das so nett wie möglich zu sagen. Dein Vater scheint kein großes Interesse daran zu zeigen, dieses Jahr irgendwas mit der Familie zu unternehmen. Ich würde es gern tun, weil ich denke, daß es schön für dich wäre, aber wenn ich deinen Vater anrufe und versuche, darüber zu reden, hält er mich immer bloß hin. Ich werde versuchen, alles so zu arrangieren wie früher, aber ich mache dich darauf aufmerksam, daß es vielleicht nicht klappen wird. Also, hättest du das gern, oder soll ich mich einfach nicht mehr drum kümmern?»

«Egal», sagte ich.

«Egal», sagte meine Mutter herausfordernd.

«Es ist okay, mir ist es gleichgültig.»

«Ich weiß nicht, weshalb ich mir überhaupt die Mühe mache», sagte sie. «Offensichtlich bedeutet es dir nichts, daß ich diese Leute bitten muß, uns einen Gefallen zu tun, obwohl ich lieber gar nicht mit ihnen sprechen würde.»

«Es bedeutet mir schon was», sagte ich, aber zu spät; sie hatte sich abgewandt, sich aufs Sofa plumpsen lassen und zündete sich eine Zigarette an. «Das Horn of Plenty ist prima.»

«Das ist doch Geschwätz», sagte meine Mutter und warf ihr Feuerzeug auf den Tisch. Es rutschte über eine Zeitschrift und fiel auf den Teppichboden. Meine Mutter schaltete den Fernseher ein und wollte mich nicht ansehen.

Ich hatte gesehen und noch öfter gehört, wie sie sich so mit meinem Vater stritt, aber ich war nie derjenige gewesen, der es abkriegte, und hatte – ob zu Recht oder nicht – das Gefühl, daß sie sich meine Unerfahrenheit zunutze machte. Ich wußte nicht, wie ich mich wehren sollte. Am nächsten Morgen tat sie so, als wäre nichts passiert. Ich war immer noch wütend. Und wie es einem kleinen Jungen wie mir ähnlich sah, trug ich es ihr nach.

Warren, mein einziger Vertrauter, sagte, daß Mütter eben vor Feiertagen durchdrehten. Wir sprachen im Bus auf dem Weg zu Annies Haus darüber. Aber auch er habe meine negative Einstellung satt, sagte er. Wir hatten in der Hoffnung, daß die Probe so erträglicher würde, nach der letzten Schulstunde auf dem Parkplatz einen ordentlichen Joint durchgezogen und redeten jetzt über lauter ernste Themen.

«Nehmen wir mal an, du wärst deine Mutter.»

«Nehmen wir's mal an», sagte ich.

«Okay, dann bin ich jetzt du, und Thanksgiving steht vor

der Tür. ‹Ich kann Thanksgiving nicht ausstehen, ist mir egal, ob es Truthahn gibt, das interessiert mich einen Dreck.› Ich meine, ist es das, was sie hören will?»

«Du meinst, ich sage das.»

«Ja», sagte er.

«So sag ich es überhaupt nicht. Und darum geht's auch gar nicht. Sie glaubt, mir einen großen Gefallen zu tun, obwohl das Gegenteil der Fall ist.»

«Oh, dann willst du also an Thanksgiving ins Horn of Plenty gehen und Käsehäppchen essen.»

«Meine Mutter will das.»

«Du.»

«Ich, wenn ich meine Mutter bin.»

«Wo willst du an Thanksgiving essen?» fragte Warren.

«Ist mir egal», sagte ich.

«Leck mich doch am Arsch.»

«Ja», sagte ich, «das ist ziemlich genau das, was sie gesagt hat.»

«Sie hat recht. Ich verstehe nicht, warum du so miesepetrig bist.»

Wir überquerten die Interstate. Mr. Eisenstat kam den Gang runter und verteilte Flugblätter mit dem Bild des kleinen Mädchens. Mir gefiel ihr Vorname nicht, und den Nachnamen erkannte ich nicht wieder. Mr. Eisenstat hielt das Flugblatt hoch und sprach so, daß wir es alle hören konnten, selbst die von uns, wie Warren und ich, die nicht daran interessiert waren. Alles was er uns sagte, stand auf dem Flugblatt, nur eins nicht.

«Sie wird seit zwei bis drei Stunden vermißt.»

Warren schaute auf den Schnee hinaus, schaute mich wieder an und schüttelte den Kopf. «Die ist nur noch ein Stück Fleisch.»

«Tiefkühlkost», sagte ich. «Jetzt guck mal, wer hier die negative Einstellung hat.»

Wir wußten nicht, wo wir hinfuhren. Wir waren noch nicht

weit gekommen, als der Bus langsamer wurde und in eine Straße mit Bäumen auf der einen und einem offenen Feld auf der anderen Seite schwenkte. Ein Mann, der hohe Gummistiefel trug, ging über den zugefrorenen Straßengraben und blieb stehen, um das Eis nach weichen Stellen abzusuchen. Auf dem Feld zog ein Paar Hunde einen Mann mit Jagdkappe vorwärts. Leute hatten neben der Straße in der falschen Richtung geparkt. Weiter vorn stand ein Haus, aber es bestand keine Möglichkeit hinzukommen. Der Bus hielt, und Mr. Millhauser sagte: «Das wär's.»

«Tut euch zu zweit zusammen», wies Mr. Eisenstat uns an. «Bleibt in Sichtweite voneinander. Wir wollen nicht, daß ihr euch auch noch verlauft.»

«Was für ein Trottel», sagte Warren.

Als wir losgegangen waren, sah ich den Wasserturm. Mr. Chervenick ließ uns zu sechst nebeneinander die Straße runtermarschieren, als zögen wir in Formation durch den Stadiontunnel.

«Zu Fuß wären wir schneller hiergewesen», sagte ich.

«Hast du den Joint noch?» fragte Warren.

Nachrichtencrews filmten, und wir zeigten, während wir hinter den adrett gekleideten Reportern vorbeigingen, der gesamten Einwohnerschaft von Pittsburgh den Mittelfinger. Ein Verpflegungswagen des Roten Kreuzes verteilte kostenlos Kaffee und heißen Kakao; Plastiktassen wurden um die Reifen der geparkten Wagen geweht. Wir folgten Mr. Chervenick an dem Haus vorbei und fielen unwillkürlich in Gleichschritt.

Orangefarbene Böcke sperrten die Straße kurz vor der Wendestelle ab. Polizisten standen an einem langen Klapptisch mit einer darauf befestigten Karte; dahinter wärmten die Suchtrupps sich die Hände über einer Mülltonne. Wir warteten in Rührt-euch-Stellung, während Mr. Chervenick sich an einen Polizisten mit einem Klemmbrett wandte. Er kam zurück und gab bekannt, daß wir ein Gebiet unterhalb des Teiches durchsuchen würden, wo man schon einmal nachgesehen hatte.

«Wenn ihr etwas findet, das ihr für wichtig haltet, faßt es nicht an und laßt es liegen. Sagt mir oder Mr. Eisenstat Bescheid, und wir holen dann den Entsprechenden, der es sich ansieht. Bitte faßt nichts an, was ihr für wichtig haltet, sondern laßt es liegen; ich kann das nicht genug betonen.»

«Seid ihr alle zu zweit?» fragte Mr. Eisenstat und dann, als niemand etwas sagte: «Wer ist noch allein?»

Der Wald oberhalb des Teiches war voll alter Leute mit schwarzen Baseballkappen, auf denen der 70. Jahrestag des Pullman-Standard gefeiert wurde. Während wir den Hügel runtergingen, kam die zusammengewürfelte Gruppe, die gerade unser Gebiet abgesucht hatte, auf dem Weg nach oben schwer atmend an uns vorbei.

Der Teich war zugefroren, aber nicht vollständig. In der Mitte stand eine Lache grauen Wassers auf dem Eis. Als Mr. Chervenick pfiff, damit wir die Reihen schlossen und stillstanden, konnten wir die Überlaufrinne hören.

«Alles von hier runter zum Zaun am Highway fällt unter unsere Verantwortung», sagte er. «Ich denke mir, einige von euch kennen sich hier aus.» Dafür erntete er ein paar Lacher, aber weder von Warren noch von mir. «Verteilt euch und seid gründlich. Es ist ein ganz kleines Kind. Ich gebe durch fünf kurze Pfiffe für alle das Zeichen, sich wieder hier zu treffen.» Er blies einmal und schickte uns los.

Warren und ich zogen los, sorgsam darauf bedacht, uns an bereits vorhandene Fußabdrücke zu halten. Der Schnee war zu kalt, um festzupappen, und hörte sich unter unseren Stiefeln an, als würde jemand mit den Zähnen knirschen. Ich hatte erst einen Toten von Angesicht zu Angesicht gesehen, und das in einem Sarg – meine Großmutter Sellars. Meine Vorstellung von einer Leiche stammte aus den Comic-Heften, die ich in meiner Kindheit gelesen hatte – *The Witching Hour*, *Weird War*, *The House of Mystery*. Ich stellte mir vor, das Mäd-

chen blau und steifgefroren zu finden, mit einer verkrampf-
ten Hand, die aus der Schneekruste hervorschaute. Ihre
Augen wären von einem durchsichtigen Grau, hätten ihre
Farbe verloren wie eine gedünstete Zwiebel. Wir arbeiteten
uns Schritt für Schritt voran, schauten in die verschneiten
Büsche und hofften, von irgendwo anders einen Ruf zu
hören. Die Stiefelabdrücke hörten auf, und wir blieben stehen.

«Da unten ist sie nicht», folgerte Warren.

«Vermutlich im Teich.»

Im Wald über uns plärrte jemand etwas durch ein Megaphon. Wir froren beide und warteten, aber es war nichts. Wir
gingen weiter, jetzt langsamer.

«Und», sagte Warren, «hast du den Joint, oder was?»

Ich sah in meine Schachtel Marlboros, schob die Zigaretten
mit einem Finger hin und her, bis ich ihn entdeckte. Er war
ziemlich groß, und das Papier hatte dunkle Flecken vom
Harz. «Wo ist ein guter Platz, um ihn zu rauchen?»

Wir drehten beide die Köpfe, um nach Bullen Ausschau zu
halten.

«Laß uns zu dem Rohr gehen», sagte Warren, womit er die
Stelle meinte, wo der Bach durch den Hang und unter dem
Highway hindurch führte. Das Rohr war aus Wellblech und
hatte einen Durchmesser von ungefähr einem Meter. Daneben befand sich ein Abflußrohr mit einem Käfig darüber,
durch das bei einem Unwetter überschüssiges Wasser ablau-
fen konnte. Das Ganze lag in einem Graben verborgen, und
wenn die Sicherheitsbeamten kamen, hechtete man hinein,
als wäre es ein Fuchsbau, und wartete. Man konnte dort auch
in Ruhe pinkeln, wenn es eine Sauferei gab.

Ich zögerte und dachte, daß ein kleines Kind an dieser
Stelle ziemlich leicht ertrinken könnte.

«Wahrscheinlich haben sie da als erstes nachgeguckt», ver-
sicherte Warren mir. «Sie haben Karten.»

Während wir uns einen Weg durchs Unterholz bahnten,

unterhielten wir uns über die abnehmende Anzahl von Fußabdrücken.

«Wenigstens gibt es ein paar», sagte Warren.

«Nicht viele», sagte ich.

Aber als wir an dem Graben ankamen, war der Schnee auf
beiden Seiten des Baches niedergetrampelt und matschig.

«Siehst du?» sagte Warren.

Die Eisdecke auf dem Bach hörte ein paar Schritte vor dem
Rohr auf. Das Wasser war hoch, aber ruhig, braun wie Kaffee.
Es strömte mit einem schmatzenden Geräusch in das zusätz-
liche Abflußrohr. Warren warf einen kurzen Blick über die
Anhöhe, um zu sehen, ob jemand in der Nähe war.

«Alles in Ordnung», sagte er, und wir setzten uns auf den
Käfig über dem Abflußrohr. Ich steckte den Joint in einen
Clip und reichte ihn Warren zusammen mit dem grünen Bic-
Feuerzeug meiner Mutter. Er nahm einen tiefen Zug, reichte
ihn zurück, behielt den Rauch ein und stieß dann eine Wolke
aus.

«Dagegen kannst du die Probe vergessen», sagte er.

Ich nickte, genoß das Kitzeln des ersten Zugs und reichte
den Clip zurück.

«Ich hab ein ganz positives Gefühl», sagte ich. Warren
nickte verständig. Ich war sofort angeturnt, wenn auch nur
leicht, und ein Kribbeln wie das überraschende, späte Bren-
nen von scharfen Peperoni kroch mir durch die Mundhöhle.
David Larue, der mir das Fünf-Dollar-Päckchen Gras verkauft hatte, hatte gesagt, es sei kolumbianisches. Wir hatten
den Verdacht, daß es mexikanisches war. Es kratzte ein bißchen, bedröhnte einen aber auf eine angenehme Art, war
nicht zu heftig für einen Schultag.

Warren und ich reichten ihn hin und her, bis er ausging,
ließen ihn dann über großer Flamme schwelen und saugten
den Rauch aus dem schwarz gewordenen Stummel.

«Einen Zug kriegst du noch raus», sagte Warren.

«Willst du noch einen?»

Ich warf ihn ins Wasser. Wir sahen zu, wie die Strömung ihn zögernd in das Rohr trieb. Die Bewegung der Kippe schien ihre eigene Dramatik und Bedeutung zu haben. Wir waren völlig bekifft.

«Danke», sagte Warren.

Ohne etwas zu sagen, saßen wir einen Augenblick lang stoned da und sahen uns unsere neue Umgebung an.

«Das ist ein bescheuerter Mist», sagte Warren, und ich wußte, was er meinte.

«Guck lieber mal nach, ob sich hier irgendwelche Bullen rumtreiben.»

«Verfolgungswahn», sagte Warren, stand aber auf und sah nach. «Nichts.»

Im Wasser trieb ein durchnäßter Fausthandschuh. Rosa-weiß, mit einer Art Muster drauf.

«Guck dir den Fausthandschuh an», sagte ich.

«Faß ihn nicht an», sagte Warren, «du sollst ihn nicht anfassen.»

Langsam wie ein Blatt trieb der Fausthandschuh über das braune Wasser auf das Rohr zu. Ich brach einen Zweig von einem Busch.

«Okay», sagte Warren, «schätze, jetzt bleibt dir nichts anderes mehr übrig.»

Der Zweig war nicht lang genug, und ich mußte mich bükken und übers Wasser beugen. Ich berührte ihn gerade noch, und er trieb auf die andere Seite. Warren immer hinter mir, kletterte ich aus dem Graben, lief auf die andere Seite und wieder runter. Auch von dieser Seite kam ich nicht ganz heran. Warren ging einen größeren Zweig holen, während ich den Fausthandschuh im Auge behielt. Je näher er dem Rohr kam, um so mehr wirkte es, als sauge es ihn an.

«Beeil dich», sagte ich. «Sonst ist er weg.»

«Ich beeil mich ja», sagte Warren.

Ich kniete am Ufer des Baches und beobachtete ihn, als ein zweiter weißer Fausthandschuh an die Oberfläche trieb – nur daß dieser Fausthandschuh Finger hatte und mit einem aufgedunsenen blauen Arm verbunden war. Das Gesicht des Mädchens rollte aus dem Wasser, immer noch von der Kapuze umhüllt, das Fell schmutzig, die Schnur unter ihrem Kinn verknotet.

Ich rannte. Ich rannte geradeaus den Graben hoch zu Warren, der mit einem Busch um einen grünen Zweig kämpfte. Ich versuchte, es ihm zu erzählen, brachte aber kein Wort heraus.

«Da», sagte ich. «Matsch», sagte ich. «Der Mantel.» Es war wie bei den letzten paar Sekunden von Password, wenn man die ganzen Schlüsselworte benutzt.

Warren faßte mich am Arm, und wir gingen an den Rand des Grabens und blickten hinunter.

Sie lag auf dem Rücken, Mund und Augen weit offen, und trieb mit dem Kopf voran auf das Rohr zu. Ein Stiefel war ihr vom Fuß gerutscht.

Wir rannten.

«Mister Chervenick!» rief Warren.

«Mister Chervenick!» riefen wir.

Mr. Chervenick unterhielt sich mit meiner Mutter, während ich in unserem Wagen wartete. Wie gewöhnlich war sie zu spät dran. Es war schon richtig Abend, kurz vor der Abendessenszeit. Es hatte nicht aufgehört zu schneien, die Scheibenwischer bewegten sich rhythmisch hin und her, und die Scheinwerfer verliehen den herabfallenden Flocken etwas Theatralisches. Ich hatte Lust auf eine Zigarette, traute mich aber nicht, im Wagen zu rauchen. Schließlich machte Mr. Chervenick meiner Mutter die Eingangstür auf, und sie kam vorn um die Motorhaube herum. Sie stieg ein und schnallte sich an, legte aber den Gang nicht ein.

«Du hast mir ja gar nicht erzählt, daß du es warst», sagte sie.

«Ich und Warren», sagte ich.

«Bist du okay?»

«Ja.»

«Mr. Chervenick hat gesagt, daß du ganz schön mitgenommen warst.»

«Direkt als es passiert ist. Warren auch. Alle. Dann haben sie uns einfach in den Bus geschoben. Ein paar von den Mädchen haben geheult.»

«Und du?» sagte meine Mutter.

«Ich war wohl auch traurig. Ich weiß nicht.»

Meine Mutter rutschte über den Sitz und nahm mich in den Arm. Ich ließ es über mich ergehen. Mr. Chervenick war fort.

«Du bist okay?» fragte sie. «Bestimmt?»

«Ich hab Hunger», sagte ich.

«Weißt du, wessen kleine Tochter das war?»

«Ich hab ihren Namen nicht gekannt.»

«Das war Annie Van Dorns kleine Tochter. Du erinnerst dich doch an Annie.»

Das hatte ich lange nicht mehr getan, und als ich es jetzt tat, fiel mir wieder ein, wie ich für sie geschwärmt hatte, und die Erinnerung vermischte sich mit dem Bild des rücklings dahintreibenden Mädchens. «Klar.»

Meine Mutter erzählte mir von Annies Heirat und Trennung, als wären es Tragödien, die mit dieser in Verbindung standen und ihr gleichkamen. Während sie sprach, schien die Annie, die ich gekannt hatte, sich zu verlieren, so viel älter zu werden, daß ich mir nicht mehr vorstellen konnte, wie sie aussehen mochte. Ich war immer noch stoned, hatte zu allem freie Assoziationen und konnte nicht umhin, Annies Geschichte mit der meiner Mutter zu vergleichen – der fehlende Mann und das verlorene Kind.

«Ich werde Mrs. Van Dorn einen Besuch abstatten müssen», sagte sie. «Es wäre nett, wenn du auch mitkämst.»

Ich willigte ein.

Meine Mutter erzählte mir nichts über ihren Tag. Wir fuhren kommentarlos bei den Van Dorns – es brannte kein Licht

– und an unserem alten Haus vorbei. Ich dachte daran, wie Annie zum Babysitten rübergekommen war, wie sie mit ihren Büchern aus dem Lieferwagen ihres Vaters gesprungen war und wie ihre langen Haare dabei geflattert hatten.

Bevor wir in Foxwood ausstiegen, sagte meine Mutter: «Bist du sicher, daß du okay bist?»

«Ich hab sie nur ein paar Sekunden angesehen.»

«Bei so was, da reicht das aus. Ich will dich um einen Gefallen bitten.»

«Um was für einen?» sagte ich. Ich war müde. Ich wollte essen und fernsehen.

«Ich will, daß du mitkommst, wenn ich nächste Woche zu Dr. Brady gehe. Er wird dir gefallen, er ist wirklich sehr nett.» Sie fing mit einem langen Sermon an, und ich wußte, daß sie die Sache schon beschlossen hatte.

«Mach ich», willigte ich ein. Sie saß im Schein der Kutschenlampe da und nahm mich erneut in den Arm. Es schien, als könnte sie mich nicht oft genug anfassen. Als sie mich losließ, sah ich, daß sie weinte – nur eine Träne, die sie mit einem behandschuhten Finger wegwischte. Sie versuchte zu lächeln.

«Was gibt's heute abend zu essen?» fragte ich, weil ich es wirklich wissen wollte und nicht, weil ich dachte, daß es sie zum Lachen bringen würde.

Am nächsten Tag ließ sich mein Vater nach dem Mittagessen unerwartet in seinem Nova blicken. Es war zwar Samstag, aber wir hatten keinerlei Pläne gemacht, und nach dem Reinfall beim letzten Mal war ich mir nicht sicher, ob er mich sehen wollte oder umgekehrt. Ich war überrascht, daß ich mich über sein Kommen freute. Meine Mutter bat ihn auf eine Tasse heißen Kakao herein.

«Vielleicht später», sagte er an der Tür. «Jetzt haben Arthur und ich etwas vor.»

Ich streifte mir Mantel und Handschuhe über, denn ich

wollte nicht, daß sie sich stritten. Sosehr ich mir auch wünschte, daß sie wieder zusammenkamen, spürte ich doch, daß, wenn sie sich im selben Zimmer aufhielten, eine Gereiztheit oder, um genauer zu sein, eine Verletzlichkeit oder Empfindlichkeit in der Luft lag – selbst wenn sie, wie in diesem Augenblick, höflich waren. Obwohl das nicht aufhörte, wenn wir allein waren, waren sie mir dann lieber.

Meine Mutter kam raus auf den Treppenabsatz, um uns nachzuwinken. «Viel Spaß», rief sie.

«Wo fahren wir hin?» fragte ich, als wir auf der Interstate waren.

«Was meinst du?» sagte mein Vater.

«Nicht Pizza essen.»

Mein Vater lachte. «Nee.»

«Dann weiß ich's nicht.»

«Was», fragte mein Vater, «willst du mehr als alles andere auf der Welt?»

«Auto fahren», sagte ich.

«Genau dahin sind wir unterwegs – dir beizubringen, wie man fährt.»

«Warum?»

«Warum?» wiederholte mein Vater in aller Unschuld. «Weil du nicht weißt, wie's geht.»

Ich war nicht richtig wütend auf ihn und ließ es dabei bewenden.

«Arthur», sagte mein Vater mit einem Seufzer. «Ja, deine Mutter hat mich angerufen. Ich bin froh darüber.»

«Ich auch», sagte ich und rief damit einen Waffenstillstand aus, wobei keiner von uns beiden so dumm war, sich darauf zu verlassen. Wir fuhren den Berg hinauf, und der Nova wurde langsamer. Mein Vater schaltete runter. Hinter uns qualmte die Stadt in der klaren Kälte.

«Ich ziehe um», sagte mein Vater. «Hat deine Mutter dir das erzählt?»

«Nein.»

«Also, ab nächsten Monat wohne ich in einem neuen Apartment. Es ist möbliert und hat eine Küche.»

«Das ist schön», sagte ich, aber das entsprach nicht dem, was ich dachte. Ich wußte nicht, was es bedeutete, nur daß sie beide es mir früher hätten sagen sollen.

Wir kamen an die Ausfahrt zur High-School, und mein Vater fuhr ab. Wir überquerten die Brücke, bogen in die Zufahrt und fuhren, bis wir auf dem Parkplatz ankamen. Er war leer und lag unter einer frischen Schneedecke. Oben auf den Straßenlaternen mit ihren Schneemützen hockten Möwen vom See und flogen Einsätze zu den Müllcontainern und wieder zurück. Mein Vater ließ den Wagen in die Mitte des Parkplatzes rollen, stellte den Motor ab und hielt mir seinen Schlüsselring hin. Er lag wie ein gefährliches Insekt in seiner Hand.

«Bist du bereit?» fragte er, und ich wußte, daß es für mich vor dem kleinen Mädchen und der Freundlichkeit, die ich nach Ansicht anderer Leute zu brauchen schien, eine Weile kein Entkommen geben würde. Das war in Ordnung, dachte ich. Obwohl ihr Mitgefühl und mein Schmerz in gewisser Hinsicht fehlgeleitet waren und sich nie miteinander verbinden würden, war keins von beidem falsch. Ich würde versuchen, dieses Geschenk nicht in Zweifel zu ziehen.

Am Sonntag veranstalteten die Vereinigten Presbyterianer in der Innenstadt, wo die Van Dorns immer hingingen, einen Gottesdienst für Annies Tochter. Ich mußte meinen alten Anzug mit den Hochwasserhosen tragen. Die Kirche war gedrängt voll. Meine Mutter versprach mir, daß wir nicht lange bleiben würden. Ich kannte niemanden außer meinem Vater und Annie, die vorn saß, wo ich sie nicht richtig sehen konnte. Während der Pfarrer unentwegt redete, dachte ich darüber nach, wie seltsam die Verbindung zwischen mir, dem Mädchen und ihrer Mutter war – eine sonderbare, geheime Dreiecksbeziehung. Mein Vater folgte uns an der Reihe der Trauernden vorbei, als wären wir noch eine Familie. Die Leute blieben stehen, um Annie oder Mrs. Van Dorn an den Händen zu nehmen und ihnen ein paar Worte zu sagen. Annie sah fast so aus, wie ich sie in Erinnerung hatte – hübsch, das Haar glatt und glänzend über dem schwarzen Kleid. Meine alte Schwärmerei für sie stellte sich wieder ein, jagte durch meinen Körper wie eine Droge. Während ich darauf wartete, daß meine Mutter fertig wurde, dachte ich an Lila und wurde wieder nüchtern.

Annie sagte, daß sie mich nicht wiedererkenne. «Bei den vielen Haaren», zog sie mich auf.

«Es tut mir leid», sagte ich. Ich fragte mich, ob ihr irgend jemand erzählt hatte, daß ich es war, der sie gefunden hatte, und dachte dann, wahrscheinlich nicht. Für sie liefe es sowieso auf dasselbe hinaus.

«Danke, Arthur.»

«Und du erinnerst dich an meinen Mann Don», sagte meine Mutter und langte über mich hinweg, um ihn am Ellbogen zu fassen.

«Natürlich, Mr. Parkinson könnte ich doch nicht vergessen.»

«Es tut uns allen sehr leid», sagte mein Vater.

Draußen warteten Fernsehkameras. Wir gingen zusammen zum Parkplatz, meine Mutter und mein Vater vorweg, und sprachen über Thanksgiving. Im Wagen sagte meine Mutter, daß wir nach Pittsburgh fahren würden. Es kam mir nicht wie ein Sieg vor.

Am Montag traf ich Lily und Lila am Ende der Zufahrt. Ich erwartete, sie würden etwas darüber sagen, daß ich das Mädchen gefunden hatte, aber wir gingen im Gänsemarsch den verharschten Hügel hinauf und sprachen darüber, wie doof es sei, daß wir am Freitag in die Schule müßten. Sie würden nach York fahren, um ihre Tante zu besuchen, die bei Harley-Davidson arbeitete (Nein, sagte Lily, sie fahre nicht Motorrad). Sie schienen nichts von der Suche zu wissen. Vielleicht hatten sie keinen Fernseher und lasen den *Eagle* nicht. Vielleicht interessierte es sie auch nicht. Ich wollte es Lila allein erzählen, um zu sehen, ob sie mich trösten würde, aber mit Lily war das unmöglich, und als wir um die Kurve in den Wald bogen und Foxwood aus den Augen verloren, dachte ich, daß es mehr Klasse hätte, wenn sie es von jemand anderem erführe. Ich erzählte Lila auch nichts davon, daß ich sie das ganze Wochenende schrecklich vermißt oder mir uns nächsten Sommer auf dem Rücksitz des Country Squire im Sky-Vue-Autokino vorgestellt hatte. Statt dessen standen wir vor dem Tor und reichten eine Zigarette zwischen uns dreien hin und her, und als der Bus kam, stieg ich ein und ging nach hinten.

In der Ecke hatte Warren seine Kapuze so fest zugeschnürt, wie es ging. Er rollte die Augen nach innen und streckte die Zunge raus.

«Du abartiger Scheißkerl», sagte ich, rutschte rein und boxte ihn auf den Arm, damit er aufhörte.

«Hast du Alpträume gehabt?»

«Nein», sagte ich wahrheitsgemäß. «Du?»

«Einen. Ich habe geträumt, wir hätten diese Woche jeden Tag Probe.»

«Das war kein Traum.»

«Ich hab gesagt, es war ein Alptraum. He, wie kommt's, daß unsere Namen nicht in der Zeitung waren? Da hat bloß ‹zwei Freiwillige› gestanden.»

«Das sind wir», sagte ich und sang die Schlußzeile von «Volunteers of America» von Jefferson Airplane.

«He, Arty», rief Todd Johnson von der anderen Seite des Gangs. «Warren hat gesagt, du hättest dir in die Hose gepißt.»

«Nur beinahe, Tojo», sagte ich.

«Hat sie völlig schleimig und eklig ausgesehen?» fragte er und schnitt eine Grimasse. Ich bemerkte, daß alle um uns herum aufgehört hatten zu reden. Ich hatte gedacht, dieser

Teil meiner Berühmtheit, der eingehende Bericht, würde mir gefallen, aber plötzlich wollte ich nicht mehr darüber reden.

«Nein», sagte ich achselzuckend. «Sie war bloß ertrunken. Ich hab ihre Mutter gekannt, als ich noch ein kleiner Junge war.»

So ging das den ganzen Tag. Bis zum Mittagessen war ich die Leute leid, die zu mir rüberkamen und irgendeine Gefühlsregung erwarteten. Ich aß meinen gebackenen Käse und starrte zu den Butterklümpchen rauf, die an der perforierten Decke klebten. Ich zuckte mit den Achseln und erzählte ihnen, daß ich Annie gekannt hätte. Sie schienen alle von mir enttäuscht zu sein, als wäre ich ein Spielverderber. Ich war froh, als es läutete und ich mich im Musiksaal verstecken konnte.

Beim Proben in dieser Woche waren wir schlecht, als hätte uns – wie Mr. Chervenick beharrlich behauptete – der fehlende Freitag geschadet. Wir ließen uns hängen, sagte er; wir müßten uns die Frage stellen, ob wir wirklich den Wunsch hätten, eine richtige Band zu sein.

«Ja», sagte Warren neben mir, «eine richtig schlechte.»

An allen drei Tagen schneite es, und ich behielt meine Halbmeterschritte bei, folgte den Konturen des Tornados und blickte verstohlen zur Fußgängerbrücke, sicher, daß sich uns eine weitere Gelegenheit bieten würde, das Mädchen zu finden, und zwar diesmal lebendig.

Weder Lila noch Lily verloren ein Wort darüber. Als wir am Mittwoch den Bus kommen sahen und schnell den Zigarettenstummel herumreichten, damit alle ein letztes Mal ziehen konnten, sagte ich, daß ich hoffte, sie würden sich gut amüsieren in York.

«Was machst du denn?» fragte Lila, und ich erzählte es ihr.

«Dir auch viel Spaß», sagte sie.

«Werd ich haben», sagte ich und machte mir im Bus Vorwürfe, weil ich etwas so Blödes gesagt hatte.

Warren durchschaute mich und schüttelte grinsend den Kopf. Er hatte angefangen, sie Delila zu nennen und mit den Fingern an meinem Haar rumzuschnippeln.

«Sag nichts», sagte ich. «Halt einfach die Klappe.»

An Thanksgiving gab es Schneeregen, und Armstrong überrollte uns mit 48:6. Vor dem Ende der ersten Halbzeit versammelten wir uns in geschlossener Formation hinter der Endzone und bereiteten uns auf unsere Show vor. Wenn unsere Mannschaft gewänne, hätten wir uns für das Turnier auf Staatsebene in Philadelphia qualifiziert, aber wir lagen schon mit drei Touchdowns hinten. Die Tribünen waren voller enttäuschter Fans, die mit kleinen, harten Radiergummis in Form der Freiheitsglocke warfen. Der Schneeregen ließ die Schrift auf unseren Notenblättern verlaufen.

«Jetzt gilt's», stachelte Mr. Chevernick uns an. «Jetzt wird sich zeigen, ob ihr was könnt.»

Unser Tambourmajor blies dreimal auf seiner Pfeife, und wir kamen auf den Platz. Die Tribünen lichteten sich, die Leute gingen zu den Toiletten, und die provisorischen Imbißbuden nahmen Geld für den Lehrer-Eltern-Ausschuß ein. Der Platz war in einem fürchterlichen Zustand, das Gras zwischen den Drittellinien in den kalten, klebrigen Schlamm getreten; der Rasen entlang der Seitenlinien war unversehrt, aber gefroren. Unsere erste Trommelreihe hatte fast die Platzmitte erreicht, als Warren neben mir ausrutschte und hinfiel. Beim Üben erzog man uns dazu, nicht darauf zu achten, wenn irgend jemand Mist baute, damit es nicht so auffiel, aber ich konnte Warren nicht im Schlamm liegen lassen. Ich blieb stehen, um ihm die Hand zu reichen, und die Posaune direkt hinter mir rannte mich über den Haufen. Ich konnte die Leute auf den Tribünen durch das «Proud Mary» der Band nicht hören, aber ich wußte, daß sie über uns lachten. Ich stellte mir vor, wie Mr. Chervenick an der Seitenlinie stand und bestürzt den Kopf schüttelte, und konnte einen Augenblick lang nicht aufstehen. Warren drückte mir meine

Mütze auf, ich schnappte mein Instrument, und wir rannten durch die Formation zu den zwei freien Plätzen. Als die Noten uns eine Pause einräumten, schielte ich an mir runter. Mein Horn war verschmiert, und ein Grasbüschel klebte am Spuckventil; meine Uniform war ruiniert – und dummerweise traten mir auch noch grundlos Tränen in die Augen. Ich durfte mich nicht rühren und damit die symmetrische Anordnung der Blechbläser zerstören, und als der Refrain wiederkehrte, hatte ich mich wieder gefangen; ich machte mir nur Sorgen, daß jemand es mitbekommen haben könnte. Ich würde sagen, daß es nur der Schneeregen sei.

«Ist schon in Ordnung, Arthur, Warren», sagte Mr. Chervenick, als wir abmarschierten. «Schwere Bedingungen.»

«Verdammte Scheiße», sagte Warren.

«Ich weiß», sagte Mr. Chervenick. «Nicht zu ändern.«

Zu Hause sagte meine Mutter, als sie die Uniform aus meiner Sporttasche zog: «Du bist hingefallen. Mein Liebling, ist alles in Ordnung?» Sie hatte schon ihr ärmelloses blaues Kleid fürs Abendessen an, war aber noch nicht geschminkt.

«Warum denkst du bloß immer, wenn irgendwas passiert, daß ich nicht damit fertig werde?» sagte ich. «Mir geht's gut.»

«Offensichtlich nicht», sagte sie, warf mir aber auf dem Weg zum Bad nur einen flüchtigen Blick zu. Wir waren noch nicht zu spät dran, aber sie hatte schon angefangen, sich mit der Rücksichtslosigkeit zwischen den Möbeln zu bewegen, die ich als Zeichen des baldigen Aufbruchs an ihr kannte. «Ich werde sie einweichen müssen, sonst wird sie nicht sauber. Ich bin mir sicher, daß heute niemand geöffnet hat.»

Während sie Wasser in die Badewanne laufen ließ, ging ich in mein Zimmer und setzt mich aufs Bett. Meine Kleider fürs Abendessen lagen ausgebreitet wie eine Rüstung. Dunkle Hose, weißes Hemd. Eine gestreifte Krawatte, bei der mir mein Vater immer half, indem er sich hinter mich stellte. Ich zog die Hose an und setzte mich wieder hin.

«Ziehst du dich an?» rief sie und trieb mich zur Eile.

«Ja», sagte ich und legte mich flach auf den Rücken.

Ein paar Minuten später schaute sie herein. «Ich gehe jetzt, egal, ob du mitkommst oder nicht. Im Kühlschrank sind noch Hühnchenreste.»

Ich zog das Hemd an, steckte es in die Hose und schlüpfte rasch in die fusseligen grauen Socken. Meine guten Schuhe waren zu klein und drückten an den Füßen. Ich hielt die Krawatte wie eine Schlange in der Hand.

«Du siehst ja richtig anständig aus!» scherzte meine Mutter. Sie nahm mir die Krawatte ab, machte eine Schleife und sah sie sich an. «Okay», sagte sie, «ich denke, es fällt mir wieder ein.» Sie stellte sich vor mich, schob sie mir über den Kopf, legte das eine Ende über das andere, zog es herum, durch und herunter. «Heb das Kinn.» Sie zog den Knoten fest und brachte meinen Kragen in Ordnung. Die ganze Zeit über blickte ich sie in ihrem blauen Kleid an und dachte, wie schön kräftig ihre Arme waren und wie mein Vater sie ansehen würde.

«Du siehst hübsch aus», sagte ich.

«Danke», sagte sie. «Wir werden zu spät kommen.»

So war es auch. Meine Großeltern, meine Tante und mein Vater beendeten gerade im Wohnzimmer ihren ersten Drink. Mein Vater trug seinen Anzug, sah aus wie das kleinere Abbild meines Großvaters, den ich nie in etwas anderem erlebt hatte. Meine Großmutter trug Perlen, meine Tante einen Kaschmirpullover. Das Haus roch stark nach Bratensoße, und aus der teuren Stereoanlage, die sie neben der Standuhr stehen hatten, erklang leise ein Streichquartett. Meine Mutter wirkte mit ihren nackten Armen und ihren blauen Hackenschuhen zu grell.

«Louise», sagte mein Großvater, «was möchtest du?»

«Vielleicht», sagte meine Mutter und deutete auf sein Glas, «einen klitzekleinen Scotch?» Ich bemerkte, daß sowohl meine Tante als auch meine Großmutter Weißwein tranken.

«Arthur?» Er sagte es mit kräftiger Stimme, als hätten wir geschäftlich miteinander zu tun. Als hätte ich eine andere Wahl als mein übliches Ginger-ale.

Meine Mutter setzte sich neben meinen Vater aufs Sofa, und ich nahm seitlich davon Platz. Auf dem Glastisch vor uns stand eine Platte mit Crackern und einem Streichkäse, aber das Zimmer war so ordentlich, daß ich mich nicht traute.

«Und», sagte meine Tante, «wie war euer erstes Heimspiel?»

«Gut», sagte ich. «Aber wir haben verloren.»

«So ein Pech.»

«In der Halbzeit bin ich hingefallen, direkt in den Matsch.»

«Erzähl», sagte meine Großmutter.

Sie nahmen alle noch einen Drink, bevor wir ins Wohnzimmer gingen. Auf dem Tisch befanden sich Wassergläser und Weinkelche, zwei unterschiedliche Gabeln und Löffel, eine silberne Zuckerdose voll Würfelzucker, den ich immer stibitzt hatte, als ich noch klein war. Neben dem Stuhl meines Großvaters stand ein zweistöckiger Servierwagen, von dem er uns den Truthahn, den Kartoffelbrei, die Füllung, die Erbsenkasserolle, die Steckrüben und die Perlzwiebeln in Rahmsoße servieren würde. Aus dem Luftloch einer abgedeckten Soßenschüssel dampfte es; an den Enden des Tisches wartete je eine mit Preiselbeeren gefüllte Schale aus geschliffenem Glas. Während meine Großmutter die Kerzen anzündete und das Licht dämpfte, standen wir alle hinter unseren Stühlen, den Plätzen, auf denen wir jedesmal an Thanksgiving und Weihnachten gesessen hatten. Mein Vater stand neben meiner Mutter, bereit, ihr mit ihrem Stuhl zu helfen. Ich dachte an Astrid, weil ihrer unbesetzt an der Wand stand. Dieses Jahr würde ich zum erstenmal Ellbogenfreiheit haben. Ansonsten war alles wie immer.

«Wollen wir?» sagte mein Großvater, und wir setzten uns.

«Donald?» sagte meine Großmutter.

Wir senkten die Köpfe.

Ich war mir ganz sicher, daß ich – speziell an diesem Tag – nicht an Gott glaubte, und das war für mich der schwierige Teil des Essens. Normalerweise setzte ich meinen Kopf durch und faltete weder die Hände, noch sagte ich zum Schluß «Amen», aber manchmal war es bei der Stille und den ernsten Gesichtern all jener, die ich liebte, schwer, sich dafür nicht schuldig und leicht geächtet zu fühlen. Als mein Vater jetzt das Tischgebet sprach, als hätte sich nichts geändert, hörte ich mir die Liste dessen an, wofür wir dankbar waren, und stellte meine eigene auf. Lila. Warren. Astrid, die sich weigerte, mit meinem Vater zu reden. Meine Mutter, die meine Großeltern anscheinend nie gemocht hatten. Und, ja, mein Vater, den ich jetzt zum dritten Mal in zwei Monaten sah und den ich nicht gesehen hätte, wenn ich nicht rein zufällig ein totes Kind entdeckt hätte, das in einer Abflußrinne trieb. Ich wußte, daß niemand an diesem Abend davon anfangen würde, und ich dachte daran, daß auch Annie und Mrs. Van Dorn irgendwo Thanksgiving verbrachten. Meine Mutter hatte noch keine Zeit gehabt rüberzufahren. Ich ließ meinen Blick um den Tisch schweifen und spürte, daß wir – meine Mutter und ich – an diesem Abend nicht hierhergehörten, wo wir nicht willkommen waren, sondern zu ihnen, wo auch immer sie sich aufhielten. Es war eher ein schwacher Wunsch als ein Gebet.

«Und vor allem», sagte mein Vater, «danken wir Dir dafür, daß Du uns zusammengebracht hast.»

«Amen», sagten wir alle.

ACHT

DIE KAMERACREWS KOMMEN GEGEN MITTAG,

wegen des Lichts, und Brock kann sie nicht davon abhalten. Die Crews aus Pittsburgh wissen, daß sie besser weiter oben an der Straße parken, aber es scheint, als würde jeden zweiten Tag jemand aus Erie oder Wheeling direkt vors Haus fahren. Das liegt am Zeitpunkt des Geschehens, denkt Brock; die ganze Welt ist an der Geschichte interessiert, weil Ferien sind. Er hat Annie im Fernsehen gesehen, wie sie hinter einem Vorhang hervorguckt. Die Kamera schwenkt über den verschneiten Wald. Sie haben aufgehört, sich die Nachrichten anzusehen, und den *Eagle* abbestellt.

Die Staatspolizei kommt jeden Tag und nimmt die gleiche Aussage auf, die Annie schon diverse Male gemacht hat. Dann laufen die Polizisten um den Teich herum, und wenn sie eine mögliche Spur entdeckt haben, gehen sie in die Hocke. Sie haben Brock zweimal verhört, und beide Male hat er darauf beharrt, daß er im Einkaufszentrum gewesen sei und Weihnachtseinkäufe erledigt habe. Er zeigt ihnen die Tüte mit Spielsachen in seinem Wandschrank und erfaßt das Ausmaß seiner Lüge, seine Kleinmütigkeit, als er die Barbiepuppe, die er tatsächlich Tara schenken wollte, in ihrer Schachtel sieht. Der Inspektor scheint ihm zu glauben, obwohl er Brock jedesmal darauf hinweist, daß sie ihn bald erneut verhören könnten. Brock erkundigt sich wegen der Leute vom Fernsehen, aber der Inspektor sagt, daß sie da nichts unternehmen könnten, die Straße sei für jeden zugänglich.

Annie hat einen Zurückhaltungsbefehl gegen Glenn beantragt. Nach dem Gedenkgottesdienst bedrohte er sie, sagte, er habe nichts zu verlieren und daß sie ihm alles genommen habe. Er war nicht betrunken, nur aufgebracht, und machte sich lächerlich. Brock mußte ihn schließlich vor allen Leuten gewaltsam in den Mietwagen verfrachten. Bei Einbruch der Dämmerung taucht er immer auf, trinkt in seinem Lieferwagen und schreit zum Haus herüber.

«Ich werde unversehrt durch dieses Feuer gehen», brüllt er. «O Herr, richte die Gerechten auf und lasse deine Strafe über die Häupter der Bösen kommen.»

«Du Arschloch», explodiert Annie auf den Stufen, «laß mich in Ruhe.» Danach kommt Brock nach Hause und findet sie auf dem Sofa vor, erschöpft, den Revolver ihres Vaters umklammernd.

Brock telefoniert, und die städtische Polizei kommt und nimmt Glenn fest, sperrt ihn über Nacht ein. Am nächsten Tag ist er wieder da, gottesfürchtig nach einem Zwölferpack. Er hat seinen Job aufgegeben, ist bei seinen Eltern ausgezogen. Annie ist der Meinung, daß Brock zu Hause bleiben sollte.

Das ginge. Sie haben genug Geld. Die Post bringt Schecks aus weit entfernten Staaten, von Kindern gesandte Eindollarscheine, an Karteikarten geklebtes Kleingeld. Die meisten Briefchen enthalten Beileidsbekundungen, aber ein paar anonyme bezichtigen sie beide oder Annie allein, Tara umgebracht zu haben – in allen Einzelheiten, wie ein Fernsehdetektiv, dem es Vergnügen bereitet, einen Mord zu rekonstruieren. Brock kommt es so vor, als schrieben einige Spinner genauso, wie Glenn redet. Ihr Tod sei Gottes Wille, steht da in zittriger Handschrift, zum Ausgleich für Annies und Brocks Sünden. Sie vergleichen Annie mit Eva. Zu wem macht ihn das, fragt sich Brock. Die Poststempel sind alle unterschiedlich; ein paar unterschreiben sogar mit ihrem Namen. Er kann nicht fassen, daß so viele verschiedene Leute die gleichen Verrücktheiten schreiben.

«Oh, klar», sagt der Inspektor und steckt sie zu den anderen in seinen prallgefüllten braunen Umschlag, «von denen wimmelt es nur so.»

Aber Brock will nicht zu Hause bleiben. Er kann es nicht ertragen, Taras Zimmer zu sehen, die rosafarbenen Wände und die kleine Steppdecke mit den Herzen drauf. Er hat nicht um sie geweint, und das läßt ihm keine Ruhe. Er denkt, daß er trauern sollte, aber wenn er einen Werbespot mit Big Bird oder einer witzelnden Kinderdarstellerin sieht, empfindet er nur Wut und dann Scham. Sie ist tot, ruft er sich ins Gedächtnis, sie ist nicht mehr da und tot und wird nie wiederkommen. Es ist so, als weigerte er sich, es zu glauben, aber es stimmt; dem wird er sich nicht entziehen. Die alten Leute, um die er sich bei der Arbeit kümmert, leben so abgesondert, daß sie ihn behandeln, als hätte das Unglück niemals stattgefunden, und das gefällt ihm. Es gefällt ihm, beim Mittagessen mit Tricia und Neil Young zusammenzusein, ihm gefallen ihr Lachen, ihre schweren Brüste. Zu Hause hätte er nichts zu tun. Obwohl sie eine neue Nummer haben, klingelt ständig das Telefon; sie ziehen den Stecker raus, und dann geht es los wie eine Bombe, sobald sie ihn wieder in die Plastikbuchse stecken, um selbst zu telefonieren. Jeden Tag besucht Annie ihre Mutter, um fortzukommen. Sie reden den ganzen Nachmittag; wenn Brock am Haus ihrer Mutter vorbeifährt, sieht er den Wagen in der Einfahrt und weiß, daß er wieder das Abendessen zubereiten muß. Hamburger Helper, Thunfisch-Nudel-Kasserolle. Er darf nicht böse auf sie sein, das versteht er. Ist er auch nicht. Er hat selbst ein schlechtes Gewissen und macht sich Sorgen, daß Annie sich als Mutter Vorwürfe macht und sich nicht nur von ihm, sondern von der ganzen Welt zurückzieht. Mit ihrem Knöchel ist es besser, und doch geht sie nicht wieder zur Arbeit. Abends liegt sie auf dem Sofa, verschlingt Archway-Kekse und schaut sich Situationskomödien an. Das vom Band eingespielte Gelächter nagt an Brock. Sie geht früh ins Bett, und er hat gelernt, nicht hinterherzugehen. Sie hat Pillen, die sie nimmt. Seit Tara nicht mehr da ist, haben sie nicht mehr miteinander geschlafen. Er hat mit Tricia darüber gesprochen. Er hat sogar daran gedacht, Barb anzurufen.

Am Freitag nach Thanksgiving kriegt er seinen Lohnscheck und hält auf dem Heimweg, um ihn einzulösen, weil er sich vorstellen könnte, ein oder zwei Flaschen Wein zu kaufen. Das ist riskant, aber wenn es nicht klappt, dann wird er sich wenigstens gut zudröhnen. Er schaut bei einem der staatlichen Läden vorbei und nimmt zwei Henkelflaschen Almaden, den Mountain Rhine, den sie so gern trinkt. Es schneit, und Brock stellt die Tüte so auf den Sitz, daß sie nicht hin und her rollen kann. Für den Fall, daß Glenn da ist, ist er vorbereitet. Er hat ein Brecheisen unter dem Fahrersitz, zwei bis drei Zentimeter dick; damit kann man jemandem den Arm brechen.

Aber als er nach Hause kommt, ist die Straße leer. Die Abenddämmerung bricht gerade an; die Lichter des Wasserturms schalten sich ein, als er näher kommt. Der Maverick steht in der Einfahrt, eine Plastikfolie ist mit Klebeband vor der zerbrochenen Fensterscheibe befestigt. Erst als er dahinter hält, sieht er, daß die Haustür offensteht und die Diele dunkel ist.

Brock läuft durch den Vorgarten und nimmt die Stufen der Vordertreppe mit zwei geschmeidigen Sprüngen. Das einzige Licht, das an ist, ist das über dem Herd. Eine blutige Portion Hamburger taut auf einem Stück Folie auf.

«Annie?» brüllt Brock und läuft dann zum Schlafzimmer. Es ist ein einziges Durcheinander, genau wie das von Tara, und nächste Woche kommt das Jugendamt, um sich das Haus anzusehen. Routinesache, sagt der Inspektor, aber Brock kommt es grausam vor. Es war ein Unfall. Es war nicht Annies Schuld.

Sie ist nicht im Haus. Ihre Stiefel sind weg, ihre Jacke, sogar ihre Handschuhe. Er macht die Haustür hinter sich zu und stellt sich vorn auf die Veranda. Im Vorgarten sind Abfälle von der Suche im Schnee festgefroren. Die Tonne, die die Polizei zum Aufwärmen benutzte, steht immer noch an der Wendestelle und versperrt den Weg zum Teich.

Brock geht die Straße unter dem blauen Schein des Wasserturms hinunter und sucht nach Fußabdrücken. Es sind zu viele alte da. Er kann kaum glauben, daß so viele Leute hier waren und keiner von ihnen etwas machen konnte. Sie wird ihm nie verzeihen, daß er an dem Tag zu spät nach Hause gekommen ist. Er biegt auf den unbefestigten Weg und geht jetzt durch den Wald. Er ist bei seiner Tante in der Stadt aufgewachsen, und die Stille ist ihm ein bißchen unheimlich. Über ihm fiept ein Eichhörnchen, das sich an einer hart erkämpften Eichel zu schaffen macht. Brock weiß nicht, ob Annie irgendeine Dummheit begehen würde. Bei ihrem Temperament wäre sie dazu fähig. Er kommt an dem Erdwall mit den schneebedeckten Zaunpfosten vorbei und folgt dem Pfad zum Hügel hinauf, stellt sich oben hin und schaut hinunter.

Da ist sie, unterhalb von ihm, eine schwarze Gestalt mitten auf dem Teich. Sie sitzt auf dem Eis und raucht, der glühende Stummel ein Stern in der Dunkelheit. Brock ist gleichzeitig froh und niedergeschlagen, ihres Leidens überdrüssig. Er ärgert sich über seine Ungeduld. Genau wie die Suchtrupps ist er hilflos.

Er winkt, aber sie sieht nicht auf, und er sucht sich einen Weg den Hügel hinunter. Er steht am Ufer, überzeugt davon, daß sie ihn jetzt sehen kann. Als sie ihn nicht zur Kenntnis nimmt, prüft er mit einem Fuß das Eis. In der Nähe des Ufers trägt es nicht, und seine Fußspitze geht durch. Er zieht den tropfnassen Schuh zurück. Bei dem Licht fällt es schwer zu sagen, wo es fest ist.

«Annie», ruft er.

Sie drückt den Zigarettenstummel aus, sieht nicht auf.

«Annie, komm schon.»

Er geht prüfend am Ufer entlang, und als er eine feste

Stelle findet, betritt er vorsichtig das Eis. Es kracht nicht und gibt nicht nach. Bei dem Wetter der letzten Tage dürfte es okay sein, denkt er hoffnungsvoll. Seine Arbeitsschuhe mit ihren Gummisohlen sind nicht für so etwas geschaffen. Er setzt einen Fuß direkt vor den anderen, bis er bei ihr ist, und ihre dunkle Silhouette füllt sich langsam aus. Sie ist vornübergebeugt, hat die Hände in die Achselhöhlen gesteckt und blinzelt gegen den Wind.

Brock setzt sich neben sie aufs Eis. Seine Hose friert daran fest.

«Ist dir nicht kalt?» fragt er scherzhaft.

Annie dreht sich um, sieht ihn an und nimmt ihn zum ersten Mal zur Kenntnis. Sie blickt auf das Eis, auf den Wald hinaus. Eine Schneeflocke verfängt sich in ihren Wimpern, und ihm fällt wieder ein, warum er alles, was er bei Barb hatte, für sie aufgegeben hat.

«Kennst du jemanden namens Patricia Farr?»

Selbst bei der Kälte kann Brock spüren, wie ihm die Hitze ins Gesicht steigt. Der Inspektor, denkt er, verdammt noch mal. «Das ist ein Mädchen auf der Arbeit.»

«Hast du mit ihr gevögelt, als es passiert ist?»

«Sie ist fett», sagt Brock, als würde das irgend etwas beweisen, und schämt sich im selben Augenblick. Seine Tante hatte recht, er betrügt alle.

«Bei Susan's.»

«Ich hab Weihnachtsgeschenke eingekauft.»

«Ist es dasselbe Zimmer gewesen?» fragt Annie. «Hast du sie auch mit Wein übergossen und es dann mit ihr in der Wanne getrieben?»

«Nein», sagt Brock, aber nur, weil es keine andere Antwort auf diese Frage gibt. «Laß uns ins Haus gehen.»

«Nein», sagt Annie.

«Ich hab nie gesagt, daß ich bleiben würde.»

«Du kannst jetzt gleich gehen», sagt sie. «Du willst gehen. Ich will, daß du gehst.»

Nach zwanzig Minuten steht er auf und läuft herum. Er ist nicht halb so warm angezogen wie sie, doch die Kälte scheint ihm nichts anzuhaben. Es ist dunkel. Der Wind heult in den Bäumen; auf dem Highway läßt der Verkehr nach. Es ist komisch, denkt Brock, daß er keine Angst mehr hat einzubrechen.

Halb zwei, und Rafe muß morgen arbeiten. Er hofft, daß Glenn, der ununterbrochen trinkt, seit er die Kaution geleistet hat, bald umkippt. Rafe hat wieder bezahlt, aber das ist ihm egal. Seine Eltern haben ihm Geld und das Haus hinterlassen; wofür soll er es sonst ausgeben? Glenn ist sein Freund, ein Versager genau wie er. Niemand anders wird ihm helfen.

Sie sitzen in der Küche, kippen sich ein Glas Jack Daniels nach dem anderen hinter die Binde und spülen mit Duke Bier nach. Bomber schläft oben. Im anderen Zimmer geleitet Eric Clapton Derek and the Dominos durch «Bell Bottom Blues». Glenn erzählt nuschelnd Witze und lacht darüber, murmelt seinen religösen Mist. Rafe leistet ihm nur Gesellschaft, trinkt die Hälfte von dem, was Glenn trinkt, und schaut auf die Uhr. Der Tisch ist klebrig und übersät mit Zigarettenstummeln und Erdnußschalen, den sonntäglichen Stellenanzeigen. Glenn hat mehrmals das Whiskeyglas umgeworfen. Vor ein paar Stunden haben sie überlegt, zu Abend zu essen; jetzt hat Glenn Hunger.

«Wir brauchen was zum Kotzen», sagt er. «Im Burger Hut kriegt man bis elf was.»

«Glenn, alter Junge, es ist halb zwei Uhr morgens. Da hat niemand mehr offen, Mann.»

«Scheiße.»

I dont't want to fade away, singt Clapton. *Give me one more day please.*

Rafe geht zum Schrank. «Wir haben Suppe da. Tomaten, Nudeln mit Hähnchen?»

«Suppe», sagt Glenn. «Ich will was Richtiges zu futtern und keine verdammte Suppe. Hast du schon mal mit Nudeln gekotzt?»

«Das ist alles, was wir dahaben.»

«Womit hat Jesus die Menge gespeist?» Ständig verfällt er auf so sinnlose Parabeln; das macht Rafe wahnsinnig. Noch schlimmer ist, wenn er mitten im Zimmer auf die Knie fällt. Rafe vesteht, daß er wegen Tara so wirr im Kopf ist, und er achtet auf Anzeichen dafür, daß er erneut versuchen könnte, sich umzubringen. Manchmal erwähnt Glenn, daß er sich seine Medizin neu verschreiben lassen müsse, aber Rafe hat ihn noch nie seine Pillen nehmen sehen. Er weiß nicht, wo Glenn tagsüber hinfährt. Irgendwann diese Woche kam er heim, und Glenn saß, wo er jetzt sitzt, durchnäßt von Kopf bis Fuß, seine Kleider tropfnaß, die Stiefel völlig verdreckt. Als er fragte, was passiert sei, sagte Glenn, er habe versucht heimzugehen, aber sie hätten ihn nicht haben wollen. Er wollte es nicht näher erklären, und Rafe sah eine Ausdruckslosigkeit in seinen Augen, die ihm sagte, daß er nicht darauf drängen durfte. Glenn braucht Zeit, denkt Rafe, so wie er selbst Zeit gebraucht hat, nachdem seine Mutter gestorben ist.

«Mit Fisch – ich weiß nicht, Mann. Wir haben keinen da.»

«Scheiß drauf», sagt Glenn, «ich hab sowieso keinen Hunger.» Er legt den Kopf auf die Arme.

I don't want to fade away, fleht Clapton.

«Los, Mann, ich bring dich ins Bett.»

«Einen noch», sagt Glenn. Er hebt den Kopf und gießt so viel ein, daß es überläuft. Der Whiskey färbt die Stellenanzeigen dunkel. «Trinkst du mit?»

«Ich muß morgen früh arbeiten.»

«Du trinkst mit. Hier.» Er steht mit wackligen Beinen auf, taumelt zu Rafe rüber und verschüttet dabei das meiste.

«Paß doch auf, was du machst, Mann.»

Glenn schaut nach unten. «Tut mir leid, Mann. Ist doch bloß der verdammte Fußboden.»

165

«Das ist der Fußboden meiner Mutter.»

«Tut mir leid, ja?» Glenn nimmt die Seite mit den Stellenanzeigen vom Tisch und wischt über den verschütteten Whiskey. «In Ordnung. Laß uns trinken. Hier.» Er gibt Rafe das fast leere Glas, nimmt die Flasche am Hals und setzt sie an. Rafe beobachtet, wie sein Adamsapfel auf und ab hüpft; es ist nur noch ein Schluck oder so übrig, und Glenn ist dabei, alles auszutrinken. Rafe will ihm die Flasche abnehmen, tut es aber nicht. So ist es leichter.

Glenn trinkt sie leer und knallt sie auf die Arbeitsplatte. «Die ist erledigt.»

«In Ordnung, Mann, Zeit zu pofen.» Rafe dirigiert ihn mit einer Hand zur Tür; Glenn torkelt, taumelt, als würde der Whiskey erst jetzt richtig zu wirken anfangen, und knallt mit dem Kopf gegen den Türrahmen. Er prallt einen Schritt zurück, in Rafes Arme.

Glenn lacht. «Das fühlt sich ziemlich gut an», sagt er, packt den Türpfosten, und bevor Rafe ihn davon abhalten kann, wirft er den Kopf zurück und rammt die Stirn dagegen, wie einen Hammer, mit dem man einen Nagel einschlägt. Das ist kein Spaß; er hört nicht auf damit. Oben stößt Bomber ein warnendes Gebell aus.

Rafe schiebt Glenn in den Flur, sie verhaken sich ineinander und krachen auf den Fußboden. Glenn wehrt sich nicht. An den Boden gepreßt, blickt er zu Rafe auf, und ein Tropfen Blut läuft ihm in die Augenbraue.

«Glenn, alter Junge, was machst du denn?»

«Ich weiß nicht», sagt Glenn und lächelt, ernsthaft verwirrt. «Was mach ich denn?»

«Mann», sagt Rafe und schnauft von dem Gerangel, «Mann», weiß aber nicht, was er sagen soll. «Das kannst du nicht machen, Mann.»

May macht Taras Bett, steckt die Steppdecke unter dem Kinderkopfkissen aus Baumwollflanell fest und setzt Pu den Bären auf die eine und ihren großen Hasen auf die andere Seite. Braver Hase. Sie geht zum Regal und stellt die Bücher gerade. *Goodnight Moon, Curious George, Where the Wild Things Are.* May schlägt eins von Dr. Seuss auf und blättert es durch, überrascht, daß sie immer noch den Text kennt.

> Schau, wen wir da haben,
> im Dunkeln im Park.
> Wir bringen ihn heim
> und nennen ihn Clark.
> Wir bringen ihn heim.
> Er wird wachsen, der Wicht.
> Wird das Mutter gefallen?
> Das wissen wir nicht.

May stellt es ins Regal zurück. Sie hat keine Zeit dafür. Die Frau vom Jugendamt kommt in zwanzig Minuten. May hätte nichts davon erfahren, wenn Brock sie nicht angerufen hätte. Annie scheint sich nicht darum zu kümmern. Sie sieht in dem Besuch einen Affront und weigert sich, irgendwas zu tun. Den ganzen Morgen hat May die Küche und das Bad geschrubbt, während Brock gesaugt hat. Es war ein richtiger Schock: May hatte ihn vorher nie für verantwortungsbewußt gehalten. Er hat sich extra die Haare schneiden lassen und eine Kordhose und ein schönes Hemd angezogen. Sie haben verabredet, Annie in den Laden zu schicken, um Milch und frisches Gemüse zu holen, damit der Kühlschrank voll aussieht. Sie schien froh zu sein. Sie ist gerade zurückgekommen, sitzt unten auf dem Sofa und sieht sich ihre Seifenoper an. May wünschte sich, sie würde etwas anderes als ihre Jeans anziehen – einen Hosenanzug, irgendwas – und sich vielleicht ein wenig schminken. Diese Leute nehmen ihre Aufgabe ernst.

«Was werden die mit mir machen?» hat Annie sie vorhin gefragt, und May wußte keine Antwort. Es kommt ihr komisch vor; Tara ist doch nicht mehr da. Sie ist auch wütend, aber sie kann nicht zulassen, daß Annie noch mehr einstecken muß.

Sie hebt den Wäschekorb hoch und stellt ihn neben Taras Frisierkommode auf den Fußboden, fängt an, die Kleider wegzuräumen, die sie bei sich zu Hause gewaschen hat. Winzig kleine Socken und Unterhemden, Rüschenhöschen, Strumpfhosen, Latzhosen, Rollkragenpullover, Sweatshirts. Einige sind Geschenke, die May persönlich im Einkaufszentrum besorgt hat. Sie erkennt Geburtstagsgeschenke wieder. Weihnachtsgeschenke vom letzten Jahr. Sie werden alle im Spendencontainer landen, denkt sie. Sie stellt die Schuhe im Wandschrank in einer Reihe auf, hängt die Kleider auf den Bügeln gerade. Als sie fertig ist, stellt sie sich mit dem leeren Korb an die Tür und schaut ins Zimmer. Es ist wirklich ein schönes Kinderzimmer. Sie erinnert sich daran, wie Annie und Glenn die Wände gestrichen und den Teppichboden verlegt haben. May gab ihnen das Kinderbett, das Charles für Raymond gebaut hatte und in dem Dennis und dann auch Annie geschlafen hatten. Das ist noch keine vier Jahre her, denkt May. Was ist nur passiert?

«Sie kommt», brüllt Brock von unten.

«Sie ist zu früh dran», beschwert sich May und eilt mit dem Korb nach unten. Er gehört ihr, und sie weiß nicht, wo sie ihn hintun soll. Sie dachte, sie würde genug Zeit haben, um ihn in ihren Wagen zu stellen.

Draußen biegt eine Frau in die Einfahrt. Ein großer schwarzer Galaxie 500 mit einem weißen amtlichen Schriftzug an der Tür, zu klein, um ihn lesen zu können. Brock nimmt May den Korb ab und poltert die Treppe hoch.

Annie schaltet widerwillig den Fernseher aus, als hätte das hier nichts mit ihr zu tun.

«Versuch, höflich zu sein», sagt May.

Annie geht an ihr vorbei zur Tür, macht sie auf und wartet darauf, daß die Frau den Rasen überquert. May kennt sie nicht. Sie ist dunkelhaarig und jung, Anfang Dreißig, Dauerwelle, teurer, wadenlanger Wollmantel und klobige schwarze Handtasche. Sie hat eine braune Aktenmappe mit Dehnfalte dabei, und als sie an der Veranda ankommt, kann May sehen, daß ihre Handschuhe aus echtem Leder sind, mit Falten an den Fingerknöcheln. Als sie hallo sagt, betont sie das O zu lange. Pittsburgh, denkt May, ist wahrscheinlich aufs College gegangen.

Sie heißt Sharon. Sie zieht die Handschuhe aus, um sie zu begrüßen. Ein einzelner silberner Ring, elegant. Brock stellt sich vor, ohne zu sagen, in welcher Beziehung er zu Annie steht. Er nimmt ihren Mantel und hängt ihn in den Wandschrank. Darunter trägt sie ein senffarbenes Oberteil und einen schwarzen Rock, dunkle Strümpfe und schicke Schaftstiefel. Neben ihr sieht Annie fürchterlich aus.

«Im Moment muß ich nur mit Ihnen sprechen», sagt Sharon, und Annie führt sie in die Küche. May geht hinterher und fragt, ob Sharon einen Kaffee haben wolle. Sie sagt ja, das wäre wunderbar. May denkt, daß ihr Plan funktioniert. Sie hat einen Teller Plätzchen gebacken und stellt ihn zwischen ihnen auf den Tisch. Sie wartet auf den Kaffee und lauscht heimlich.

Sharon macht ihre Aktenmappe auf und fängt an, Formulare auszufüllen, während sie Annie einfache Fragen stellt. May hat Annie gesagt, daß sie nicht rauchen solle, also muß sie sich gleich eine anzünden und wedelt mit der Zigarette herum, während sie antwortet. May kennt den Tonfall; Annie hat schon das Interesse verloren. Sharon konzentriert sich auf ihre Schreibarbeit und scheint es nicht zu bemerken.

«Offiziell», sagt Annie, «sind wir noch verheiratet. Fünf Jahre im August.»

«Und der Name Ihrer Tochter?»

«Tara. Tara Elizabeth.» May nimmt eine Veränderung im Ton wahr, eine Schroffheit.

«Geburtstdatum?»

May kennt die ganzen Antworten.

«Okay», sagt Sharon und schreibt eine Seite zu Ende. «Gut.» Sie reißt sie entlang der Perforationslinie ab, legt Stift und Formular beiseite.

Der Kaffee ist fertig, aber May will nicht gehen. Sie steht mit dem Rücken zum Tisch an der Arbeitsplatte und wartet darauf, daß sie weitermachen.

«Mrs. Van Dorn?» fragt Sharon. «Ich hoffe, Sie nehmen es mir nicht übel, aber der Rest des Gesprächs ist leider vertraulich.»

«Nein», sagt May, «ich wollte bloß eingießen.»

Annie steht auf. «Los, Ma.» Sie nimmt ihr die Becher ab und hält den Deckel fest, während sie die Kanne kippt.

May hat sich immer noch nicht von der Stelle gerührt.

«Ich kriege das schon hin», sagt Annie, und May kann sehen, daß das stimmt, daß sie nicht zulassen wird, daß diese Frau ihr weh tut.

«Ich bin im Wohnzimmer», sagt May, aber selbst im Gehen zögert sie noch und blickt zurück, als könnte Annie sie brauchen.

Annie ist am Sonntag zum Brunch das erste Mal wieder auf der Arbeit. Es ist eine leichte Schicht, ein Buffet. Alles was sie zu tun hat, ist, den Überblick über die bestellten Getränke zu behalten und ab und zu eine Wärmepfanne mit Würsten an den von einer langen Tischdecke verdeckten Tisch zu bringen. Familien kommen in ihren Sonntagskleidern, die Mädchen herausgeputzt in hauchdünnen Ärmelkleidern, Jungs in samtenen Kniehosen. Annie beugt sich herunter, um sie nach Preiselbeersaft oder Coca-Cola fragen zu hören.

«Was sagt man?» helfen ihnen die Mütter nach.

«Bitte.»

An der Bar ordnet Annie die Gläser den Tischen entsprechend auf ihrem Tablett: Mimosa, Weißwein, Screwdriver, Mimosa, Coca-Cola, Bier, Mimosa, Bloody Mary, Bloody Mary. Es ist eine Weile her, sie macht Fehler, und sie entschuldigt sich, während sie die Getränke austauscht. Wenn Barb da wäre, würde sie Annie aufziehen, aber die anderen Mädchen kümmern sich nicht darum. Im Pausenraum wissen sie nicht, was sie sagen sollen, außer daß es ihnen leid tue, daß sie froh darüber seien, daß sie wieder da sei. Annie weiß, daß sie nur besorgt sind. Sie wollen ihr nicht weh tun.

Draußen beim Bedienen kann sie spüren, daß die Clubmitglieder sie prüfend betrachten, daß sie sich fragen, warum sie nicht zu Hause ist, und was sie selbst tun würden, wenn ihnen so etwas passiert wäre. Eine ältere Frau, die sie monatelang an einem Ecktisch bedient hat, hält sie am Handgelenk fest und sagt: «Ich wünschte, es gäbe etwas, was ich sagen könnte.»

«Danke», sagt Annie, damit sie sie losläßt.

Es ist nicht so schlimm. Sie hat viel zu tun. Die Anzahl der Leute ist gleichbleibend, gegen halb zwei herrscht noch einmal Andrang. Annie ordnet sich dem Rhythmus von Tischdecken, Bedienen, Abräumen und erneutem Tischdecken unter. Es ist nicht wie zu Hause, wo sie an nichts anderes denken kann. Nur ab und zu mal – wenn ihr die Gewohnheit einen Streich spielt – hält sie inne und denkt, daß Tara bei ihrer Mutter darauf wartet, abgeholt zu werden.

In der Pause raucht sie allein auf der Verladerampe eine Zigarette, die Arme gegen die Kälte über der Brust verschränkt. Der untere Teil des Parkplatzes ist leer und schneebedeckt; dahinter erstreckt sich der Fairway zwischen den Bäumen wie eine weiße Allee. Ein Wagen fährt auf der Straße vorbei, und sie denkt an die Sonntage, an denen Barb hier gestanden und gepafft hat, während sie und Brock bei Susan's waren. Er wird sie verlassen, sobald sie stark genug ist, das wissen sie beide. In seinen Augen ist die halbe Schlacht geschlagen; das Jugendamt hat sie von jeglicher Schuld freigesprochen. Er wird nie wissen, was es bedeutet, Vater zu sein, denkt sie. Er ist höflich, streitet nicht mit ihr und versucht, nett zu sein. Annie kann sich nicht erinnern, was sie in ihm gesehen hat. Einen Schwanz. Sie raucht die Marlboro bis zur Schrift runter und schnippt sie von der Rampe, sieht zu, wie sie ein Loch in den Schnee bohrt. Sie ist nicht stark genug, denkt Annie, wird es vielleicht nie sein. Er kann gehen. Das wird er sowieso tun. Drinnen, auf der Toilette, kaut sie ein Kaugummi, während sie ihr Haar in Ordnung bringt und bereit ist, den Gästen wieder gegenüberzutreten.

Sie hat keine Zeit gehabt, den Maverick in die Werkstatt zu bringen. Als sie nach Hause fährt, bläht sich die Plastikfolie im Fenster und drängt sich an sie. Selbst bei voll aufgedrehter Heizung ist es eiskalt im Wagen. Sie muß wieder anfangen, sich um diese ganzen Kleinigkeiten zu kümmern. Nur daran zu denken ist schon eine Strapaze für sie. Sie stellt sich vor, den Wagen gegen den nahenden Brückenpfeiler schlittern zu lassen. Sie könnte die Hände im Schoß falten, die Augen zumachen und aufs Gaspedal treten. Aber sie tut es nicht. Die Brücke mit dem Teenager-Graffito – Joann I love U 4ever Dave – zieht über ihr vorbei. Sie hat angefangen, sich übers Abendessen Gedanken zu machen.

Als sie nach Hause kommt, bereitet Brock gegrilltes Hähnchen mit Füllung aus einer Packung zu. Die Steelers haben wieder gewonnen. Drei leere Bierflaschen stehen auf dem Couchtisch – plumper Beweis dafür, daß er nicht mit seiner Patricia bei Susan's war. Es ist zwecklos; der Inspektor sagt, sie täten es in der Mittagspause. Er hat ihr ein Bild von dem Mädchen gezeigt. Sie hat ein Doppelkinn und krauses Haar. Annie versteht es nicht.

«Wie war die Arbeit?» fragt Brock.

«Gut», sagt Annie.

«Gehst du morgen hin?»

«Hab ich doch gesagt.»

«Ich hab nicht gewußt, wie du dich nach dem heutigen Tag fühlen würdest.»

«Ich fühle mich müde», sagt Annie und läßt sich aufs Sofa plumpsen. «Ich spüre, daß ich was getan habe.»

«Gut», sagt Brock übertrieben gutgelaunt. Er kommt mit einem Topfhandschuh herein und hält eine Fleischgabel umklammert. «Das ist prima.»

«Bitte», sagt Annie, «kannst du mit dem Scheiß aufhören und dich wie ein normaler Mensch benehmen?»

Sie sieht, daß Brock kurz davor ist, in die Luft zu gehen, es aber nicht fertigbringt. Sie weiß nicht, worüber sie sich mehr ärgert: darüber, daß er sie bemitleidet, oder darüber, daß er so tut, als sei nichts passiert.

Sie arbeitet die ganze Woche in der Tagschicht und kommt rechtzeitig nach Hause, um das Abendessen zu machen. Sie liest die Post und schreibt Dankesbriefe an Leute, die Schecks geschickt haben. Am Samstag fährt Brock, während der Maverick repariert wird, mit ihr und ihrer Mutter die Weihnachtseinkäufe erledigen. Es sind noch zwei Wochen, und das Einkaufszentrum ist gerammelt voll. Sie sieht überall Kinder, hört ihr Kreischen, das von den Videospielen herüberdringt. Sie schenkt den Leuten, die mit dem Finger auf sie zeigen, keine Beachtung. Nur die Schlange vor dem Weihnachtsmann macht ihr zu schaffen. Darin wartet ein Mädchen, das einen Mantel wie Tara anhat. Sie müssen stehenbleiben und umkehren, Annie im Potato Patch einen Augenblick Zeit geben.

«Vielleicht sollten wir gehen», sagt ihre Mutter zu Brock. «Vielleicht war es keine so gute Idee.»

«Ich bin gleich wieder okay», sagt Annie. «Ich muß bloß was essen.»

Ihre Mutter schwärmt von den Tacos, aber sie gehen nicht wieder am North Pole vorbei. Es ist gut, denkt Annie, daß sie ihre Grenzen hat. In gewisser Hinsicht will sie diesen Teil von Tara nicht so leicht verlieren.

An ihrem freien Tag fährt sie zum Friedhof, stellt den Wagen neben der Straße ab und geht zwischen den Steinen hindurch hinein. Ihre Mutter besitzt Grabstellen für sie alle – für sich selbst, Annie, Raymond und Dennis –, obwohl sie nicht damit rechnet, daß sie Gebrauch davon machen werden. Tara liegt neben Annies Vater. Vor seinem Grab ist eine Vase im Boden festzementiert. Annie hat daran gedacht, auch eine für Tara zu besorgen, bis sie sich mit ihrer Mutter beriet.

«Ein windiger Tag», sagte ihre Mutter, «und du kannst es vergessen», und es stimmt, schon eine leichte Brise zerrt die Blumen heraus und läßt ihre leuchtenden Köpfe durcheinanderpurzeln. Annie bringt trotzdem welche mit und drückt mit den Fingern Schnee um ihre Stiele. Sie hat gesehen, wie andere Leute allein herkommen und mit ihren Lieben reden – hauptsächlich alte polnische Frauen –, aber sie fühlt sich Tara oder ihrem Vater hier nicht nahe, ganz im Gegenteil. Bei ihrem Vater akeptiert sie diese Distanz, akzeptiert den Umstand, daß Zeit vergangen ist.

Im heißen August hat er sie immer zum Angeln an den neuen See mitgenommen. Er hatte so ein glasiertes Keramikgefäß mit Deckel, das sie im Kunstunterricht für ihn gemacht hatte, in dem er seine Lucky Strikes ausdrückte. Wenn das Gefäß voll war, ließen sie es genug sein. Sie hat Bilder hinter ihrem Spiegel stecken, auf denen sie auf dem betonierten Bootssteg steht und eine Schnur mit Flußbarschen, anderen Süßwasserbarschen und einer glücklich gefangenen Forelle hält. Nur sie, ihre Brüder waren dafür zu alt. «Zum Teufel mit ihnen», sagte ihr Vater immer und saß, eine orangefarbene Schwimmweste hinter dem Kopf, auf der Kühlbox, «die würden ein echtes Vergnügen nicht mal erkennen, wenn es ihnen direkt in den Hintern beißt.»

Annie weigerte sich, ihn im Krankenhaus zu besuchen; am Telefon sagte sie, sie würde ihn sehen, wenn er nach Hause käme.

«Warte nicht zu lange auf mich», sagte er mit ersterbender Stimme.

«Willst du, daß ich vorbeikomme?» fragte sie.

«Ich glaube, das solltest du lieber.»

«Hast du das gehört?» sagte ihre Mutter vom Anschluß in der Küche aus.

«Hab ich!»

«Ich will nicht, daß ihr zwei euch streitet», sagte ihr Vater, worauf sie sich im Wagen stritten.

Während Annie dort in der Kälte hockt, vermißt sie ihn nur ein bißchen. Sie vermißt es, Tara im Arm zu halten, ihr Haar zu bürsten, danach zu fühlen, ob ein neuer Zahn kommt. Sie braucht keinen Stein, um sich an sie zu erinnern.

Ihre Mutter kommt manchmal mit ihr und manchmal allein her. Annie entdeckt ihre Fußabdrücke und die eines Mannes, von denen sie annimmt, daß es die von Glenn sind. Sie ist ihm nicht mehr begegnet, seit er das zweite Mal verhaftet wurde. Insgeheim macht sie sich Sorgen, daß er irgendwas anstellen könnte, wenn Brock sie verlassen haben wird. Sie läßt den Revolver geladen.

Sein Vater hat angerufen und gesagt, Glenn sei außer sich und wisse nicht, was er tue. Annie hat Frank Marchand immer gemocht, aber er hat unrecht; Glenn ist krank. Egal, ob es Depressionen sind oder irgendeine andere Gemütskrankheit, er ist krank und möglicherweise gefährlich, und sie läßt es nicht drauf ankommen.

«In deiner Lage», räumt Glenns Vater ein, «hast du vermutlich keine andere Wahl.»

Wenn Brock arbeitet und sie nicht, hält sie sich außer Haus auf, verbringt Zeit mit ihrer Mutter. Ihre Mutter meint, sie sollten bei ihr einziehen. Zwei Häuser, das sei dumm. Annie erzählt ihr nicht, daß Brock sich jeden Tag davonmachen könnte; das würde ihr nur noch mehr Munition liefern. Sie trinken Kaffee, spielen Gin-Rommee und reden darüber, daß die Parkinsons die Scheidung eingereicht haben.

«Dreiundzwanzig Jahre», sagt ihre Mutter.

«Sie sind mir immer glücklich vorgekommen», sagt Annie und legt Karten ab. Ihre Mutter läßt sie jetzt im Haus rauchen, als hätten sie sich dahingehend geeinigt.

«Die neuen Leute sind nett.»

«Wo kommen sie her?» fragt Annie, um das Gespräch in Gang zu halten. Der Nachmittag neigt sich dem Ende zu, die Fenster verdunkeln sich. Sie behält die Uhr über dem Kühlschrank im Auge, wartet, bis es ungefährlich ist, nach Hause zu fahren. Ihre Mutter bringt sie zur Tür und umarmt sie, auch das ein neues Ritual. Sie steht da, während Annie zurücksetzt, und winkt in der Kälte.

Die Straße ist leer, das Fähnchen des Briefkastens hochgeklappt. Briefe aus Bradford, Kane, Altoona. In letzter Zeit hat ihre Zahl abgenommen, und Annie ist froh darüber. Sie hat zwanzig Minuten, bis Brock nach Hause kommt, und bevor sie ihren Mantel und ihre Stiefel auszieht, stellt sie einen Topf Wasser auf. Sie findet ein Glas Soße im Schrank, eine Packung Spaghetti, die oben mit Klebeband zugeklebt ist. Brot, Butter. Sie schaltet die Frühnachrichten an, um das Haus mit Leben zu erfüllen, stellt sich dann an den Herd und würzt die Soße nach ihrem Geschmack ab. Der Fußboden ist eiskalt, und sie rührt den Topf gut um, bevor sie nach oben geht, um ihre Hausschuhe zu holen.

Sie sitzt auf dem Bettrand und zieht sie an, als sie bemerkt, daß im Zimmer etwas anders ist. Es ist fast unmerklich; etwas, was früher nicht da war, ist weg. Brocks Stereoanlage – sie fehlt. Sie geht zum Wandschrank; die kleinere Hälfte ist leer, an der Stange hängen keine Kleiderbügel. Er hat seine Zahnbürste vergessen, wahrscheinlich mit Absicht. Seine Rasiermesser und seine Rasiercreme sind weg, sein Nagelknipser auch. Annie sieht in den Schubladen seiner Frisierkommode nach. Ausgeräumt.

Sie wußte, daß er gehen würde, aber jetzt, da es soweit ist, ist das kein Trost. Er hätte es ihr wenigstens sagen können. Aber das würde nicht zu Brock passen.

Unten brodelt die Soße und spuckt wie ein Geysir. Der Herd ist völlig verschmiert. Sie stellt ihn ab, setzt sich an den Tisch und stellt fest, daß sie die Zahnbürste in der Hand hält.

Im anderen Zimmer werden weiter Nachrichten gesendet. Sie steht auf, geht zur Haustür, macht sie auf und wirft die Zahnbürste in den Vorgarten. Dort rutscht sie ein Stück und bleibt dann liegen. Sie schlägt die Tür zu, schaltet die Nachrichten ab und setzt sich aufs Sofa. Sie legt sich hin und blickt den Himmel im Vorderfenster an. Kaltes Grau. Zumindest ist die Warterei vorbei, denkt sie. Und jetzt?

Eine Stunde später liegt sie immer noch da und beobachtet, wie der Himmel sich verdunkelt, als sie einen Wagen auf der Straße hört. Bei dem Geräusch zuckt ihr Kopf vom Kissen. Er wird es doch nicht sein. Sie denkt an Glenn und den Revolver oben und stürzt durchs Zimmer ans Fenster. Bevor sie den Wagen sieht, erkennt sie sein Motorgeräusch, ein hohes metallisches Klingeln, das sie an ein Aufziehspielzeug erinnert.

Der gelbe Käfer kommt in Sicht, und Annie läuft in ihren Hausschuhen nach draußen. Barb schwenkt in die Einfahrt hinter ihren Wagen.

«Er hat mich angerufen und es mir erzählt», sagt Barb. Sie zeigt Annie die Tüte mit der Flasche darin, und sie umarmen sich.

«Tut mir leid», sagen sie beide.

«Pech.»

«Ich schulde dir eine Cola», sagt Annie, kann aber nicht vermeiden, daß sie heult.

«Hör auf damit», sagt Barb und fängt selbst an.

In der Stadt, in der Glenns Väter geboren sind, gab es einen Platz mit Bänken, Schaukeln und Wippen. Welcher von beiden ihn dorthin mitgenommen hat, daran kann er sich nicht erinnern. Er ist auf keinem seiner Bilder; Glenn muß ihn einzeichnen. Er wacht spätmorgens auf, setzt sich in seiner langen Unterwäsche an den Eßzimmertisch und müht sich mit seinen Buntstiften über einem Skizzenblock ab. Er stellt die Sachen in verzerrter Perspektive und Proportion dar, aber das ist unwichtig. Er kann die Straßen sehen, den Staub im Sommer. Vor dem Laden, den sein Vater ausgeraubt hat, stehen zwei Zapfsäulen, die oben aus Glas sind; man kann zusehen, wie der bernsteinfarbene Saft Blasen wirft. Glenn hat nicht versucht, seinen Vater zu zeichnen. Er malt ihn sich im Gefängnis aus, wie er, dasselbe Gesicht wie Glenn, eine Patience legt, und Glenn denkt, daß er ihn endlich versteht, daß ihre Blutsverwandtschaft ein stärkeres Band ist, als er immer geglaubt hat.

Er zeigt die Stadt und die Porträts von Tara, die er von Fotos abgemalt hat, nur Rafe. Die Bilder vom alten Haus und von Annie bewahrt er unter der Matratze auf; wenn er sie herausholt, als er allein ist, sind sie verschmiert, und die rote Buntstiftfarbe hat Flecken auf dem Drillich der Sprungfedermatratze hinterlassen. Er erinnert sich daran, wie sie ihm die Tür aufgemacht hat, und denkt an Brock. Er kann nicht mehr am Haus vorbeifahren, sonst läßt der Richter ihn einsperren. «Sie sind ein junger Mann», hat er gesagt, bevor er Glenns Strafe zur Bewährung ausgesetzt hat. «Wenn ich Sie wäre, würde ich die Sache abhaken und mich meinem weiteren Leben zuwenden.»

Glenn ist die Straße entlanggefahren und hat nach Brocks Wagen Ausschau gehalten. Er weiß, daß Annie wieder in der Nachtschicht ist, was bedeutet, daß sie und Barb sich ausgesöhnt haben. Früh am Morgen, wenn er aufwacht, weil er pinkeln muß, stellt er sie sich allein im Haus vor, schlafend, den Revolver ihres Vaters neben ihrem Kopf auf dem Nachttisch. Er denkt an Taras Zimmer und den Schnee, der über ihr Grab weht. Sein Lieferwagen steht draußen, Bomber schläft auf einem Haufen schmutziger Kleider. Glenn steigt in das warme Bett und legt sich mit offenen Augen auf den Rücken.

«Ich wünschte, du würdest mir sagen, was ich tun soll», betet er.

Am Spätnachmittag des folgenden Tages, als er gerade mit

Taras Kinn beschäftigt ist, hält er plötzlich inne und legt den Stift hin. Das Foto ist eins von denen aus dem Einkaufszentrum, den letzten Bildern, die sie von ihr haben. Er hat Annie oder ihrer Mutter nie einen Satz davon gegeben. Er nimmt zwei von jedem Abzug – die im 9 mal 13 cm-Brieftaschenformat und die 13 mal 18 cm großen – und steckt sie in einen Umschlag.

Im Lieferwagen kommt er zu dem Schluß, daß das nicht genügt, wendet und fährt Richtung Einkaufszentrum. Es dauert eine Weile, bis er einen Laden findet, der Rahmen verkauft. Sein Geld reicht nur für einen von den schöneren, großen, er braucht aber zwei. Er fragt die Kassiererin, ob sie Schecks annähmen.

«Alle gängigen Kreditkarten», bietet sie ihm an.

«Hab ich keine», sagt Glenn.

Hinter ihm bildet sich eine Schlange.

«Ich kann sie Ihnen zurücklegen.» Die Kassiererin erhebt sich, um nach den Rahmen zu greifen, aber Glenn sagt: «Ist schon in Ordnung», nimmt sie vom Tresen und läuft aus dem Laden.

«Sie da», hört er sie rufen, «Sie da!», aber er rennt und weicht den schlurfenden Feiertagskäufern aus. Es ist lustig, wie sie zur Seite spritzen, um ihn durchzulassen. Es bringt ihn zum Lachen.

Annie trägt gerade einen Kasten mit Früchtebechern und Untertassen rein, als Barb sagt, daß jemand sie am Telefon sprechen wolle. Sie schwingt den Kasten von der Schulter auf die Arbeitsplatte, wo Mark, der Tellerwäscher, anfängt, ihn auszuleeren, und die nicht angetasteten Melonenstücke und Erdbeerhälften mit seinen bandagierten Händen in den Müllschlucker stopft. Sie wischt ihre eigenen an ihrer Schürze ab, bevor sie das Telefon nimmt.

«Glenn war gerade hier», sagt ihre Mutter. «Ich dachte, ich sollte dich warnen.»

«Ist bei dir alles in Ordnung?»

«Ja, prima. Er hat diese Bilder vorbeigebracht, die er gemacht hat, erinnerst du dich daran?»

Annie erinnert sich nicht.

«Von Tara», erläutert ihre Mutter widerwillig. «Sie sind sehr hübsch. Er hat eins rahmen lassen oder es selber gerahmt, das weiß ich nicht genau. Ich hab ihm gesagt, ich könnte einen Satz für dich nehmen, aber er wollte sie nicht bei mir lassen.»

«Hast du die Polizei verständigt?»

«Er war ganz höflich. Er hat sogar eine Tasse Tee getrunken.»

«Also hast du sie nicht verständigt.»

«Doch», sagt ihre Mutter. «Ich dachte, daß du das von mir erwartest.»

«Gut.»

«Ich weiß nicht, was sie deiner Meinung nach tun soll.»

«Weiß ich auch nicht», sagt Annie, «aber ich bin froh, daß du sie verständigt hast.»

Barb sagt, daß sie heute bei ihr übernachten könne, wenn es ihr nichts ausmache, mit ihr in einem Bett zu schlafen. Das ist ein Witz; in gewisser Hinsicht haben sie das schon getan. Gott sei Dank, daß es Barb gibt.

Die Arbeit ist zum Kotzen. Annie erwischt ein gesprungenes Tablett, und das Öl des Caesar Salad hinterläßt eine Spur auf ihrer Schulter. Das Tagesgericht ist heute abend Hummer aus Maine; sie kann den Saft und die Eier, die roten Überreste, die kratzigen Beine nicht ausstehen. Mark, der Tellerwäscher, wirft sie in den Müllschlucker und deckt das Loch mit einem Teller ab, damit nicht Stücke des Panzers wie Schrapnells herausfliegen. Sie servieren den Nachtisch und machen zehn Minuten Pause, während ihre Kunden in Ruhe ihren Irish Coffee trinken.

Annie und Barb gehen runter zur Verladerampe, um eine Zigarette zu rauchen. Es ist so kalt, daß sie den Müllcontainer nicht mehr riechen können, und es ist klar, der Schnee auf dem Fairway von den Sternen beschienen. Der Strahler wirft gestreifte Schatten ins Innere der geparkten Wagen. Selbst im Januar haben sie hier schon Leute gesehen, die es auf dem Rücksitz trieben. Sie suchen einen Stapel Milchkästen nach sauberen ab, drehen zwei um und setzen sich.

«Warum ziehst du nicht bei mir ein?» sagt Barb und knüpft damit an ein Gespräch vom Vortag an.

«Das ist nett», sagt Annie. «Aber ich glaube nicht, daß ich schon bereit bin, das Haus zu verlassen. Es ist komisch.»

«Nein, ist es nicht.» Barb bläst einen Rauchring und steckt ihre Marlboro durch. «Ich weiß nicht; ich denke, deine Mom hat recht, du wärst da sicherer aufgehoben.»

«Ja», sagt Annie, aber nicht zustimmend, eher als Zeichen, daß sie nicht darüber reden will.

Ein Lieferwagen gleitet die Straße herunter, und das Geräusch des Motors hinkt einen Augenblick hinterher. Er biegt zwischen die lampengekrönten Säulen der Clubeinfahrt und überquert dann den Damm neben dem Wasserhindernis an Loch 10.

«Er würde doch nicht herkommen», sagt Annie, steht aber auf. Sie sind beide durch den Türschatten geschützt.

Barb faßt sie am Arm. «Vielleicht sieht er uns nicht. Wahrscheinlich ist er's nicht mal.»

«Er ist es.»

Die Scheinwerfer streichen über die schwarzen Wände des Clubhauses und verschwinden.

«Ob er nach hier hinten kommt?» fragt Barb. Auch sie ist jetzt aufgestanden.

«Mein Wagen steht da vorn.»

«Laß uns reingehen.»

«Nein», sagt Annie. «Ich hab diesen Mist satt.»

«Ich geh die Bullen verständigen.»

«Nein, bleib hier bei mir. Ich will dich als Zeugin haben.»

Der Lieferwagen taucht am anderen Ende des Parkplatzes

wieder auf und kommt langsam näher. Es ist seiner. Annie tritt an die mit Gummi überzogene Kante der Rampe, ins Licht. Er bremst bei ihrem Wagen und fährt dann weiter. Vielleicht hat er sie gesehen. Wenn er ein Gewehr hat, ist sie tot. Scheiß drauf.

«He!» schreit sie und wedelt mit den Armen über ihrem Kopf, als wollte sie einen Zug anhalten. «Leck mich am Arsch!»

Der Lieferwagen biegt um die Ecke und kommt mit blendenden Scheinwerfern direkt auf sie zu. Sie kann Bombers zottelige Umrisse auf dem Beifahrersitz sehen. Der Lieferwagen hält kurz vor der Rampe und steht tuckernd da. Weiße Auspuffgase quellen hinter der Pritsche hervor.

«Das ist doch bescheuert», sagt Barb.

Die Tür geht auf, und Glenn steigt aus. Er hat ein Paket dabei, wahrscheinlich die Bilder, von denen ihre Mutter gesprochen hat. «Annie.»

«Du darfst nicht hier sein», sagt sie. «Rechtlich gesehen darfst du mir nicht näher als hundert Meter kommen.»

«Ich hab dir ein paar Bilder von Tara mitgebracht. Deine Mutter hat gesagt, sie würden dir gefallen.» Er geht, das Paket vor sich ausgestreckt, vorsichtig auf die Rampe zu, als würde sie eine Waffe auf ihn richten.

«Ich will sie nicht haben», sagt Annie.

«Es sind Bilder von Tara.»

«Ich hab gesagt, ich will sie nicht haben.»

«Ich lasse sie einfach hier.» Er kommt an der Rampe an, legt ihr das Paket vor die Füße und weicht dann zurück.

«Warum hörst du mir nicht zu?» sagt Annie. «Ich will sie nicht haben. Ich will überhaupt nichts von dir haben.» Sie hebt das Paket auf – es ist schwerer, als sie gedacht hat – und wirft damit nach ihm. Es schlägt krachend auf.

Glenn hört auf, rückwärts zu gehen, und blickt sie an.

«Laß uns reingehen», sagt Barb und packt sie am Arm.

«Das ist unsere Tochter», sagt Glenn und zeigt auf Annie.

«Das ist unser Fleisch und Blut, was du da auf die Erde wirfst.» Er dreht sich um und geht zum Lieferwagen.

Annie läuft die Treppe der Verladerampe runter, hebt das Paket auf und stürmt hinter Glenn her. Er ist schon halb eingestiegen, als sie ihn erwischt. Sie wirft mit dem Paket nach ihm, schlägt dann mit den Fäusten auf ihn ein und schreit: «Du Arschloch!» Die Hupe ertönt. Glenn stößt sie weg, aber sie ist gleich wieder da und gräbt ihm ihre Nägel ins Gesicht. Bomber zerrt knurrend an Glenns Arm, und Glenn brüllt, daß er loslassen solle. Hinter ihr schreit Barb, und dann ist Annies Kopf plötzlich taub, und sie fliegt rückwärts aus dem Führerhaus und fällt hart in den Schnee. Er hat sie erschossen, denkt sie unsicher. Hitze steigt ihr in den Kopf, füllt ihn aus und überschwemmt alles.

Glenn steht über ihr. «Tut mir leid», sagt er immer wieder, hält sich eine Hand an den Kopf und dreht sich um, als suche er nach Hilfe.

«Mach lieber, daß du hier verschwindest», droht Barb von der Verladerampe. «Mach lieber, daß du auf der Stelle abhaust.»

«Ist alles in Ordnung mit dir?» fragt Glenn Annie.

Sie kann weder ihre Nase noch ihre Zähne spüren, nur etwas Flüssiges. Irgendwas ist gebrochen. Sie versucht, ihre Arme zu bewegen, stellt fest, daß das noch klappt, und setzt sich auf. Auf ihrer Uniform ist Blut.

«Du wanderst ins Kittchen», sagt sie.

Barb ruft Annies Mutter an und bringt Annie in die Unfallstation. Ihre Nase ist nicht gebrochen, nur ein paar Stiche im Mund, ein loser Zahn. Sie wird eine Weile Brei essen müssen.

«Sie sagen, daß Ihr Exmann das getan hat?» fragt die Schwester.

«Mein Mann», sagt Annie und muß mit einem Polizisten ein weiteres Formular durchgehen. Ja, sie wolle Anzeige erstatten; nein, sie wisse nicht genau, wo sein Wohnsitz sei,

«Hast du gesehen, wie er es getan hat?» fragt Annie Barb im Wagen.

«Nicht richtig. Du bist bloß ganz plötzlich irgendwie hingeschlagen.»

«Dann hat er mich nur einmal getroffen.»

«Einmal hat gereicht», sagt Barb

«Wir hätten reingehen sollen.»

«Scheiße», sagt Barb. «Ich wollte ja nichts sagen.»

Am nächsten Morgen wacht Annie auf, und ihre Lippen sind verkrustet. Barb schläft unten auf dem Sofa. Es tut weh, die Banane zu kauen, die sie zum Frühstück ißt. Es tut weh, irgend etwas zu trinken. Rauchen ist okay; es sticht ein bißchen beim Inhalieren.

«Ich fand schon immer, daß er ein Arschloch ist», sagt Barb.

«War er früher nicht», sagt Annie. «Er ist erst eins geworden. Ich weiß nicht, was passiert ist.»

«Du bist großmütig, obwohl es keinen Grund dafür gibt.»

Sie sehen sich gerade «Let's Make a Deal» an, als Annie sein ganzer in Kartons verpackter Mist im Keller einfällt. Sie und Barb schleppen alles hoch und nach draußen und stapeln es ordentlich im Schnee am Ende der Einfahrt. Dann ruft sie Glenns Vater an.

«Ist alles in Ordnung?» fragt er. «Die Polizei hat uns gesagt, was passiert ist. Sie können ihn nicht finden.»

«Dann weißt du nicht, wo er sich aufhält.»

«Rafe hat gesagt, daß er sich letzte Nacht irgendwann davongemacht hat.»

«Also, ich hab einen Haufen Zeug von ihm, das ich nicht mehr aufbewahren kann, und da wird Schnee drauffallen, wenn niemand kommt, um es abzuholen.»

«Ich kann rüberkommen», sagt sein Vater. «Das alles tut mir sehr leid, uns beiden.»

«Das weiß ich», sagt Annie.

Als er eintrifft, beobachtet sie ihn vom Fenster aus. Er macht den Kofferraum und die hinteren Türen auf und packt den großen Plymouth langsam voll, wobei er von Zeit zu Zeit einen kurzen Blick auf das Haus wirft. Er wirkt älter als bei ihrer letzten Begegnung und setzt einen schweren Karton auf der Stoßstange ab, bevor er ihn mit einem Ruck hochhebt und in den Kofferraum stellt. Als er die Hälfte des Stapels eingepackt hat, hat er einen roten Kopf und schnauft. Er tut ihr leid; es ist nicht seine Schuld. Sie würde ihm gern helfen. Sie hofft, er versteht, daß sie es nicht kann.

NEUN

DR. BRADYS PRAXIS LAG IN DER INNENSTADT,
über dem Hot Dog Shoppe. Man mußte das Restaurant betre-
ten und links durch eine weitere Tür gehen, wo Briefkästen
am Fuß einer steilen und mit dunklem Schellack gestrichenen Treppe hingen. Das Linoleum war alt und uneben. Oben
am Geländer befanden sich sechs geschlossene Türen mit
schlichten Nummern darauf, wie in einem Traum. Das Gebäude war alt, und während Dr. Brady meine Probleme zur
Sprache brachte und ich sie herunterspielte, konnten wir
hören, wie die durcheinandertönenden Gespräche und das
Klirren des Geschirrs der Restaurantgäste aus dem Heizungs-
schacht heraufdrangen. Durch die Arbeit im Burger Hut hatte
ich gelernt, keinem Essen zu trauen, das ich nicht selbst zubereitet hatte, aber der Duft gerösteter Zwiebeln, der durch
die Dielenritzen strömte, führte mich in Versuchung, und
nach unserer Sitzung polterte ich immer die Treppe runter
und verdrückte zwei Chili dogs mit Zwiebeln und Käse.

Meine Eltern willigten beide in die Scheidung ein, und so
wurde sie eine Woche, nachdem meine Mutter sie eingereicht hatte, rechtsgültig. Mein Vater lebte mit keiner anderen Frau zusammen, erzählte mir aber, daß er sich mit einer
traf. Er wollte ehrlich zu mir sein und sagte mir zwischen den
rückwärts gefahrenen Achten und dem Einparken parallel
zum Bordstein, daß meine Mutter davon wisse. Er wirkte
ernst und bedauernd, aber stolz, als passe es ihm nicht so richtig, meinen Segen erbitten zu müssen.

«Hat sie dir irgendwas erzählt?» fragte er.

«Nein», sagte ich und wollte eigentlich auch nichts davon
wissen.

«Sie heißt Marcia Dolan, und sie arbeitet in der neuen Mellon Bank in der Innenstadt. Sie hat zwei Töchter, beide viel jünger als du.» Er hielt inne, als wartete er auf eine Entgegnung von mir, als wüßte ich, wer diese Frau sei oder hätte mir schon eine Meinung über sie gebildet.

«Okay», sagte ich.

«Vielleicht könnten wir irgendwann mal gemeinsam zu Abend essen, wir drei.»

«Klar.»

Dr. Brady interessierte es, warum ich ja gesagt hatte.

«Ich hab ‹klar› gesagt», verbesserte ich ihn. «Das ist was anderes.»

«Und was genau hast du deinem Vater dann damit vermitteln wollen?»

Er mußte mir nicht sagen, daß ich mit der Situation unzufrieden war. Alle Beteiligten wußten das. Die Hoffnung meiner Mutter war, daß er ihr würde sagen können, warum es mich nicht zu beschäftigen schien, daß ich das Mädchen gefunden hatte. Nach der Hälfte der Sitzung wendeten sich seine Fragen der Suche zu, und ich mußte sie noch einmal Schritt für Schritt nachvollziehen und dabei den Joint durch eine Zigarette ersetzen.

«Und als du sie gesehen hast», fragte er, «wie hast du dich da gefühlt?»

«Ich hab Angst gehabt», sagte ich.

«Warum?»

«Sie war tot», erklärte ich geduldig.

Ich mußte die zwei Würstchen runterschlingen, bevor meine Mutter kam, um mich abzuholen, und spürte auf der Heimfahrt im Country Squire, wie sie in meinem Bauch rumorten.

«War die Sitzung gut?» fragte sie.

«Schätze schon», sagte ich.

«Worüber habt ihr heute gesprochen?»

«Über dasselbe Zeug wie immer.»

Meine Mutter seufzte, meiner Gleichgültigkeit überdrüssig. «Ich weiß, daß du nicht gern hingehst, aber ich denke, daß es nötig ist. Ich kann dich ja nicht dazu bringen, mit mir über diese Dinge zu sprechen.»

«Über was zum Beispiel», sagte ich, «Dads Freundin?»

«Zum Beispiel, warum du die ganze Zeit high bist und dich nur um dich selber zu kümmern scheinst.»

«Scheiß drauf», sagte ich – nur ein mürrisches Genuschel –, und sie schlug mich. Sie holte mit dem Handrücken über den Vordersitz aus und erwischte mich an der Stirn.

«So redest du nicht mit mir.»

Ich drehte mich zum Fenster, trotzig, furchtbar stolz, daß ich nicht weinte.

«Tut mir leid», sagte sie streng und nicht als Entschuldigung und fing an, sich damit herauszureden, wie schlimm ihr Tag gewesen sei.

Ich saß da und tat so, als würde ich nicht zuhören. Draußen schützten verwehte Schneezäune die weißen Felder. Diesmal würde ich gewinnen, und da ich das wußte, konnte ich ihr verzeihen. Ich hätte das wirklich nicht sagen sollen. Ich hätte auch etwas Schlimmeres sagen können. Ich hätte nach ihrem Liebhaber fragen können. («Und warum hast du es nicht getan?» würde Dr. Brady sagen.) Es war ein ziemlich guter Schlag, dachte ich. Sie hatte nicht einmal hingesehen, nur einfach den Arm ausgefahren und mir eine runtergehauen.

An diesem Abend rief Astrid an. Als ich ans Telefon kam, fragte sie, ob alles in Ordnung sei.

«Wie meinst du das, alles?» fragte ich. Wir hatten nicht miteinander gesprochen, seit ich das Mädchen gefunden hatte.

«Ich meine dich. Ist mit dir alles in Ordnung?»

«Ja», sagte ich, weil ich an meine Mutter auf dem Sofa dachte.

«Mom sagt, sie hat dir ins Gesicht geschlagen.»

«Ja.»

«Das hat sie wirklich mitgenommen.»

«Stimmt», entgegnete ich, als würde ich darauf warten, daß sie zur Sache käme.

«Wirst du ihr dann gefälligst sagen, daß du okay bist? Sie dreht bald durch. Das ist neu für sie. Sie hat noch nie einen von uns geschlagen. Auch Dad hat uns nie geschlagen.»

«Ich weiß.»

«Also sag ihr, daß du okay bist, in Ordnung? Mein Gott, jedesmal wenn ich anrufe, ist es irgendwas anderes. Sie glaubt, daß du wegen Annies Tochter ausflippst.»

«Ich doch nicht», sagte ich.

«Stimmt das, oder sagst du das bloß? Darüber macht sie sich nämlich Sorgen.»

«Mir geht's gut.»

«Wenn das stimmt, gut; wenn nicht, tu so, als ob, und zwar so, daß sie's glaubt.»

«Mach ich», sagte ich etwas heftig, und meine Mutter blickte herüber.

«Weil ich nämlich, wenn du bloß durchhältst, in vier Monaten wieder dasein werde, aber wenn dieser Mist weitergeht, muß ich Sonderurlaub nehmen, und dazu hab ich keine Lust.»

«Ich würde nicht wollen, daß du das tun mußt», spottete ich.

«In Ordnung», sagte Astrid, «okay. Und wie war Thanksgiving?»

Im Musikunterricht und beim Proben nach der Schule ertrugen Warren und ich den Spott der anderen Bandmitglieder mit einstudierter Gleichgültigkeit. Sie nannten uns die Schlammbrüder, aber nur bis zum nächsten Spiel, als eine der jüngeren Klarinettistinnen spektakulär stürzte und sich das Handgelenk brach. Mr. Chervenick putschte uns für das letzte Heimspiel in zwei Wochen auf. Es war auf den Tag nach Beethovens Geburtstag angesetzt, wie er nicht aufhörte, uns zu erinnern, und wir arbeiteten an den Anfangstakten der

Fünften Symphonie. Dit-dit-dit-daaa. Von da würden wir zu «Fanfare for the Common Man» übergehen, einem der Lieblingsstücke sowohl der Blechbläser als auch der Schlaginstrumente. Seit dem Sommer habe sich die Band musikalisch verbessert, sagte Mr. Chervenick, aber der Tornado sei ein Witz. Er war wie ein Trainer, der uns nach einem schludrigen Spiel eine Standpauke hielt.

«Nur ein einziges Mal, bevor ich sterbe», sagte er von seinem kleinen Podest aus, «würde ich gern sehen, daß er richtig ausgeführt wird. Ich glaube nicht, daß ihr die Gruppe seid, die es schaffen wird. Das würde mich sehr überraschen. Ich glaube zwar, daß ihr dazu in der Lage seid. Jeder ist dazu in der Lage. Jede Gruppe von einhundertzweiundzwanzig Schülern dieser Schule ist in der Lage, den Tornado auszuführen, aber ihr müßt es auch wollen. Ihr müßt es mit allem wollen, was in euch steckt. Jeder einzelne von euch muß sich sagen: ‹Ich sorge dafür, daß es klappt. Ich.› Das wird euch niemand abnehmen. Ich weiß, ich weiß, das Footballteam hat seine Chance verspielt, aber wir haben unsere immer noch. Wollen wir es ihnen etwa gleichtun und es vermasseln?»

«Nein!» schrien alle. Ich stellte fest, daß ich ihn mochte, wenn er sich aufregte.

«Oder wollen wir die sein, die ihn endlich richtig hinkriegen?»

«Ja!»

«Steckt das in uns, was wir dazu brauchen?»

Warren gab mir einen Klaps. «Wovon zum Teufel redet er?»

Ich zuckte mit den Achseln und brüllte: «Ja!»

Zwischen den Proben und meinen Besuchen bei Dr. Brady fuhr ich nur einmal in der Woche mit Lila nach Hause. Ich hatte sie ohne ihre Brille gesehen. Wir gingen in der Kälte bergauf, als sie stehenblieb und sie absetzte, um die beschlagenen Gläser abzuwischen. Sie wurde nicht plötzlich schön, nur verletzlicher, und blinzelte wie jemand, der gerade aufgewacht ist. In meinen Tagträumen lud ich sie Freitag abend, wenn meine Mutter mit ihren Freunden einen trinken ging, zu mir ein. Wir würden uns bei ausgeschaltetem Licht bekiffen und fernsehen wie die ganzen Paare in den Werbespots, nur daß uns niemand dabei stören würde. Morgens, wenn wir uns am Fuß des Hügels trafen, begrüßten wir uns förmlich und sagten: «Lila», «Arthur», und wenn ich allein im Bett lag, hörte ich immer ihre Stimme meinen Namen sagen und stellte mir uns beide im Wohnzimmer unter der Wolldecke meiner Mutter vor, unsere Kleider auf dem Fußboden verstreut.

Davon erzählte ich Dr. Brady nichts.

Ich hätte es auch Warren nicht erzählen sollen.

«Sie sieht unmöglich aus», sagte er. «Ich weiß nicht, was du dir dabei denkst, Mann.»

«Gar nichts», sagte ich. «Das ist nichts, worüber man nachdenken kann.»

«He, reg dich ab. Lad sie ein oder irgendwas.»

«Mach ich.»

«Ja, gut», sagte er.

Zwei Tage später wartete Lila allein am Fuß der Treppe auf mich.

«Hi», sagte ich verdutzt.

«He», sagte sie.

Lily hatte die Grippe.

«Was bedeutet, daß ich sie als nächstes kriege», sagte Lila.

Wir gingen die Straße entlang in den Wald. Auf der Zufahrt war Splitt gestreut worden, und er knirschte unter unseren Füßen, während wir bergauf gingen. Ein Lieferwagen kam hinter uns den Hang hoch, und ich folgte Lila nach links und stellte mich an den aufgesprungenen Straßenrand, während er vorbeifuhr. Als wir wieder den Hügel hinaufstapften, sagte keiner von uns beiden ein Wort, als bräuchten wir Lily, um miteinander zu reden.

Schließlich hielt ich an. Wir waren halb oben, mitten im Wald. Lila ging ein paar Schritte weiter, blieb dann stehen und blickte zu mir her.

«Willst du dir eine Zigarette mit mir teilen?» fragte ich.

«Okay.» Sie kam vorsichtig zurück.

Ich paßte auf, daß ich sie nicht mit den Lippen naß machte und reichte sie ihr gleich nach dem ersten Zug. Ich steckte die Hände in die Tasche und stieß eine Rauchwolke aus.

«Was hältst du davon, wenn wir heute schwänzen?» sagte ich.

«Um was zu machen?»

«Ich weiß nicht, rumhängen.»

«Wo?»

«Hier.»

«Ich hab Sachen zu erledigen», sagte Lila. «Du weißt, daß ich nicht kiffe.»

«Wir müssen uns nicht bekiffen», sagte ich, war aber in der Defensive; der Augenblick war vorüber.

«Du darfst die Probe nicht verpassen.» Sie deutete mit der Zigarette auf meinen Kasten, als handelte es sich um Belastungsmaterial.

«Ja. Es war eine blöde Idee.»

Sie widersprach nicht, reichte nur die Zigarette zurück.

«Weißt du, was ich mir gern ansehen würde?» sagte sie, als hätten wir über Filme gesprochen. «Der Pate, Teil zwei.»

«Ja», sagte ich bitter, niedergeschlagen, «der läuft in der Innenstadt.»

«Er soll wirklich gut sein, aber auch richtig brutal.»

«So hat's in der Zeitung gestanden.»

«Dein Freund Warren hat gesagt, daß du ihn dir vielleicht mit mir ansehen willst.»

Ich dachte gleichzeitig, daß ihn das nichts angehe und daß ich mich niemals ausreichend bei ihm würde revanchieren können.

«Aha», sagte ich, und mir drehte sich alles. «Ja, das stimmt. Wenn du willst. Er soll wirklich gut sein.»

«Ich hätte Lust.» Lila nahm mir die Zigarette aus der Hand, zog ein letztes Mal daran und schnippte sie in hohem Bogen in den Schnee. Sie drehte sich um und ging weiter. Ich dachte, daß ich hätte versuchen sollen, sie zu küssen, und beeilte mich, sie einzuholen.

«Wann?» fragte ich, ihr völlig ausgeliefert.

Ich erwischte Warren auf dem Parkplatz. Ich schlang von hinten die Arme um ihn und hob ihn hoch.

«Ich wußte, daß du sie nie fragen würdest», rechtfertigte er sich.

«Stimmt nicht», sagte ich, «stimmt ganz und gar nicht», und erzählte ihm wie ein Held die ganze Geschichte.

«Ich kenne ihre Familie nicht», gestand meine Mutter, etwas besorgt darüber, daß Lila aus Foxwood kam. «Aber ich bin sicher, daß sie sehr nett ist.» Sie fand es wunderbar, sagte aber, daß ich ihren Wagen nicht fahren dürfe, bevor ich nicht meinen Führerschein hätte. Mein Vater stimmte ihr zu.

«Wer soll euch zwei also am Samstag fahren?» sagte sie.

Das war keine schwierige Entscheidung. Unseren Wagen konnte ich saubermachen; der alte Nova meiner Tante war ein hoffnungsloser Fall. Meine Mutter versprach, nicht heimlich im Spiegel nach uns zu gucken.

Nachdem sie mich geschlagen hatte, hatten wir einen weiteren Waffenstillstand geschlossen. Ich wußte, daß sie zuviel zu erreichen versuchte; sie wußte, daß ich nicht getröstet werden wollte. Sie war anspruchsvoll, während ich undankbar war. Wir stützten uns aufeinander, ohne dem anderen große Zugeständnisse zu machen. Wir wünschten beide, daß Astrid daheim wäre. Wir bekamen beide einen harten Zug um den Mund, wenn mein Vater den Namen seiner Freundin erwähnte.

Meine Mutter besuchte Dr. Brady donnerstags spät nach der Arbeit. Manchmal bekam ich sie erst zu Gesicht, wenn sie mich am Burger Hut abholte, aber als es auf Weihnachten zuging, bat ich sie, mich in die Innenstadt zu fahren, damit ich meine Einkäufe erledigen konnte, während sie über dem Hot Dog Shoppe unserem neuen Leben einen Sinn gab. Die Straßen waren matschig und mit Girlanden geschmückt; vor Woolworth klingelte ein Teilzeitweihnachtsmann unermüdlich mit seiner Glocke und behinderte den Verkehr. Vor Jahren hatte in der Innenstadt von Butler eine große Blindenschule existiert, und wenn die Ampeln auf beiden Seiten der Straße rot wurden und die weißen Lettern zum Gehen aufleuchteten, begann ein ununterbrochenes Klingeln wie bei einer Türklingel, die mit einer Stecknadel festgeklemmt ist, damit niemand überfahren wurde. Ich stand bei Milo Williams vor den mit schwarzem Samt ausgelegten Schaufenstern voll Schmuck und träumte davon, was ich Lila schenken würde. Ich konnte mich auf dem klebrigen Fußboden des Penn knien und die Schatulle wie eine Auster aufklappen sehen. Ich hatte diesen Herbst viel gearbeitet und verfügte über mehr Geld als je zuvor. Ich wußte nur nicht, was ich allen kaufen sollte.

Bei zweien war es leicht. Meinem Vater würde ich Werkzeug kaufen. Was genau, würden wir besprechen, wenn er das nächste Mal anriefe; bei ihm gab es keine Überraschungen. Astrid interessierte sich für Fotografie. Die letzten Male hatte ich ihr Filme zu Weihnachten gekauft. Der Rest beruhte auf Vermutungen. Ich hatte ein paar Ideen für meine Mutter – Heizdecke, Tischgrill –, aber sie kamen mir blöd vor, nicht persönlich genug. Bei meinen Großeltern und meiner Tante war es immer schwierig. Und dann Lila.

Ich hatte bei Milo Williams ein Auge auf eine schlichte Vierundzwanzig-Karat-Kette geworfen und ging so weit, den Mann hinterm Tresen zu fragen, ob ich sie mir ansehen könnte. Er schob die Glastür zur Seite und fischte sie heraus, gab sie mir anmutig, indem er sie mir über die Hand hängte. Sie war kalt und etwas steif. Ich dachte daran, wie das Gold warm an Lilas Hals läge. Ich malte mir aus, wie sie die Augen zusammenkniff und sich darüber freute.

«Wie teuer?» fragte ich, und der Mann sagte es mir.

Ich gab die Kette zurück, hängte sie ihm über die Hand. Wenn bei der Verabredung etwas schiefginge, würde ich darauf sitzenbleiben. Und wenn alles gutginge, mußte ich dann auch für Lily etwas kaufen?

Am Samstag nachmittag sagte mir mein Vater, ich solle mir keine Sorgen machen. Wir saßen im Nova und übten, in drei Zügen zu wenden. Ich machte eine Wende, fuhr dann zwanzig Meter, machte erneut eine und fuhr wieder zurück.

«Das ist ihre Verabredung», sagte mein Vater. «Denk dran, Arty. Sei ein Gentleman, dann habt ihr beide einen schönen Abend. Kleb nicht an ihr wie ein Krake. Gib ihr einen Gutenachtkuß, wenn sie einen Kuß haben will.»

Ich wollte keinen Ratschlag, der über «Mach dir keine Sorgen» hinausging, und schenkte dem Rest demonstrativ keine Beachtung. Wir übten eine Weile, parallel zum Bordstein einzuparken, wobei die hintere Radkappe daran entlangschrammte.

«Okay», sagte er als Zeichen dafür, daß wir für diesen Tag fertig seien, und ich schnallte mich ab.

«Brrr», sagte er. «Hättest du Lust, zu meiner Wohnung zurückzufahren? Vorsichtig.»

«Ja», sagte ich und versuchte, es nicht dadurch zu vermasseln, daß ich entweder zu ängstlich oder zu cool war.

«Ich sag dir, wie du fahren mußt.»

Ich war noch nie auf einem Highway gefahren, und jetzt ging es auf die Interstate. Der Tacho zeigte an, daß ich fünfzig Meilen fuhr. Der Nova surrte unter meinem Fuß. Ich fühlte mich leicht, high.

«Guck nach den Spiegeln», sagte mein Vater. «Richte einen Punkt auf der Motorhaube nach dem Mittelstreifen aus und sieh zu, daß er so bleibt. Verschaff dir ein Gefühl dafür, wie breit die Fahrspur ist.»

«Das ist klasse», sagte ich.

«Nicht?» sagte mein Vater. «Du machst das auch klasse.»

Er deutete auf eine Abfahrt kurz vor der Stadt, und ich steuerte auf die rutschige Spur.

«Sachte bremsen», sagte mein Vater. «Sachte, sachte.»

Seine neue Wohnung lag in einem kleinen L-förmigen Wohnkomplex mit Holzverkleidung, die von dem Wasser, das aus der Dachrinne lief, fleckig war. «Maryhaven» stand auf einem gemeißelten Schild an der Einfahrt. Mein Vater hatte seinen eigenen numerierten Parkplatz. Ich hielt an, schaltete auf Parken und stellte den Motor ab.

«Sehr schön», sagte mein Vater und nahm die Schlüssel. «Drinnen hab ich noch eine Überraschung für dich.»

Ich dachte, es wäre vielleicht die Stereoanlage, auf die ich gehofft hatte, oder vielleicht auch nur der Zustand des Apartments selbst, das mir gefiel, als er die Tür aufmachte. Er hatte richtige Möbel, dazu Pflanzen und eine Küche mit Fenster. Eine dunkelhaarige Frau, etwa so alt wie meine Mutter, erhob sich von einem Sofa, wo sie gelesen hatte. Sie hatte Kaffee in einem Becher, den ich nicht kannte.

«Arthur, das ist Marcia», sagte mein Vater, «Marcia, mein Sohn Arthur.»

«Arthur», sagte sie und nahm meine Hand. An einem ihrer Schneidezähne war ein Stück abgebrochen. Sie war kleiner als meine Mutter und dünner und trug, im Gegensatz zu ihr, keinerlei Ringe, noch war sie geschminkt. Der Pullover, den sie anhatte, war ihr viel zu groß.

«Nett, Sie kennenzulernen», sagte ich.

«Dein Vater hat mir erzählt, daß du heute abend eine Verabredung hast.»

«Das stimmt», sagte ich ärgerlich.

«Sie sehen sich den neuen ‹Paten› an», warf mein Vater ein.

«Der ist sehr gut. Er hat Don *und* mir gefallen, was sehr selten vorkommt.»

Sie fragte, ob ich auf eine Tasse Kaffee bleiben könne, aber mein Vater sagte, ich wäre nur gekommen, um mir seine neue Wohnung anzusehen. Er zeigte mir Schlafzimmer und Bad, beide richtig groß. Ich erinnerte mich an unsere alten Handtücher und den Korbsessel, aber alles andere war neu und fremd für mich. Neben dem Bett hatte er ein Aquarium mit Großen Segelflossern und auf Astrids Frisierkommode einen Kassettenrecorder, der größer war als der von Warren. Die leere Kassettenhülle gehörte zu Beethovens Siebter Symphonie.

«In A-Dur», sagte ich und versetzte die beiden mit Mr. Chervenicks Bildungshäppchen in Erstaunen, «Opus 92.»

«Ja», sagte Marcia, «dein Vater sagt, daß du ein ziemlich guter Musiker bist.» Sie war hübsch und, wie ich jetzt dachte, jünger als meine Mutter. Ihre Jeans waren an den Nähten weiß, der Stoff ausgefranst.

«Eigentlich nicht», sagte ich. «Es ist mein erstes Jahr.»

«Wir sollten lieber zurückfahren», sagte mein Vater, «wenn wir unser Aschenputtel noch zum Ball bringen wollen.»

Auf dem Weg nach draußen versuchte ich, mir das Apartment einzuprägen, als würde ich – wie ein Spion – seine Geheimnisse entschlüsseln, wenn ich nach Hause käme.

«Komm bald wieder», sagte Marcia an der Tür und hielt immer noch ihren Kaffee fest. «Dann essen wir zusammen zu Abend.»

«Mach ich», sagte ich.

Im Wagen sagte mein Vater, bevor er rückwärts vom Parkplatz fuhr: «Du warst wohl überrascht, hm?»

«Ja», sagte ich, «war ich.»

«Tja, mach dich auf eine weitere Überraschung gefaßt, weil wir nämlich daran denken zu heiraten.»

Dazu hatte ich nichts zu sagen.

«Nicht gleich, aber irgendwann. Vielleicht nächstes Jahr.»

«Weiß Mom davon?» fragte ich, als hätte sie noch irgendwelche Rechte.

«Sie weiß davon, aber es gefällt ihr nicht.»

«Weiß Astrid Bescheid?»

Da geriet mein Vater ins Stutzen. «Ich weiß nicht, was deine Mutter deiner Schwester erzählt und was nicht.»

«Mir hat Mom es nicht erzählt», sagte ich.

«Ich weiß. Ich wollte es dir selber sagen.»

Ich sah durch die Windschutzscheibe auf die fleckige Verkleidung. Drinnen gingen Lichter an. Jedes Fenster gehörte zu einem anderen Apartment.

«Ist jetzt alles in Ordnung, Arty?»

«Klar», sagte ich. «Ich will bloß nicht zu spät kommen.»

Als wir nach Foxwood zurückkehrten, schien meine Mutter zu wissen, daß wir Marcia getroffen hatten. «Wir werden zu spät kommen», schimpfte sie mich aus, aber ihre Wut galt meinem Vater. Während ich mich für meine Verabredung mit Lila fertig machte, stritten sie sich im Wohnzimmer. Ich hatte keine Zeit mehr, mich zu duschen, was mir Sorgen machte. Ich wollte nicht hören, was sie sagten, und legte *Led Zeppelin III* auf, aber selbst das war nicht laut genug, und während «Gallows Pole» hörte ich, wie meine Mutter schrie: «Ich werde nicht zulassen, daß du mir oder meinem Sohn das antust», und wie mein Vater ihr entgegnete: «Das hat nichts mehr mit dir und mir zu tun. Tut mir leid, aber das ist vorbei.»

Ich zog frische Unterwäsche und meine beste Kordhose an, dazu mein weißes Hemd, an dem ich die beiden obersten Knöpfe offen ließ. Ich zog meine Cowboystiefel an, überlegte es mir dann noch einmal wegen des Schnees und begnügte mich mit den Wanderstiefeln, die ich jeden Tag anhatte. Wir würden vorn sitzen müssen, wenn wir zu spät kämen. Aus dem Wohnzimmer drang ein Poltern.

«Jetzt reicht's», brüllte mein Vater. «Arty, ich gehe jetzt.»

Ich hörte, wie die Tür aufging und meine Mutter ihn draußen mit dünner und angestrengter Stimme anschrie,

während er auf den Nova zusteuerte. Ich saß auf der Bett-
kante und scheitelte mir seelenruhig die Haare. Wie bei
allem anderen, was in diesem Winter passiert war, würde ich
nicht zulassen, daß es mich vom Glücklichsein abhielt.

ZEHN

GLENN GEHEN DAS BENZIN UND DAS HUNDE-
futter aus. Er flieht vor der Parkpolizei, indem er sich draußen
am See jedesmal ein anderes Boy-Scout-Lager aussucht. Die
Hütten sind kackbraun gestrichen, und überall sind Initialen
eingeritzt. Vor den Fenstern sind Drahtgitter, um zu verhindern, daß Waschbären sich in den Matratzen einnisten. Zwei
Betten ragen aus der Wand. Zuerst hat Glenn gedacht, er
hätte mehr Kleider mitnehmen sollen; jetzt ist er froh, daß er
es nicht getan hat. Er ist dabei, Sachen loszuwerden. Er hat
sogar das Album mit den Bildern von Gibbsville weggeworfen. Er trägt eine einzige verknitterte Aufnahme von Tara
und Annie in der Brusttasche, hält sie in Händen, wenn er
schläft.

Er hat seinen Schlafsack und eine Decke dabei, die er sich
von Rafe geborgt hat, aber in manchen Nächten ist es so kalt,
daß er es riskieren muß, den Lieferwagen anzulassen und,
sobald es warm ist, die Heizung aufzudrehen und sich über
das Armaturenbrett zu beugen, um die Gebläseluft zu spüren. Bomber liegt im Fußraum und legt beim Radioprogramm
für Nachteulen den Kopf schief.

«Wir sollten das zu unserem Bekenntnis machen», drängt
der professionelle Prediger. «Wenn Gott unsere Schwächen
auf sich nimmt, hat die Sünde keine Macht über uns – gelobt
sei der Herr. Wenn Gott unsere Krankheit auf sich nimmt, hat
der Teufel keine Gewalt über uns. Wir wissen das, weil wir
in der Bibel gelesen haben, daß es ohne den Teufel keine
Sünde gibt, daß die Sünde nicht von Gott, sondern vom
Widersacher kommt. Gott vergißt euch nicht; nur wenn ihr
Gott vergeßt, wenn ihr glaubt, daß Gott euch im Stich läßt,

schleicht sich der Widersacher ein. Aber hört mir jetzt zu. Gott ist immer noch bei euch. Er hat euch nie verlassen. Er ist auch in diesem Augenblick direkt bei euch; alles was ihr jetzt tun müßt, ist, ihn wieder in euer Leben aufzunehmen.»

Glenn liegt quer über den Sitzen, blickt zu dem perforierten Stoff unter dem Wagendach auf, zu dem trüben Blaulicht und denkt, daß das, was da im Radio gesagt wird, nur zum Teil stimmt. Niemandem wird im voraus vergeben. Dieser Mann kann nicht seine Sünde auf sich nehmen, kann ihn nicht davon lossprechen; das wird erst nach dem Tag der Entrückung geschehen, wenn die Toten entweder erhoben oder niedergeworfen werden. Das hat nichts mit einer Radiosendung, der Bibellektüre oder der Polizei zu tun. Das hat nichts mit dieser gefallenen Welt zu tun.

Ihm gefällt die nächste Sendung besser – eine jüngere Frau aus North Carolina, deren Stimme bebt und umschlägt wie die einer Countrysängerin, die einen Liebhaber anfleht. Sie klingt unsicher, als müßte sie sich selbst erst überzeugen. Glenn kennt das Gefühl.

«Wißt ihr, die Leute wollen das Leben gar nicht haben. Es ist langweilig, Rita, sagen sie zu mir; es macht keinen Spaß. Aber wenn ihr aus dem Wasser geboren seid, dann wißt ihr, daß es niemals langweilig ist, Gott zu lieben. ‹Und mein Glaube wird deinen Durst stillen wie ein überfließender Becher.› Ich denke, diese Leute, die ausgedörrt sind und wie Tote herumlaufen, fürchten sich. Sie wissen nicht, was das Wasser mit ihnen macht, und sie fürchten sich.»

Im Führerhaus ist es warm. Glenn sieht, daß die Benzinanzeige auf Null zugeht, und stellt alles ab. Bomber knurrt kurz und fügt sich dann. Er wartet immer noch auf sein Futter. Er tut Glenn leid; es ist gerade noch genug für morgen früh da. Er hat selbst Hunger und ein leeres, nagendes Gefühl im Magen. Gestern hat er zum Mittagessen seine letzte Dose Thunfisch gegessen, und zum Abendessen die restlichen Cracker. Er aß sie am Seeufer, sah zu, wie der Schnee auf das

201

schwarze Wasser fiel, und dachte an Weihnachten in Gibbs-ville, wenn die Fenster im Haus seines Vaters zugefroren waren. Er tauchte den letzten Cracker ins seichte Wasser, ließ ihn durchweicht auf der Zunge schmelzen und sich ausbreiten und versprach seinem Vater, daß er ihn nie vergessen würde. Er hat den heutigen Tag in der Hütte verbracht und aus dem Gedächtnis eine Skizze von ihm angefertigt, sich dabei die Finger über einer Kerze gewärmt. Nach einer Weile gab er auf; er sah, daß er sich selbst zeichnete. Er hielt das Blatt über die Flamme und beobachtete, wie es auf dem Fußboden zu schwarzer, hauchdünner Asche verbrannte. Statt zu essen, las er unten am Wasser im Psalter, bis es dunkel wurde.

Auf Dich, Herr, traue ich, mein Gott;
Hilf mir von allen meinen Verfolgern und errette mich,
Daß sie nicht wie Löwen meine Seele erhaschen
Und zerreißen, weil kein Erretter da ist.

Er hat nicht geglaubt, daß er heute nacht würde schlafen können, und ist nicht überrascht, als er Bomber schnarchen hört. Im Wald ist es ruhig, es herrscht Windstille. In seiner Bibel ist zuviel unterstrichen, um bei Kerzenlicht darin lesen zu können. Er wünschte, er könnte Radio hören, aber er fürchtet, daß die Batterie sich entleeren würde. Er denkt an North Carolina, der Nebel in den Blue Ridge Mountains dick wie Rauch, und das Donnern der Brandung in der Dunkelheit an den Outer Banks. Aus dem Wasser geboren, hat sie gesagt. Das ist er. Er heißt nicht einmal Marchand. Als Kind muß er seinen richtigen Namen gekannt haben, ihn wiederholt haben genau wie Tara, wenn er zum Spaß so tat, als könnte er sich an ihren nicht erinnern: «Tara Elizabeth Marchand.»

«Glenn Allen Marchand», sagt er, und nur sein Kopf schaut aus dem Schlafsack hervor. Bomber schnarcht weiter. Der Mond sitzt im Lenkrad gefangen, die Windschutzscheibe ist sternenübersät. Jesus ist sein Erlöser, sein Schwert und sein Stab. Jesus würde ihn niemals vergessen.

Er umklammert das Bild unter seinem Kinn und schließt die Augen. «Jesus», sagt er, «hier ist Glenn.»

Er wacht um halb drei, um Viertel vor vier, ein paar Minuten nach sechs, dann endgültig um neun auf, als Bomber ihn ableckt. Er hält die beiden weißen Hälften von Bombers Gesicht, blickt ihm in die hustenbonbonblauen Augen. Aus dieser Nähe erinnern seine Pupillen Glenn daran, wie er mit Unfallopfern unter Schock umgegangen ist, daran, wie er selbst auf dem Fußboden seines Apartments ausgesehen haben muß, während er mit Luft vollgepumpt wurde. Schon wenn er jetzt nur daran denkt, hat er das Gefühl, aus seinem Körper hinauszuschweben, fühlt sich erhoben. Er erinnert sich daran, wie er auf dem Fußboden aufwachte und sich nicht bewußt war, daß es ein Schlauch in seinem Hals war, der ihm den Atem nahm, daß die Hand, die ihn erdrückte, eine Sauerstoffmaske hielt. Er war nicht in der Lage gewesen, deutlich zu sehen. Eine weiße Gestalt erstrahlte über ihm, und er wußte nur, daß er müde war, daß er, auch wenn er nicht glaubte, bereit war, mit diesem Engel zu gehen.

Bomber jault, um wieder auf sich aufmerksam zu machen.

«Ja», sagt Glenn, «du bist mein großer Kumpel», und krault ihn zwischen den Ohren.

Er schüttet die krümeligen Überreste aus der Tüte in Bombers Schüssel, geht mit der anderen Schale ans Ufer, um etwas Wasser zu holen, setzt sich dann bei offener Tür und sieht ihm beim Fressen zu. Es ist wärmer heute morgen, seine Stiefelabdrücke zeichnen sich dunkel im weicher werdenden Schnee ab. An den seichten Stellen dampft der See; weiter draußen hängt Nebel über dem Wasser. Es ist zehn und bedrohlich, ein leichter Metallgeruch im Wind. Er hat es nicht eilig; er hat den ganzen Tag Zeit. Nach dem Mittagessen wird sie bei ihrer Mutter sein. Er steigt aus, um in seiner Brieftasche nachzusehen, ob er noch genug Geld für Benzin hat. Lässig. Als Bomber fertig ist, nimmt Glenn die Schüssel und schleudert sie wie ein Frisbee in den See.

Bomber sieht ihm dabei zu, wie er seine Wasserschale aufhebt.

«Und?» sagt Glenn. Nachdem er sie weggeworfen hat, nimmt er einen Zehner aus seiner Brieftasche und wirft auch sie in den See. «Okay?» sagt er mit weit ausgestreckten Armen. «Sind wir quitt?»

Er bringt die Hütte in Ordnung, sammelt die zerknüllte Ritz-Schachtel, die Dosen und die Bierflaschen, die nicht einmal von ihm stammen, auf. «Sei kein Schwein», mahnt Woodsy Owl von einem ausgebleichten Plakat, «halt die Wälder rein.»

Gegen elf ist er bereit zu fahren. Beim Aufbruch vom Zeltplatz hält er an und wirft alles in eine grüne, hallende Mülltonne. Er stellt sich vor, Nan anzurufen, und was sie wohl zu ihm sagen würde. Nach Taras Tod hatte er erwartet, etwas von ihr zu hören, aber es kam nichts. Er holpert über einen hohen Bordstein, fährt um das zugekettete Tor herum und an einem unbesetzten Kartenschalter vorbei aus dem Park. Er gelangt auf die Interstate und überquert eine Brücke über einen Seitenarm des Sees, beobachtet, wie er vorüberfliegt, blickt aus dem Seitenfenster, bis sich die Bäume dazwischenschieben, und fängt dann an, nach Bullen Ausschau zu halten.

Das Radio ist auf denselben Sender eingestellt wie gestern nacht und spielt seelenlose Gospelmusik. Sie klingt Glenn zu lieblich, nur mit Sopranstimmen und schmalzigen Streichern. Er entdeckt seine Cat-Stevens-Kassette und schiebt sie rein, mitten in «Moonshadow».

And if I ever lose my eyes, singt Cat, *I won't have to see no more.*

Er hält an einer Sinclair an der Ausfallstraße in Prospect, um zu tanken, und streckt dem Tankwart, einem spindeldürren Burschen mit einem Gipsverband am Handgelenk, den gefalteten Zehner zwischen zwei Fingern hin. Der Bursche macht die Windschutzscheibe sauber und bewundert Bomber, fragt, ob Glenn wolle, daß er den Ölstand überprüfe.

Glenn fragt sich, was er später denken, was er der Polizei erzählen wird.

«Schönes Wochenende», sagt der Bursche.

«Wenn ich's überstehe», sagt Glenn.

Rafe ist auf der Arbeit, Eiszapfen tropfen an der Dachrinne. Glenn läßt die Decke, die er sich geborgt hat, auf der Hollywoodschaukel auf der Veranda liegen, durchwühlt das Handschuhfach nach einem Blatt Papier, um eine Nachricht zu hinterlassen. Er kann keins finden und reißt das Vorsatzblatt aus seiner Bibel.

«Danke für die Übernachtungsmöglichkeit», schreibt er. «Nimm's nicht so schwer. Dein Freund Glenn.»

Das scheint nicht auszureichen für alles, was Rafe für ihn getan hat, aber er will es nicht hochspielen oder etwas Falsches sagen. Als er von der Veranda zurückkommt, sieht er sich seine doppelte Fußspur im Schnee an und bleibt stehen. Er entdeckt auf einer Seite des Wegs eine unberührte Stelle, läßt sich rückwärts auf die Schneekruste fallen und wedelt mit Armen und Beinen, um einen Engel zu machen. Er steht auf und schüttelt sich den Schnee aus dem Mantel, hockt sich dann hin und zeichnet einen Pfeil, schreibt mit einem Finger «ICH».

Auf dem Highway wirft er seinen ganzen Kleinkram aus dem Fenster und beobachtet im Spiegel, wie er hinter ihm aufprallt und sich über die Straße verteilt. Seine schmutzigen Hemden und Hosen, seine zusammengeballten Socken. Er legt seine Bibel neben das Blaulicht von der Freiwilligen Feuerwehr aufs Armaturenbrett und räumt die restlichen Sachen aus dem Handschuhfach. Karten knattern im Wind, zerreißen entlang ihrer mürben Falze. Die Centstücke hört er nicht klingeln.

«Hör auf, mich anzustarren», sagt er zu Bomber.

Er hält auf dem Parkplatz eines Foodland, um den Schlafsack in einen Spendencontainer zu stopfen. Die Pritsche des Lieferwagens ist mit Dosen übersät, aber er hat keine Zeit, sich damit abzugeben. Da, wo die Einkaufswagen stehen, sieht er einen Collie an einem Pfosten angekettet, der auf seinen Herrn wartet. Bomber beobachtet den Hund.

«Es hängt von dir ab», sagt Glenn. «Was willst du machen?»

Auf dem Weg nach Hause begegnet er einem Streifenwagen, der in die andere Richtung fährt. Sein Herz krampft sich zusammen, hämmert vor Schreck. Er kontrolliert den Tacho und blickt, ohne den Kopf zu drehen, in den Rückspiegel. Der Streifenwagen wird immer kleiner, bis seine Lichter schließlich am Horizont verschwinden. «Kein Problem», sagt er und beschleunigt, und der Blutstau beginnt nachzulassen. Er stellt fest, daß er Kopfschmerzen hat. Noch ist er nicht einmal beim schwierigen Teil angelangt.

Daheim geht alles wie geplant. Der Wagen seines Vaters steht nicht in der Einfahrt. Glenn steigt aus und kettet Bomber an. Er will verhindern, daß er Spuren im Haus hinterläßt. Die Hintertür ist offen, und es ist niemand zu Hause, dennoch ruft Glenn: «Hallo?», nur um sicherzugehen. Es ist der Tag, an dem seine Mutter immer Bridge spielt. Aus reiner Gewohnheit wirft er einen kurzen Blick in den Kühlschrank. Bei dem Gedanken an so viel leuchtendes, kühles Essen wird ihm schlecht, und er läßt die Tür zuschwingen. Er geht zum Gewehrschrank im nach hinten gelegenen Wohnzimmer, wo sein Vater seine Schrotflinten aufbewahrt. Abgeschlossen. Der Schlüssel dürfte im Sekretär seiner Mutter sein, in der Schublade mit den gekräuselten Briefmarkenstreifen, den nicht mehr gültigen Geldscheinen. Stimmt.

Als er durchs Eßzimmer zurückgeht, bleibt er stehen, um sich das Schränkchen anzusehen, auf dem zusammen mit dem handbemalten japanischen Geschirr seiner Großmutter mütterlicherseits Bilder von ihm selbst in der High-School, von Patty in ihren marineblauen Sachen, von Richard und seinen Kindern in Phoenix stehen. Auf einem mit Schellack überzogenen Stück Treibholz, aus dem man eine ziffernlose Uhr gemacht hat, winken seine Eltern am Strand. Alle wirken glücklich. Ihre Sammlung von Souvenirlöffelchen hängt in einem speziellen Behälter, den sein Vater ihr zum Geburtstag gekauft hat. NIAGARA FALLS, steht auf den Wappen am Griff, FORT LIGONIER, ATLANTIC CITY. Als er herkam, dachte Glenn daran, auf einen letzten Blick in sein Zimmer hochzugehen, aber jetzt begreift er, von diesen Andenken wie gelähmt, daß er es danach nicht mehr fertigbrächte.

Er nimmt sich eine neue Flinte, Kaliber 12, und eine Schachtel Patronen. Mehr als er braucht, denkt er. Er schließt die Glastür wieder ab und legt den Schlüssel zurück. In der Küche reißt er ein Papiertuch von der Rolle neben dem Spülbecken und wischt, während er rückwärts zur offenen Tür geht, seine Stiefelspuren weg. Auf der hinteren Veranda denkt er daran, eine Nachricht zu hinterlassen, aber was soll er schon sagen?

Tut mir leid.

Es hat nicht hingehauen.

Danke.

Es ist nicht eure Schuld.

Die Schrotflinte über den Arm geklappt, kettet er Bomber los. Dann macht er ihm die Tür auf und steigt auf der anderen Seite ein. Er läßt die Flinte unter seinen Sitz gleiten, legt die Patronen ins Handschuhfach.

«Okay», sagt er zu Bomber, «letzte Chance abzuspringen.»

«In Ordnung», sagt er, als hätte er eine Antwort bekommen.

Er hält sich an Nebenstraßen, an die nicht vom Schnee geräumten, geteerten Landstraßen, die die Felder in Quadrate schneiden. Splitt rasselt in den Radkästen. Die bessergestellten Armen wohnen hier draußen in Wohnwagen oder verrottenden Farmhäusern, die mit Sperrholz und silbernen Celotex-Isolierplatten verstärkt sind. Rauch strömt aus ihren Schornsteinrohren. Er kommt an ein paar neuren Viehbetrieben vorbei; es sind keine Farmen, nur lange, von Maschendraht umgebene Aluminiumscheunen. Das Vieh steht, mit dem Hals in Freßgittern eingespannt, in Pferchen und wird immer fetter, bis ein Lastwagen es wegbringt. Es hat angefangen zu schneien, und der Wind treibt den Schnee seitlich über die Straße. Bald muß er die Scheibenwischer einschalten, um etwas zu sehen. Das Gebläse surrt. Er fährt schleichend im Schutz der Bäume am hinteren Rand des Country-Club-Golfplatzes entlang und denkt an sie in ihrer Uniform. Er wollte sie schlagen und hat dann, als sie auf dem Boden lag, darauf verzichtet.

Es dürfte nicht leicht werden, denkt er und beschwört Tara zu seiner Unterstützung herauf, jenen letzten Tag, den sie zusammen im Aquazoo in Pittsburgh verbracht haben. Das Gebäude war neu und feucht im Innern. Er mußte ihre Mäntel mitnehmen. Ein Wasserfall ergoß sich von der Eingangshalle über zwei Stockwerke in einen Teich, in dem lauter Centstücke glitzerten. Tara lachte über die Pinguine, die es hinter der Scheibe kühl hatten. Der Tintenfisch war scheu und schlief hinter einem Felsen. Sie schlenderten, vom blauen Lichtschein der Aquarien gebadet, die untere Ebene entlang, beobachteten, wie das Licht über die Haut der Delphine glitt, und hielten sich an der Hand. Glenn kaufte ihr ein Radiergummi, das die Form eines Walfischs hatte. Rafe hatte recht; sie war alles, was er hatte. Er glaubt, daß er es tun kann, daß er es fertigbringen kann. Er ist schon so weit gegangen.

Er stellt die Musik ab und drosselt vor dem Friedhofseingang die Geschwindigkeit. Der Schnee ist so frisch, daß er sich nicht sicher sein kann, allein zu sein, aber als sie die Anhöhe raufkommen, sieht er, daß es so ist. Billige Kränze liegen mit wehenden Bändern auf Drahtgestellen. Wimpel flattern. Bomber will mitkommen; Glenn läßt ihn. Er läßt den Lieferwagen laufen, auch Heizung und Scheibenwischer. Bomber stürmt über den Schnee und schaut zurück, als würden sie miteinander spielen.

Irgend jemand ist in den letzten Tagen dagewesen. In der Vase für Annies Vater steht eine verwelkte Rose, rot wie die Liebe. Glenn nimmt sie und legt sie vor Taras Stein. Er kniet sich in den Schnee, senkt den Kopf über seine gefalteten Hände. Mehrere Reihen weiter vorn dreht sich Bomber im Kreis. Hinter ihm tuckert der Lieferwagen.

«O Herr, mein Gott», deklamiert Glenn, «habe ich solches getan, und ist Unrecht in meinen Händen, habe ich Böses vergolten denen, so friedlich mit mir lebten, oder die, so mir ohne Ursache feind waren, beschädigt, so verfolge mein Feind meine Seele und ergreife sie und trete mein Leben zu Boden und lege meine Ehre in den Staub. Amen.»

Er hebt seine Handschuhe auf, steht da und sieht ihren Namen an, der Nachname falsch, nicht einmal seiner. So werden sie auch ihn beerdigen. Das spielt keine Rolle, denkt er; die Fallstricke dieser Welt sind nichts als Staub. Ich bin aus dem Wasser geboren. Am letzten Tag werde ich auferstehen.

Glenn legt sich neben dem Grab auf den Rücken und wedelt mit Armen und Beinen. Während er den Engel macht, kommt Bomber herüber und schnüffelt an seinem Gesicht.

«Lauf», sagt Glenn, und er tut es.

Als er wegfährt, hält ein anderer Lieferwagen, dunkelgrün, von einem älteren Mann mit Jagdkappe gefahren. Er erwidert Glenns Winken nicht.

Um zu Annies Haus zu gelangen, muß er entweder einen Umweg um die Stadt herum machen oder sich auf die Interstate wagen. Die mittägliche Stoßzeit ist vorbei, aber er will nicht riskieren, an jeder roten Ampel halten zu müssen. Er schwenkt auf eine Auffahrt und stellt die Musik lauter, um sie dem Lärm anzupassen. *Oooh baby baby it's a wild world*, singt Cat. *It's hard to get by just upon a smile*. Der Song ist richtig, denkt Glenn; er sieht keinen einzigen Polizisten.

Er nimmt die Abfahrt zur High-School, fährt an dem vollen Parkplatz vorbei. Dort haben sie zum erstenmal miteinander geschlafen. Im Sommer in seinem Impala. Er erinnert sich an

209

den Schweiß unter ihrem BH, daran, wie kalt es ohne ihre Kleider war, wie seine Knie auf dem Polster quietschten. Unter ihnen glühte die Stadt wie ein erlöschendes Lagerfeuer. Später Juni, die Aussicht auf den Sommer. Er spürte, wie etwas in ihr nachgab, und sie ächzte durch zusammengebissene Zähne, ihre Augen glänzten vor Schmerz. Sie hatte ihm nicht erzählt, daß sie noch Jungfrau war; er dachte, er hätte ihr weh getan. «Ich bin schon okay», sagte sie immer wieder, um ihn zu trösten. Am nächsten Tag roch der Rücksitz nach Blut, und er fuhr mit offenen Fenstern. Er kaufte zwei kleine Duftkiefern, die er vom Rückspiegel baumeln ließ. Sherwood Forest, nannte Annie sie. Sie warf immer den Kopf herum, kaute an ihrer Unterlippe und lachte. Das Gebäude hat sich nicht verändert, auch der Blick nicht, nur die Autos und die Jungen und Mädchen darin. Es ist ein Rätsel, denkt Glenn, das er nicht lösen kann.

Niemand lugt aus der Straße zur Junior High hervor. Er leidet unter Verfolgungswahn, rechnet überall mit der Polizei. Er ist bereit, ohne anzuhalten an der Turkey Hill Road vorbeizurauschen, falls irgendwelche Autos in der Nähe des Hauses stehen. Der Schnee fällt nicht mehr so dicht, aber immer noch in dicken, zuckrigen Flocken, die sich auflösen, bevor der Scheibenwischer sie trifft. Die Bäume fangen an, weiß zu werden. Vor der Straße drosselt er die Geschwindigkeit, wirft einen Blick auf Clare Hardestys Haus, ihre leere Einfahrt, und fährt dann, ohne anzuhalten, über die Kreuzung.

«Was siehst du denn da?» fragt er Bomber, der winselt und an der Tür scharrt, da er erkannt hat, wo sie sind.

Glenn wirft einen Blick zur Seite, sieht das Blau des Wasserturms und schaut dann wieder auf die Straße, zur Seite, auf die Straße. Er sieht niemanden. Die Felder sind kahl, der Maverick ist nicht da. Soweit er sehen kann, ist das Haus dunkel. Fünf nach zwei. Das ist erfreulich. Er hat hart darauf hingearbeitet.

Er dreht an der ersten Straße und wendet in drei Zügen, kommt wieder zurück. Er fährt langsamer, blinkt und biegt nach links in die Turkey Hill Road ein.

Now I've been smiling lately, singt Cat Stevens, *thinking about the good things to come.* Glenn drückt die Kassette raus und schaltet das Radio ab. Er fährt am Waldrand entlang und guckt zwischen den Bäumen hindurch zurück, blickt über die Schulter auf die Straße. Nichts, niemand.

«Du bleibst im Wagen», erklärt er Bomber.

Er kommt an der Einfahrt und am Briefkasten vorbei. Die Flagge ist unten. Er hat recht gehabt, das Haus ist dunkel. An der Wendestelle muß er aussteigen, um eine Mülltonne zur Seite zu räumen, die die Straße versperrt, und sie dann, als er vorbei ist, wieder zurückzustellen. Bomber zeigt Interesse und nimmt Glenn beide Male den Platz weg. «Rutsch rüber», sagt Glenn. Er fragt sich, wie lange es wohl dauern wird, bis der Schnee seine Spuren verdeckt hat.

Er parkt dort, wo die Straße an einem verschneiten Erdwall endet. Als er sich vornüberbeugt, um die Schrotflinte unter dem Sitz hervorzuholen, stößt er versehentlich an die Hupe.

Sein Kopf schießt hoch, und er atmet schwer.

Im Wald ist es ruhig, der Schnee fällt senkrecht.

«Paß auf, was du tust.»

Er zieht die Flinte hervor und legt mit dem Daumen zwei Patronen ein. Den Rest aus der Schachtel teilt er auf seine Taschen auf.

«Ich will dich nicht bellen hören», ermahnt er Bomber und streicht ihm über das samtige Brustfell, bevor er geht. «Ich komm ja wieder.»

Draußen ist es erstaunlich warm – und ruhig, nur Vögel und das Tropfen des Schmelzwassers, das monotone Geräusch des Verkehrs in der Ferne. Der Schnee ist genau richtig für Schneebälle, und man hat einen guten Stand. Er kann den Schlamm darunter riechen. Er bahnt sich einen Weg durchs Unterholz, hält mit einer Hand den Schaft der Flinte umklammert und hat die andere ausgestreckt, um das Gleichgewicht zu halten, wobei er sich mit den Fingerspitzen an den Baumstämmen abstützt. Als er sich dem Weg zum Teich nähert, kann er die Überlaufrinne hören. Das erinnert ihn an die Suche, daran, wie er durch die Kiefern stolperte, als er hörte, daß das Megaphon sie alle zurückrief, wie er mit seiner väterlichen Intuition meilenweit danebenlag.

Der Polizist, der ihn begleitete, hatte ein Walkie-talkie und meldete sich. «Ich bin bei dem Ehemann», sagte er und ließ den Knopf los.

«Sagen Sie ihm», gluckste eine undeutliche Stimme, «daß es uns sehr leid tut.»

Der Polizist rannte mit ihm zu dem Bach, wo man sie, wie es hieß, gesehen hatte. Annie war da, in den Armen ihrer Mutter, drückte sich ein Kleenex aufs Gesicht und heulte wütend. Brock stand nebendran und hatte Angst, sie anzufassen.

«Wo ist sie?» fragte Glenn den Inspektor.

«Die Jungs sagen, daß sie Ihre Tochter hier gesehen haben, wie sie mit der Strömung abgetrieben ist.» Er deutete auf das Abflußrohr, das unter den Hang führte.

Glenn sprang ins Wasser. Es war nicht einmal einen Meter tief. Der Polizist zerrte ihn raus und hielt ihn davon fern, als wollte er eine Schlägerei schlichten. Glenn fror an den Oberschenkeln, seine Jeans waren schwer. Selbst jetzt denkt er noch, daß sie ihn hätten reingehen lassen sollen. Die Polizei mußte einen Taucher anfordern. Bis der bereit war, war es dunkel, und sie mußten im grellen Schein der an den Büschen aufgehängten Notscheinwerfer stehen und warten, bis der Mann im Taucheranzug sie an den Knöcheln herauszog. Erneut sprang Glenn ins Wasser und ließ seine geborgte Hose klatschnaß werden. Annie schrie immerzu.

Seitdem war er nicht wieder in diesem Wald. Er hat vergessen, wie sehr sie es einst liebten, an Sommerabenden mit einem Bier hinterm Haus zu sitzen, den Grillen zuzuhören, im August nach Meteoritenschwärmen Ausschau zu halten. Annie hatte einen Garten gewollt und Kaninchen für Tara. Glenn versprach, ihr ein Baumhaus zu bauen. Das ist alles vorbei, denkt er. Es ist blöd, jetzt davon anzufangen.

Aber als er sich an das Haus heranschleicht, sieht er doch, daß die Dachrinnen mit Blättern verstopft sind, daß die Gartenmöbel auf der Veranda verrosten. Die Fresca-Flaschen, die dort stehen, müssen sich während eines Jahres angesammelt haben. Er hat Hoffnungen, Pläne für dieses Haus gehabt. Wann hat sich das alles in nichts aufgelöst?

Die Verandatür ist abgeschlossen. Er nimmt seine Schlüssel und bohrt damit ein Loch ins Fliegengitter, reißt es auf und greift hinein, wobei er sich das Handgelenk zerkratzt. Ein bißchen Blut. Das ermutigt ihn. Er lehnt die Schrotflinte gegen die Hintertür und überprüft das Badezimmerfenster. Er zieht sich den Ärmel der Jacke über die Faust und schlägt die Scheibe über der Sperrvorrichtung ein. Sie fällt klirrend auf den Teppich. Irgendwo bellt ein Hund – aber nicht Bomber. Glenn macht das Fenster auf und zieht den Vorhang zurück, klappt die Flinte auseinander und springt im Schersprung hindurch. Die Scheibe zerbricht unter seinen Stiefeln auf der Bademette. Er macht das Fenster zu und zieht den Vorhang wieder vor.

Er geht durchs Haus, als stände es in Flammen, durch ein Zimmer nach dem anderen, so wie sie es ihm beim Rettungsdienst beigebracht haben. Er setzt sich auf Annies Bett und durchwühlt den Nachttisch. Der Revolver ihres Vaters ist nicht da.

«Du bist nicht dumm», gibt er zu.

Er schaut sicherheitshalber in der obersten Schublade ihrer Frisierkommode nach und kramt in ihren Gürteln, Uhrarmbändern und Strumpfhosenpackungen. Im Wandschrank steht eine Einkaufstüte mit Weihnachtsgeschenken in Geschenkpapier. Für wen, fragt er sich. Sie schreibt die Initialen in kleiner Schrift auf das Klebeband, damit sie sich daran erinnert. MVD, DVD, RVD. Nichts für Tara, nichts für ihn.

«Frohe Weihnachten», sagt er und stößt die Tüte mit dem Fuß in den Wandschrank zurück.

Taras Zimmer ist frisch gesaugt, das Bett gemacht, und der Hase, den er ihr geschenkt hat, wartet mit offenen Armen. Eine nackte Barbiepuppe liegt auf Taras winzigem Frisiertisch in einem Nest aus Kleidern. Glenn kniet sich hin, schaut in den ovalen Spiegel und ist überrascht, den Lauf der Schrotflinte in seiner Hand zu sehen, den dünnen, von seinen Fingerabdrücken verschmierten Ölfilm darauf. Sein Vater hat ihn immer ausgeschimpft, wenn er sie falsch hielt. Dann nahm er ihm die Flinte ab und sagte, Glenn könne sie wiederkriegen, sobald er gelernt habe, seine Waffe mit Respekt zu behandeln. Wenn sie von den Feldern reinkamen, hielt sein Vater ihm Vorträge, während er die Flinten am Eßtisch mit einem weichen Tuch reinigte. Er ließ sie von Glenn in den Schrank zurückstellen. Seine Mutter tröstete ihn mit warmem Kakao. «Dein Vater will, daß du Verantwortung übernimmst», sagte sie.

Er schaut aus Taras Fenster nach hinten raus. Seine Fußabdrücke scheinen es eilig zu haben, führen vom Wald schnurstracks auf die Verandatür zu. Es ist nicht einmal halb drei; bis fünf werden seine Reifenspuren zugedeckt sein. Sie wird überrascht sein.

Unten überprüft er die Vorderfenster. Von dem Sessel neben der Tür kann er die Straße bis hinter die Straßenlaterne überblicken. Wenn er sich zurücklehnt, ist er nicht zu sehen. Er legt die Flinte über den Schoß, verschränkt die Arme. Er sieht sich das Zimmer an, als wäre es eine Arztpraxis, und merkt sich alles. Annies Tennisschuhe stehen neben der Haustür und warten auf besseres Wetter. Auf dem Couchtisch liegt eine Hochglanzzeitschrift über Essen und Trinken herum, aufgeschlagen bei der opulenten Aufnahme irgendeines Schokoladendesserts. Er bekommt Bauchschmerzen, und er räuspert sich, damit sie weggehen. Auf dem ausgeschalteten Fernsehbildschirm ist sein Kopf nur ein Fleck über dem geschwungenen Sofa. Er winkt, um ihn besser zu sehen. Da ist er, der heutige Überraschungsgast.

Nach zwanzig Minuten lehnt er die Flinte gegen die Rükkenlehne des Sofas und zieht seine Jacke aus. Er streckt sich, macht Kreisbewegungen mit dem Kopf, gähnt. Er hat letzte Nacht nicht gut geschlafen. Er erinnert sich nicht daran, irgend etwas geträumt zu haben. Seit gestern läßt ihm dieser Psalm keine Ruhe, die Vorstellung von einem Löwen, der mit den Vordertatzen auf Glenns Brust steht und ihn wie Zeitungspapier in Stücke reißt.

Er läßt sich auf den Teppichboden fallen und beugt den Kopf über die Hände. «O laß der Gottlosen Bosheit ein Ende werden und fördere die Gerechten, denn Du, gerechter Gott, prüfst Herzen und Nieren.» Er bleibt so, mit geschlossenen Augen. «Mein Name ist nicht Glenn», sagt er. «Ich bin aus dem Wasser geboren. Ich bin eins mit dem Geist Gottes, er läßt meine Seele niemals sterben. Diese Schattenwelt soll mich nicht verleiten, sondern ich soll wohnen im Himmel immerdar. Amen.»

Er steht auf, stark, bereit, es jetzt zu tun. Jeglicher Zweifel, jegliche Schwäche ist von ihm gewichen, und sein Glaube nimmt deren Platz ein. Er ist das Licht und der Weg. Die Frau letzte Nacht hat recht gehabt, denkt er; Jesus zu lieben ist niemals langweilig.

Im Kühlschrank findet er ein paar Wurstscheiben. Aufschnitt mit Oliven und in Scheiben geschnittenen Schinken. Über Brot macht er sich keine Gedanken, er rollt das Fleisch einfach zusammen und steckt es in den Mund. Er steht da, hält die Tür auf und durchsucht das Fach nach etwas Käse, als es ihm plötzlich die Kehle zusammenschnürt und wieder hochkommt. Er macht einen Satz über die Abtropffläche und klammert sich an die Arbeitsplatte, während er sich übergibt, wobei sein Würgen vom Spülbecken mit gesteigerter Lautstärke zurückgeworfen wird. Nach der ersten Ladung gibt es nichts mehr, was er erbrechen könnte, nur bittere gelbe

Fäden. Die Anstrengung nimmt ihm den Atem, treibt ihm Tränen in die Augen. Er dreht den Wasserhahn auf, schlürft einen Schluck und spuckt ihn aus. Als er sich aufrichtet, stellt er fest, daß seine Kopfschmerzen wieder da sind.

Aus Angst, daß jemand kommen könnte, geht er ans Vorderfenster. Die Straße ist leer. Es ist erst kurz nach drei, und er will ein wenig schlafen. Er setzt sich in seinen Sessel, legt sich die Schrotflinte wieder in den Schoß und wendet sich der Straße zu. Der Nachmittag neigt sich dem Ende zu, das Licht im Zimmer wird grau, und die Schatten in den Ecken verdunkeln sich. Glenn stellt sie sich bei ihrer Mutter vor, wie sie am Küchentisch sitzt und sich dafür entschuldigt, daß sie Tara verloren, mit Brock gevögelt hat. Als er noch auf dem Schrottplatz arbeitete, hat er immer daran gedacht, wie sie es in dem Bett trieben, das er bezahlt hatte, und dann mußte er in seinem lächerlichen Wagen an den Zaun hinten fahren und irgendwas kaputtschlagen. Ihm hat dieser Job gefallen. Auch den hat sie ihm genommen.

Er geht auf und ab, er setzt sich an den Küchentisch. Er trampelt nach oben und kniet sich neben Taras Bett, bringt den Hasen mit nach unten und setzt ihn aufs Sofa. Sie wird bald nach Hause und zur Tür reinkommen. Er wird ihr die Handtasche wegnehmen und den Revolver finden müssen. Den Rest hat er geplant. Er muß stark sein und daran glauben.

Zurück in seinem Sessel, nickt er ein und wacht so erschrocken auf, als wäre er in einem Alptraum erstochen worden. Viertel vor fünf. Das Zimmer ist dunkel; draußen ist die Straßenlaterne an, der Himmel etwas heller als die Kiefern. Er denkt an Bomber und hofft, daß er schläft. Er zieht seinen Mantel an und lädt die Flinte durch, wendet sich dem Fenster zu und wartet.

Er wird wissen, wenn sie es ist. Der Maverick hat orangefarbene Blinkleuchten auf der Innenseite der Scheinwerfergehäuse am Kühlergrill.

Der Schnee tropft in die Straßenlaterne. Der Heizkessel springt an, entzündet sich mit einem Zischen. Die Sonne ist jetzt untergegangen; Glenn ist erstaunt, wieviel Licht immer noch da ist. Die Wand entlang der Treppe trägt Streifen vom Schatten des Geländers. Das bestaunt er gerade, als er einen Wagen hört, sich umdreht und die zwei Punkte der Scheinwerfer im Fenster sieht.

Er ist zu weit weg, um die Blinkleuchten erkennen zu können, aber als er unter der Straßenlaterne hindurchgleitet, verrät ihn die Farbe. Sie ist es.

Er gleitet aus dem Sessel, kauert sich hin und behält die Scheinwerfer im Auge. Als sie sich der Einfahrt nähern, rennt er zur Tür und stellt sich, die Flinte vor der Brust, daneben. Er spürt, wie ihn die Schwäche wieder überkommt, und ihm fallen die Lehren von Elder Francis ein. Seine Gnade ist nichtig und von dieser Welt. Sein Fleisch ist wie Gras.

O laß der Gottlosen Bosheit ein Ende werden.

Die Wagentür fällt mit einem dumpfen Geräusch ins Schloß. Er muß ihre Handtasche erwischen. Er preßt den Rücken neben dem Lichtschalter an die Wand.

Aber richte die Gerechten auf.

Schritte auf der Veranda, dann ein Klirren, das Knacken des Schlüssels im Schloß. Die Verriegelung dreht sich klikkend; die Tür geht auf und schwingt auf ihn zu.

Sie greift nach dem Lichtschalter, und er packt ihren Arm und wirbelt sie herum ins Haus, bevor sie Zeit hat zu reagieren, zu schreien, irgendwas zu unternehmen. Ihre Handtasche fällt zwischen ihnen auf den Fußboden. Sie sieht die Flinte und versucht zurückzuweichen, aber er hält sie am Handgelenk fest.

«Glenn», sagt sie, «o mein Gott, o mein Gott, Glenn.»

Er ist zu nah dran, um die Flinte auf sie zu richten. Er stößt sie rückwärts aufs Sofa und rafft ihre Handtasche an sich. Sie weint. Er klappt die Flinte über seinem Arm auseinander, geht in die Ecke zurück und stößt die Tür zu.

«Bitte», sagt sie und steht mit vorgestreckten Händen auf.
«Ich hab nichts getan, Glenn.»

«Beruhige dich.» Er kann das Ding nicht aufkriegen; sie
fleht ihn an. «Bitte», sagt er, «sei einfach still.»

Der Schnappverschluß geht auf, und alles fällt ihm vor die
Füße. Der Revolver prallt auf den Teppichboden. Er ist größer, als er ihn in Erinnerung hat, eine schäbige Kopie von
einem Colt. Er beobachtet sie, während er sich hinkniet und
ihn aufhebt. Er ist geladen, liegt ihm schwer in der Hand.

«Der ist von deinem Vater», sagt er, halb als Frage. «Ich
erinnere mich von neulich abend daran.»

Annie schüttelt den Kopf, als würde das alles nicht wirklich
passieren. «Glenn», bittet sie ihn flehentlich.

«Scht», sagt er. «Ruhig.»

Er geht ums Sofa herum, den Revolver neben sich auf den
Fußboden gerichtet. Er stellt sich hinter sie, und sie dreht
sich um, um ihn zu beobachten.

«Dreh dich um», sagt er. «Kümmere dich nicht um das,
was ich tue.»

Er lehnt die Schrotflinte direkt neben den Fernseher.

«Mach das Licht an», sagt er, aber sie rührt sich nicht vom
Fleck. «Ich will mich jetzt nicht über dich ärgern. Gerade
jetzt nicht. Also mach es an. Du kannst dich bewegen, es ist in
Ordnung.»

Sie behält ihn im Auge, während sie rückwärts um das Sofa
geht. Er hat nicht einmal den Revolver auf sie gerichtet. Als
sie auf den Schalter drückt, schimmert ein buntes Licht in
den Fenstern. Er bückt sich und sieht, daß der kleine Hart-
riegel im Vorgarten mit Glühbirnen behangen ist.

«Laß jetzt die Jalousien runter.»

Sie tut es.

«Danke», sagt Glenn. Er setzt sich aufs Sofa. Sie hat aufgehört zu weinen, ist gespannt, was er vorhat, und sucht nach
einem Ausweg. «Mußt du heute abend arbeiten?» fragt er,
obwohl er weiß, daß sie um sechs dasein soll.

«Ja.»

«Hast du schon was gegessen?»

«Nein.»

«Willst du was?»

«Bitte tu das nicht.»

«Scht», sagt er.

«Bitte, Glenn, laß mich einfach gehen. Ich gehe weg von hier, ich gehe woandershin, ich schwöre...»

«Halt keine Reden. Das macht es nur noch schlimmer für uns beide. Ich will das hier auch nicht tun.»

«Dann laß es doch.»

«Nein», sagt er. «Wir werden das hier tun. Wir werden es tun, und damit hat sich's. Ich hab diese Scheiße satt, und ich will, daß sie vorbei ist.» Er sieht, daß er mit dem Revolver herumfuchtelt, um seinen Standpunkt klarzumachen; sie ist wie hypnotisiert davon. Er legt den Revolver neben seinen Oberschenkel, wo sie ihn nicht sehen kann. «Setz dich hin», sagt er und deutet auf den Sessel am Fenster. «Setz dich.»

«Was muß ich tun?» sagt sie.

«Scht. Zieh die Stiefel aus.»

«Nein.»

«Bitte. Zieh die Stiefel aus.» Er steht auf und läßt sie den Revolver sehen, und sie fängt an, sie aufzuschnüren. «Und die Socken. Laß den Mantel an. Du kannst ihn aufmachen, aber behalt ihn an. In Ordnung, laß uns in die Küche gehen. Gut so. Mach das Licht im Flur an. Gut. Und den Schalter rechts von dir. Sehr gut. Und setz dich an den Tisch. Dreh den Stuhl zur Seite, so daß deine Beine nicht unterm Tisch sind.»

Mit seiner freien Hand macht er den Schrank neben dem Backofen auf und holt scheppernd einen großen Topf heraus. Er dreht den Warmwasserhahn auf, läßt das Wasser warm werden und dann den Topf vollaufen. Den Revolver immer noch in der Hand, stellt er den Topf neben ihren Füßen auf den Fußboden. Er legt den Revolver behutsam auf das Linoleum und taucht beide Hände in das Wasser, drückt sie auf ihre kalten Füße.

«Ogottogottogott», preßt sie hervor. «Glenn, bitte, Glenn.»

Er streicht das Wasser über ihre Knochen, über ihre fleischige Fußsohle, ihre Zehen. Er schöpft eine Handvoll und spült ihr die Füße ab.

Als er damit aufhört, tritt sie ihm gegen die Brust, aber nicht fest genug, um ihn aus dem Gleichgewicht zu bringen. Er hält ihr die Beine fest, während sie auf ihn flucht, schreit und auf seinen Kopf eindrischt. Ein oder zwei Schläge lassen ihn zurückzucken, aber sie ist nicht stark genug, nicht groß genug. Er ist seit langem bereit, das hier zu tun. Er stößt sie weg, packt sie an der Kehle, aber sie hört nicht auf. Er hält ihr mit der anderen Hand die Augen zu, drückt sie gegen die Stuhllehne, so daß sie keine Luft mehr kriegt. Sie kann den Revolver nicht sehen, kann nicht an ihn herankommen, und schließlich wird sie müde, fängt wieder an zu weinen. Als sie fertig ist, holt er ein Geschirrtuch und trocknet ihr die Füße ab.

«Tut mir leid», sagt er. «Wirklich. Weißt du denn nicht, daß ich dich liebe?»

Sie sagt nichts dazu. Sie läßt den Kopf hängen und sieht ihn nicht mehr an. Ihr Hals ist rot an der Stelle, wo seine Hand gelegen hat. Der Revolver interessiert sie nicht mehr.

«Du mußt mir nicht glauben», sagt er.

«Leck mich», sagt sie.

«Gehen wir.»

Sie steht nicht auf, und er muß sie mit einem Arm hochziehen. Er stößt sie vor sich her zur Hintertür, aber sie fällt hin. Er steckt den Revolver hinten in seinen Gürtel und hebt sie hoch, führt sie zur Tür, als wäre sie betrunken. Er knipst den Strahler an, und hinten ist alles beleuchtet, der Schnee funkelt in Blautönen. Seine Fußabdrücke von heute nachmittag sind verschwunden.

Der Schnee läßt ihn blinzeln, die Flocken kitzeln ihn an den Ohren. Wind, Verkehr. Noch bevor sie den Wald erreichen, hat sie angefangen, ängstlich vor sich hin zu murmeln.

«Ist ja gut», sagt er und streicht ihr über die Schultern. «Es dauert nicht mehr lange. Dann kommt alles in Ordnung.»

Ihre Füße sinken in den Schnee ein. Er wünschte, es könnte anders laufen, hebt sie unsicher hoch und hält ihre Arme so, daß er sie sehen kann. Sie weint und klammert sich Trost suchend an ihm fest. Er hofft, daß sie aufgegeben hat. Das hier ist der schwierigste Teil.

Er steckt den Revolver in die Manteltasche und rutscht, mit ihr auf dem Schoß, auf dem Hintern den Hügel runter. In der Dunkelheit rauscht das Wasser über die Überlaufrinne. Das gleichbleibende Geräusch hilft ihm. Er hält sie hinten an der Jacke fest und lotst sie am Ufer entlang. Aus der Ferne dringt Musik herüber, ein Stück von irgendeinem Marsch, den jeder kennt, nur Trommeln und Trompeten. Oben auf der Interstate fährt ein Lastwagen vorbei und übertönt die Musik. Sie stolpert vor ihm her.

«Nein», sagt sie immer wieder und dreht und wendet das Wort hin und her, «nein, nein, nein, nein, nein.»

«Ist ja gut», sagt er, «jetzt dauert es nicht mehr lange.»

Sie queren die Brücke über die Überlaufrinne und folgen einem rutschigen Pfad am Bach entlang. Er ist zugewachsen; sie streifen mit den Schultern den Schnee von den Büschen. Zweige peitschen gegen ihre Arme. Er kontrolliert, ob der Revolver noch in seinem Mantel ist, und schließt seine Hand um den Griff. Er will nicht, daß es sich lange hinzieht, will es einfach hinter sich bringen. Er weiß nicht, wie er das anstellen soll.

Der Bach endet an dem Rohr, das in den Hang führt. Das Wasser ist hoch und gluckert blechern. Sie bleibt stehen. Er ebenfalls.

«Knie dich hin», sagt er.

Sie versteht und kniet mit dem Gesicht zum Wasser nieder.

Ihre Fußsohlen schauen hinten hervor. Er nimmt den Revolver aus der Tasche. Er berührt ihr Haar, das er als erstes an ihr liebte, beugt ihr den Kopf nach vorn.

«Sag mir, wenn du soweit bist», sagt er.

«Ich bin soweit», erwidert sie.

«Tut mir leid», sagt er, wartet aber und dreht sich halb um, um die Musik zu hören.

«Ich bin soweit», sagt sie erneut.

Der Revolver geht los, und sie klatscht ins Wasser. Von dem Schuß aufgeschreckte Vögel flattern über ihm auf, im Dunkeln nicht zu sehen. Sie treibt im Wasser, macht nur eine Hand auf und zu und sucht nach einem Halt. Glenn feuert so lange, bis der Revolver leer ist, steht einen Augenblick lang da, starrt die Löcher in ihrem Mantel an, das Weiß ihrer Füße, und rennt dann los.

Als er die Brücke überquert, bemerkt er, daß er immer noch den Revolver hat, und läßt ihn ins Wasser fallen. Am Hügel stürzt er, krallt sich mit den Fingern nach oben, von wo er die Lichter des Hauses zwischen den Bäumen sieht. Der Schnee ist pappig, aber man kann mühelos laufen. Die Musik ist verklungen. Er kann nichts hören, nur die Wildheit in seinem Innern. Es ist vollbracht, denkt er. Er hat es getan.

Er reißt die Verandatür auf, die Hintertür. Er läuft den Flur entlang und durch die Küche ins Wohnzimmer. Die Schrotflinte ist da, wo er sie stehengelassen hat. Er vergißt seinen Plan und eilt aus der Haustür und durch den Garten. Der Wasserturm läßt ihn klein erscheinen.

Bomber bellt, bis Glenn ihm sagt, daß er aufhören soll. Die Fensterscheiben sind zugefroren. Glenn steigt ein, wirft die Schrotflinte auf den Beifahrersitz. Der Lieferwagen springt beim ersten Versuch an, aber der Scheibenwischer geht nicht. Er läßt die Scheinwerfer aus und sucht unter dem Sitz nach einem Eiskratzer, aber mit allem anderen hat er auch den weggeworfen. Irgendwo hat er seine Handschuhe verloren, und er muß mit bloßen Händen gegen den Schnee angehen. Er macht die Windschutzscheibe und seine Seite frei, steigt wieder ein. Er dreht seine Scheibe runter, streckt den Kopf raus, um rückwärts die Straße hochzufahren, und vergißt die Mülltonne, rammt mit der Stoßstange dagegen.

«Scheiße.»

Die Räder greifen zuerst nicht; er rutscht mit aufheulendem Motor im Slalom am Briefkasten vorbei. Er weiß, daß er in Panik ist, und preßt die Hände aufs Lenkrad, um sich wieder in die Gewalt zu bekommen.

«Scheinwerfer», sagt er und knipst sie an.

Als er sich dem Stoppschild nähert, sieht er, daß die Hardestys zu Hause sind, da der Vorhang vor dem Wohnzimmerfenster zugezogen ist. Er wartet, bis ein Auto vorübergefahren ist, klappt die Schrotflinte auf und schiebt sie unter seinen Sitz.

«Okay, ganz ruhig.»

Er sieht Bomber an, hat ihm aber nichts zu sagen. Als er an der Junior High vorbeifährt, hört er Sirenen, wahrscheinlich auf der Interstate. Er hat recht, er kann die rotstrahlenden Lichter auf der anderen Seite des Brückenbogens kommen sehen.

«Scheiße.»

Zwei, vielleicht drei. Er ist aufs Kreuz gelegt worden, wahrscheinlich von Clare Hardesty – oder seinen Eltern, denkt er. Sein ursprünglicher Plan war, es zum See zurück zu schaffen, aber daraus wird nun nichts. Er schwenkt auf den Parkplatz der High-School und findet, daß das kein schlechter Ersatz ist. Butler statt des Sees, sein falsches Zuhause statt des richtigen. Aus dem Wasser geboren, nicht aus dieser Welt aus Staub.

Es ist schon nach sechs, aber ein paar Wagen fahren gerade erst weg. Er sieht einen großgewachsenen Jungen, der eine Tuba schleppt, und einen anderen mit einer kleinen Trommel unter dem Arm. Es war diese Band, die er gehört hat. Eine Gruppe von ihnen überquert im Scheinwerferlicht den

Parkplatz. Hinter ihm auf der Far Line schießt ein Streifenwagen mit heulender Sirene vorbei. Glenn leidet nicht unter
Verfolgungswahn; er kann in der Ferne noch andere hören.
Sie wollen ihn unbedingt kriegen, aber das wird er nicht zulassen. Er hat nie vorgehabt, diese Sache zu überleben.

Er fährt am Eingang vorbei, wo ein paar Jugendliche darauf
warten, abgeholt zu werden. Bomber beobachtet sie mit we-
delndem Schwanz. Er war zu lange eingesperrt, muß wahrscheinlich pinkeln. Glenn fährt bis zum Ende des Gebäudes
und biegt dann um die Ecke. Der hintere Teil des Parkplatzes ist leer und gut beleuchtet, die Müllcontainer sind
schneebedeckt. Sie haben früher immer mit Steinen nach
den Quecksilberdampflampen geworfen, damit sie hier knutschen konnten. Er erinnert sich noch an den genauen Parkplatz, den dritten von hinten. Dort fährt er hin und schaltet
die Scheinwerfer aus, läßt die Heizung laufen.

«Mußt du raus?» fragt er Bomber, der sich auf ihn stürzt.

«Okay, okay», sagt er.

Bevor er die Tür aufmacht, nimmt Glenn ihn in den Arm,
schmiegt seinen borstigen Kopf an sich, atmet den Hundege-
ruch seines Fells ein. Der verdammte Hase, er hat ihn wieder
vergessen. Der Gedanke daran, wie er auf dem Sofa sitzt,
reicht aus, um ihn die Fassung verlieren zu lassen.

Bomber versteht nicht und leckt ihm die Tränen ab.

«Du bist mein Kumpel», sagt Glenn, umarmt ihn erneut
und spürt, wie seine Rippen nachgeben. Er macht ihm die
Tür auf. Bomber springt im Schnee herum und wälzt sich
darin, nur zum Teil aus Angeberei. Glenn findet, daß er
schön ist; er selbst könnte nie so glücklich sein.

Es schneit zu stark, als daß er die Stadt sehen könnte, die
nichts als ein gedämpftes Licht in den Wolken ist. Glenn
stellt die Heizung ab, stellt den Motor ab. Bomber ist drüben
bei den Campingtischen und schnüffelt. Vielleicht ist er da
komisch, denkt Glenn, aber er will nicht, daß Bomber ihn
so sieht, wie er Tara sehen mußte. Er vergewissert sich, daß

seine Tür nicht abgeschlossen ist, damit sie sie nicht aufbrechen müssen, legt die Schlüssel auf seine Bibel, die beim siebten Psalm aufgeschlagen ist. Ist Böses in meinen Händen... Er langt unter den Sitz nach der Flinte, und die Hupe ertönt. «Du bist so ein Versager», sagt Glenn.

ELF

AM ENDE UNSERER VERABREDUNG GAB ICH
Lila Raybern einen Gutenachtkuß. Sie nahm ihre Brille ab,
damit sie mir nicht ins Auge stieß, und küßte mich fester zurück, als ich erwartet hatte. Wir standen in der Kälte auf dem
Treppenabsatz. Meine Mutter war reingegangen, damit wir
ungestört waren, obwohl ich mir sicher war, daß sie uns vom
Vorderfenster aus zusah. Lila hatte Life Savers gelutscht, und
die frische Wärme ihres Mundes erregte mich. Ich sagte: «Bis
morgen», und sah zu, wie sie über den Schnee zu ihrem Gebäude ging. Sie winkte, bevor sie reinging. Im Bett sprach ich
ihren Namen in die Dunkelheit. Ich beschloß, die Kette zu
kaufen.

Von der Bandprobe ging ich direkt zum Burger Hut. Nach
acht, als weniger los war, rief ich Lila von der Küche aus an.
Ich half Mr. Philbin, bis zugemacht wurde, und er fuhr mich
nach Hause. Meine Mutter schlief meistens schon. Ich schloß
auf und ging rein, schlang noch ein paar Pop-Tarts runter, sah
fern, bevor ich in die Falle ging, und stellte mir vor, wie ich
Lila am nächsten Morgen sehen würde. Wir saßen jetzt im
Bus zusammen und waren Warren und Lily mühelos untreu
geworden.

In der Schule redeten alle von Annie und davon, wie unheimlich die Geschichte war. Ich erinnerte mich nicht daran,
Glenn an dem Nachmittag, dem Abend, als der Mord geschah, in seinem Lieferwagen vorbeifahren gesehen zu haben. Ich erfuhr es erst am nächsten Tag aus dem *Eagle*, und
da wurde mir klar, daß wir – abgesehen vom Hausmeister,
von dem es hieß, daß er ihn gefunden habe – ein paar Minuten lang die einzigen Menschen dort gewesen waren. Meine

Mutter war mich zu spät abholen gekommen. Ich hatte im Licht der Eingangshalle gestanden, beobachtet, wie es schneite, und mich gefragt, wo die ganzen Wagen mit Sirene hinfuhren, wo der Hund war, der nicht aufhörte zu bellen.

Ich erzählte das niemandem, nicht einmal Lila. Wenn man mich danach fragte, räumte ich nur ein, daß Annie ein paarmal Babysitterin für mich gewesen sei. Unsere Familien ständen sich nicht so nahe, sagte ich. Zu Hause wollte meine Mutter nicht darüber sprechen, und als es in den Nachrichten kam, schaltete sie um. Der Gedenkgottesdienst fand im engsten Kreis statt; wir waren nicht eingeladen. Meine Mutter schickte Mrs. Van Dorn eine Karte, auf der sie für uns beide unterschrieb, und spekulierte, ob mein Vater wohl daran denken würde.

Ich hatte immer noch nicht mit meinem Vater und Marcia zu Abend gegessen. Das sollte am Samstag nach unserem letzten Heimspiel geschehen. Es war ein Geheimnis. Meine Mutter hatte mir verboten, Marcia zu treffen oder auch nur mit ihr zu reden, aber das hielt meinen Vater nicht davon ab. Jedesmal wenn er mich mitnahm, um mich in seinem Nova über den verschneiten Parkplatz rutschen zu lassen, war sie in seinem Apartment, las, hörte gelassen Brahms und hatte uns heißen Kakao zubereitet. Mein Vater küßte sie an der Tür, was mich nicht schockierte, ihm aber auch nicht ähnlich sah. Ich konnte mich nicht an ihren Zahn gewöhnen oder an die Art, wie sie einander anlächelten, als führten sie ein Gespräch ohne Worte. Wenn er neben ihr auf dem Sofa saß, suchte seine Hand ihre, und sein Daumen strich über die Rückseite ihrer Finger. Seine Aufmerksamkeiten erinnerten mich an Lila und daran, wie wir uns berührten, aber auf unangenehme Weise. Ich fragte mich laut, wie Tony Dorsett und Pitt zurechtkämen; er sagte, er müsse sich einen Fernseher kaufen, damit ich es mir ansehen könne – als würde ihn selbst das Spiel nicht interessieren, was nicht stimmte. Zu Hause hatte er den ganzen Samstag- und Sonntagnachmittag unten auf dem Sofa rumgelegen und sich zusammen mit den ganzen Aufstellungen der College- und Profiteams einen Sechserpack Iron City reingezogen. Und wann hatte er angefangen, klassische Musik zu hören? Das geschah alles ihretwegen, dachte ich, genau wie ich beschlossen hatte, mich nicht mehr so oft zu bekiffen, nachdem Lila gesagt hatte, daß ihr das nicht gefalle. Ich wünschte mir, meinen Vater wegen seiner plötzlichen Veränderungen anmotzen zu können, so wie Warren mich zurechtgewiesen hatte, aber ich wußte, daß er, genau wie ich, kein Verständnis dafür haben würde, egal, wie berechtigt es war.

Meine Mutter ließ – beim Abendessen oder im Wagen, beim Fernsehen oder wenn sie sich für die Arbeit fertig machte – des öfteren die Bemerkung fallen, daß mein Vater verwirrt sei, was manchmal zu bedeuten schien, daß er geisteskrank sei und behandelt werden müsse. Ich erzählte ihr nicht, daß er auf mich einen glücklichen Eindruck machte. Ich achtete sorgfältig darauf, Marcia zu Hause nie zu erwähnen, aber meine Mutter ließ ab und zu ihren Gedanken freien Lauf: «Sie wird ihn niemals heiraten. Ich kenne solche Frauen, und sie wird ihn niemals heiraten.»

Als sie eines Abends auf wackligen Beinen aus der Stadt zurückkam, sagte sie: «Diese Frau von deinem Vater da taugt nichts. Es gibt einen Schimpfnamen für solche Frauen.»

Es war ein Freitag, und Lila war bei mir und sah sich «Chiller Theatre» an. Keiner von uns beiden sagte etwas. Die Schuhe meiner Mutter baumelten an ihrer Hand, ihr Lippenstift war verschmiert und ihr Haar zerzaust, als wäre sie in eine Schlägerei verwickelt gewesen. Sie ließ sich neben uns aufs Sofa fallen und zündete sich eine Zigarette an.

«Dein Vater sieht das nicht mal. Er will's nicht sehen.» Sie beugte sich über mich und sprach zu Lila, als wollte sie ihr Ratschläge erteilen. «Er hat mich wegen ihr verlassen, wußtest du das? Das war der größte Fehler seines Lebens, laß dir das gesagt sein. Was ist das für ein Film?»

Kurz darauf war sie mit ihren Schuhen im Schoß neben mir eingeschlafen. Lila sagte, daß sie besser gehe, und obwohl der Film noch nicht halb vorbei war, widersprach ich ihr nicht. Ich brachte sie zur Tür. Meine Mutter lag jetzt auf dem freien Sofa ausgestreckt und schnarchte.

«Geht's ihr gut?» fragte Lila auf dem Treppenabsatz, nachdem ich ihr einen Gutenachtkuß gegeben hatte.

«Wird schon wieder», sagte ich.

Aber es wurde nicht wieder, und je näher Weihnachten kam, desto öfter begann sie über ihre Unzufriedenheit zu reden, was mir gerade noch gefehlt hatte. Sie sagte, sie bete zu Gott, daß ich nicht so würde wie mein Vater. Sie sagte, jeder wisse, was für eine Frau sie selbst sei und was für eine Marcia Dolan. Sie sagte, sie würde diese Stadt verlassen, wenn sie sich nicht um mich kümmern müßte, und sich nie wieder hier blicken lassen, ob ich das nicht wüßte? Wenn sie nicht mit mir redete, konnte ich froh sein. Ich hatte Lila und brauchte sonst nichts und niemanden. Ich hörte meiner Mutter mit derselben Skepsis zu, die ich früher für meinen Vater bereitgehalten hatte, und erhob, wenn sie das Zimmer verlassen hatte, hinter ihrem längst verschwundenen Rücken den ausgestreckten Mittelfinger gegen sie.

«Was machst du denn bloß?» sagte Astrid am Telefon. Meine Mutter hatte angefangen, sie ohne Rücksicht auf die Uhrzeit alle paar Tage anzurufen. «Hast du denn überhaupt auf das gehört, was ich dir gesagt habe?»

«Was soll ich denn machen?»

«Hör erst mal auf, nur an dich zu denken.»

Ich sagte nichts. Sie hatte recht, aber es war falsch, es so hinzustellen, als wäre es meine Schuld.

«Willst du, daß ich nach Hause komme?» fragte sie. «Willst du das?»

In dem folgenden transatlantischen Schweigen dachte ich an meine Mutter, an meinen Vater und Marcia und an Annie und ihre kleine Tochter. In jeder Sitzung brachte mich Dr.

Brady dazu, über sie zu sprechen. Ich hatte immer noch nicht von ihr geträumt, aber ich sah sie mehrmals am Tag in ihrem schlammverschmierten Skianzug dahintreiben und mußte den Kopf schütteln, um ihr Bild loszuwerden. Manchmal stellte ich sie mir vor, während ich darauf wartete, abgeholt zu werden, und meine zwei Chili dogs verdrückte. Das Abfluß-rohr und das Eis. Der Fausthandschuh, der langsam an die Wasseroberfläche kam. Der Schnee. Dann aß ich auf und spürte, wie mir die Zwiebeln in der Kehle brannten, und manchmal trieb mir das heiße Essen die Tränen in die Augen. Ich ging nach draußen in die Abenddämmerung, wo die Leute in letzter Minute ihre Einkäufe machten. Im Wagen erzählte ich meiner Mutter nicht, wie ich mich fühlte. Auch Astrid hatte ich es nicht erzählt, obwohl ich hoffte, daß sie es wußte.

«Ja», sagte ich.

«Tja, ich kann aber nicht», sagte Astrid. «Du mußt schon allein damit fertig werden. Im Moment kann ich sowieso nichts tun.»

Was, wollte ich fragen, sollte *ich* dann tun?

Ich konnte das Frühstück zubereiten. Am nächsten Tag stand ich früh auf, setzte den Kaffee auf, machte mir Spiegel-eier mit Toast, aß sie und wartete die ganze Zeit darauf, daß meine Mutter alles röche und käme, um zu sehen, was ich getan hatte. Als ich fertig war, war ihre Tür immer noch ge-schlossen. Ich schenkte ihr Kaffee ein und goß genau die rich-tige Menge Milch dazu, stellte alles an ihren Platz und rief nach ihr. Es war zwanzig nach sieben; sie hätte längst ge-duscht und angezogen sein müssen. Ich klopfte an ihre Tür und stieß sie dann auf.

Die Jalousien waren unten, die roten Ziffern ihrer Uhr zeichneten sich scharf in der Dunkelheit ab. Sie lag auf ihre Kissen gestützt im Bett, schlief aber nicht. Ihre Arme lagen schlaff auf der Decke, und mit der einen Hand umklammerte sie ein Kleenex. Neben dem Nachttisch auf dem Fußboden türmte sich ein Haufen benutzter Papiertücher. Sie schniefte und sah mich hilflos an, und ich versuchte, nicht wütend zu sein.

«Ich gehe heute nicht zur Arbeit», sagte sie. «Ich fühle mich nicht wohl.»

«Ich hab Kaffee gemacht.»

«Das ist lieb.»

«Willst du, daß ich ihn dir reinbringe?»

«Das wäre nett.»

Ich ging in die Küche, brachte ihren Kaffee mit und stellte ihn auf ihren Nachttisch. Sie lächelte, rührte ihn aber nicht an.

«Es macht dir doch nichts aus, wenn ich heute zu Hause bleibe?» fragte sie.

«Nein», sagte ich.

«Arthur» begann sie, sagte dann aber eine Weile nichts mehr. Ich stand in dem schummrigen Zimmer. Der Kaffee dampfte. Der Minutenzeiger der Uhr sprang um.

«Ich bin einfach sehr müde», rechtfertigte sie sich. «Verstehst du?»

«Ja», sagte ich.

«Es kommt schon wieder in Ordnung, ich bin nur im Moment einfach völlig erschöpft.»

Ich wußte nicht, was ich darauf sagen sollte.

«Ich muß meinen Bus kriegen», sagte ich.

«Ich weiß. Geh nur. Mach dir um mich keine Sorgen.»

«Du brauchst mich nicht abzuholen. Ich habe Probe und arbeite danach.»

«Dann kommst du spät nach Hause.» Das schien mehr als eine Enttäuschung zu sein. Ein Vorwurf.

«So spät wie immer», sagte ich.

Sie wandte sich desinteressiert ab. «Geh. Sonst kommst du zu spät.»

Draußen war es noch dunkel. Lily war wieder krank. Lila fragte, warum ich so früh am Morgen schon stinksauer sei.

«Was meinst du wohl?» fragte ich und entschuldigte mich dann.

«Ist schon in Ordnung», sagte sie, und ich dachte, während wir zur Bushaltestelle raufgingen, daß auch das hier ein Teil meines Lebens war, in den meine Eltern sich einschlichen und den sie mir verdarben. Ich hatte das Gefühl, daß es falsch von mir war, meine Mutter im Stich zu lassen, sie bei ausgeschaltetem Licht und heruntergelassenen Jalousien zurückzulassen, aber es war nicht meine Schuld. Sagte Dr. Brady mir nicht, daß ich immer daran denken sollte?

Als ich an diesem Abend nach Hause kam, schlief meine Mutter schon. Sie hatte das Licht in der Küche angelassen. Im Haus war es kalt. Ihr Kaffeebecher stand im Spülbecken, zusammen mit einer Schale und einem Suppenlöffel. Eiscreme vielleicht oder Corn-flakes. Ich fragte mich, ob sie den ganzen Tag überhaupt einmal aus dem Haus gewesen war. Ich fragte mich, wie lange das so weitergehen sollte.

Am nächsten Morgen war sie vor mir auf, aber im Bademantel. Ich aß meine Eier und behielt die Uhr über dem Spülbecken im Auge. Sie saß mir gegenüber, rauchte und umschloß ihren Kaffee mit beiden Händen. Bitte zieh dich an, dachte ich, bitte. Sie ertappte mich dabei, wie ich zuerst sie und dann die Uhr ansah, und seufzte.

Ich biß in den Toast und senkte den Blick auf meinen Teller.

«Ich brauche Zeit, Arthur. Gibst du mir etwas Zeit?»

«Klar», sagte ich.

«Danke.»

Sie brachte ihren Becher zum Spülbecken. Ich aß weiter. Ich war überrascht, wie leicht ich sie abgeschrieben hatte. Jetzt, wo es passiert war, war ich froh, nicht darüber sprechen zu müssen. Ich hatte den Augenblick durchgestanden; ich hatte gewonnen. Und doch sah ich an diesem Abend, als ich mich in der Friteuse meinem Spiegelbild gegenübersah und versuchte, nicht daran zu denken, wie das Rohr den Fausthandschuh angesaugt hatte, das Bild vor mir, wie meine Mutter Wasser über die Spitze ihrer Zigarette laufen ließ und dann den nassen Stummel in den Müll warf.

Am Donnerstag ging sie zu Dr. Brady, während ich bei Milo Williams nach dem Preis von Goldketten fragte und mich im True Value nach Werkzeug umsah, das mein Vater gebrauchen könnte. Die Laternenpfähle waren mit riesigen Rauschgoldglocken und Kerzen geschmückt. Wir hatten nicht einmal einen Baum, und ich ärgerte mich über die bunten Lichter, die wie eine Markise an den Fenstern von Woolworth entlangliefen. Ich kam rechtzeitig zum Hot Dog Shoppe zurück, da ich sie nicht warten lassen wollte, aber sie war noch nicht runtergekommen. Die Luft war voller Fettdunst. Ich hatte keinen Hunger und bestellte eine Kirschlimonade mit Eiswürfeln und, als sie dann noch nicht aufgetaucht war, eine mit Zitronen-Limonen-Geschmack. Ich hatte sie fast ausgetrunken, als sie sich durch die Tür zwängte. Sie hatte ihre Autohandschuhe an. Mit einer Hand umklammerte sie ein Papiertaschentuch. Es würde nie aufhören, dachte ich.

«Ich glaube, das war das, was ich gebraucht habe», sagte sie im Wagen, setzte es mir aber nicht näher auseinander. Unerklärlicherweise war ich eifersüchtig auf Dr. Brady. Aber am nächsten Tag ging sie zur Arbeit, und im stillen dankte ich ihm.

Am Samstag fand unser letztes Heimspiel statt, und damit unser letzter Versuch, den Tornado zu schaffen. Als sie mich rüberfuhr, wollte meine Mutter wissen, ob ich wünschte, daß sie bleibe und zuschaue. Sie war noch nie zu einem unserer Spiele gekommen, und sie hatte sich zum Einkaufen feingemacht.

«Nein», sagte ich, «ist schon in Ordnung.»

«Ich bleibe, wenn du willst», sagte sie.

«Nein», sagte ich.

Sie hätte bleiben sollen, weil wir den Tornado tatsächlich richtig hinbekamen. Wir standen schwitzend an dem uns zugewiesenen Platz, während die Zuschauer sich erhoben, und flitzten dann im Eilschritt los. Mr. Chervenick klopfte jedem von uns auf den Rücken, während wir hintereinander in den Stadiongang liefen. Er sprang zwischen den Reihen herum und dirigierte. «Prima!» jauchzte er. «Ihr habt's geschafft!» Wir marschierten – immer noch in exakter Formation, obwohl die Show schon vorbei war – über den Parkplatz in die Turnhalle, um uns umzuziehen. Unser Geschrei tönte durch die langen, leeren Gänge. Als wir aus unseren jeweiligen Umkleideräumen gekommen waren und uns mit nassen Haaren auf dem Basketballfeld versammelt hatten, sprach Mr. Chervenick von der Zuschauertribüne zu uns.

«Ich bin sehr stolz auf euch. Ihr habt seit diesem Sommer viel gelernt, und ich bin glücklich, daß ich die Gelegenheit hatte, mit euch zu arbeiten. An dieses Jahr werde ich mich immer erinnern. Ich hoffe, ihr auch.»

«Ja, ja, ja», sagte Warren neben mir.

«Tu nicht so blöd», sagte ich.

«Was ist los mit dir?» fragte er, nachdem wir uns dreimal hatten hochleben lassen. Und was konnte ich schon sagen – daß ich Mr. Chervenick mochte, daß ich wünschte, alle kämen mehr nach ihm, selbst wenn er blöd daherredete?

«Nichts», sagte ich, und wir ließen es dabei bewenden, weil wir Freunde waren.

Meine Mutter hielt mit einer Tüte von Sears auf dem Rücksitz. Ich erzählte ihr vom Tornado. Sie war einen Augenblick lang beeindruckt und fragte dann, was mein Vater und ich für den Rest des Nachmittags geplant hätten.

«Ich weiß nicht», log ich.

«Um wieviel Uhr kommt er dich abholen?»

«Gegen vier?» sagte ich, obwohl wir uns darauf geeinigt hatten. Ich wußte sogar, was wir essen würden – selbstgemachte Pizza.

Zu Hause wartete ich im Wohnzimmer, während das Spiel der Pitts leise lief. Mein Vater verspätete sich, was früher ungewöhnlich gewesen wäre. Er kam nicht mehr an die Tür, sondern hupte nur. Während der Übertragung horchte ich auf das Tuckern seines Nova. Am Ende des ersten Viertels war es schon kein knappes Ergebnis mehr. Tony Dorsett fegte zwischen den Rückraumspielern des Navy-Teams hindurch und verbesserte sein Punktekonto. In der Halbzeit machte meine Mutter die Tür zu ihrem Zimmer zu, um einzupacken, was sie gekauft hatte, und ich ging ans Vorderfenster. Die Sonne hing orangefarben in den Bäumen, und die Schatten breiteten sich über den Schnee bis zu unserem Gebäude aus. Hoch oben leuchtete ein strahlender Himmel, der nach unten ins Blaßgraue überging. Das war die Tageszeit, in der mein Vater die Kartoffelchips, den Dip und die Karte hervorholen würde, die er für einen Dollar auf der Arbeit gekauft hatte, und nachsehen würde, wie seine Tototips sich machten. Jetzt würde Jim Lampley von ABC die besten Zwanzig durchgehen, so wie er es getan hatte, als wir noch in unserem alten Haus gewohnt hatten. Ich schaute in den Kühlschrank, von einem Fach zum anderen, bevor ich mir eine Pepsi nahm und mich wieder hinsetzte.

«Soll ich ihn anrufen?» fragte meine Mutter. «Es ist fast halb sechs.»

«Ich weiß», sagte ich.

«Ich kann ihn anrufen. Das macht mir nichts aus. Er sollte zumindest seinen Verpflichtungen dir gegenüber nachkommen.»

«Klar», sagte ich. «Ruf ihn an.»

Ich wandte mich wieder dem Fernseher zu und tat so, als würde ich nicht zuhören, wie sie wählte. Die Pitts hatten die zweite Mannschaft auf dem Feld.

Meine Mutter knallte den Hörer auf die Gabel.

«Meldet sich niemand.»

Ich drehte mich um und blickte sie an. Sie nahm den Hörer ab und versuchte es noch einmal.

«Nichts», sagte sie achselzuckend. «Das sieht ihm ähnlich. Tut mir leid, Arthur, ich weiß nicht mehr, was mit deinem Vater los ist.»

«Ist schon in Ordnung», sagte ich, was dumm war.

«Für mich ist es nicht in Ordnung, und für dich sollte es das auch nicht sein.» Sie ritt weiter darauf herum, folgte mir den Flur entlang bis zu meinem Zimmer. Sie blieb in der Tür stehen. Ich stellte meine Stereoanlage an, legte mich aufs Bett und setzte den Kopfhörer auf. The Who, *Quadrophenia*, Seite 4. Die Nadel zeichnete den glänzenden Grat der Schallplatte nach, und das Knacken verwandelte sich in das Rauschen der Meeresbrandung. Ich schloß die Augen, und als ich sie wieder aufschlug, hatte meine Mutter die Tür zugemacht.

Nach dem Abendessen versuchte sie es noch einmal. Ich erinnere mich nicht daran, was es gab. Ich hörte, wie sie wählte, und konzentrierte mich aufs Fernsehen. Zwei Feuerwehrleute unterhielten sich in einer Küche – ein Witz über Chili. Meine Mutter sagte nichts. Chili Alarmstufe 4. Eine Lachsalve wurde eingespielt.

«Nicht da», sagte sie, und ich war wütend auf sie, weil sie überhaupt angerufen hatte. Ich wartete, bis sie ins Bett gegangen war, stellte mich dann draußen auf den Treppenabsatz und bekiffte mich. Ich schaltete das Licht in meinem Zimmer aus und setzte den Kopfhörer auf, diesmal Seite 1.

Am Sonntag erreichte sie ihn mitten im Spiel der Steelers. Sie teilte ihm mit, daß sie nur sehen wolle, ob er von da, wo er gewesen sei, zurückgekehrt sei. Ich tat so, als sei ich nicht daran interessiert. Die Wählscheibe klickte, während sie sich zurückdrehte.

«Tja», sagte meine Mutter mit lauter Stimme in der Küche. «Wir haben dich gestern erwartet.»

Seine Rechtfertigung war nicht lang.

«Kannst du es nächsten Samstag einrichten? In Anbetracht der Tatsache, daß es das letzte Wochenende vor Weihnachten ist.»

«Das ist schön, weil dein Sohn dich nämlich gern sehen würde.» Sie nahm einen tiefen, befriedigten Zug von ihrer Zigarette, und ich meine, daß ich sie lächeln sah, während sie auf seine Antwort wartete. Das hier gefiel ihr.

«Ich will nichts von deinen Problemen hören, Don. Ich hab selber genug. Das hätte ich dir vorher sagen können – ich hab's versucht. Sag nicht, daß ich's nicht versucht habe. Du hast es so gewollt, mein Lieber, und wer in diesem Bett schläft und wer nicht, das ist nicht meine Angelegenheit. Wag bloß nicht, sie als Ausrede dafür zu benutzen, daß du Arthur nicht besucht hast, wag das bloß nicht.»

Sie saß auf einem Hocker an der Arbeitsplatte, aber jetzt drückte sie den Zigarettenstummel im Spülbecken aus, stand auf und ging auf und ab.

«Blödsinn», sagte sie und lachte. «Weißt du, was ich dazu sage? Ich sage, da kann sie sich glücklich schätzen. Sie ist also doch nicht so ein kleines Dummerchen.»

«Nein», sagte sie. «Don, nein. Nein. Das ist Blödsinn, und das weißt du auch. Das kannst du mir nicht anhängen. Nichts da.»

Sie blieb plötzlich stehen und hob eine Hand hoch, als wollte sie ihn davon abhalten weiterzureden. «Ha!» sagte sie.

Ich verzog mich still und heimlich in mein Zimmer. Ich konnte sie durch die Tür hören. Nicht jedes Wort, aber genug. Ich legte mich aufs Bett und sah meine Stereoanlage an, und dann die Eisblumen unten an meinem Fenster. Sie verliefen zickzackförmig wie eine Nähmaschinennaht, mit Spitzen wie aus Stacheldraht. Draußen, hoch oben am Himmel, trieb ein einzelnes Wolkenknäuel durch das Blau und wurde, wie ein davongeflogener Luftballon, auf seinem Weg zur Sonne immer kleiner. Ich stellte mir vor, wie Foxwood von da oben aussah – die Gebäude, Autos und Bäume in Miniaturformat –, und wie die Zufahrt rauf zur Bushaltestelle auf die Landstraße traf, die durch verschneite Felder und über kleinere geteerte Straßen führte und Farmen, Wohnwagenkolonien und Autofriedhöfe miteinander verband, bis sie die Außenbezirke von Butler erreichte, wo ich einmal gewohnt hatte. Ich dachte an unser altes Haus und mein altes Zimmer. Wer wohnte jetzt darin, und spürte derjenige mich dort manchmal? Ich glaubte es nicht, aber in meiner Vorstellung ging ich durch den Flur zur Küche und die Treppe in den Keller hinunter, wo mein Vater sich das Spiel ansehen würde, von dem ich gerade weggegangen war, und zwar so langsam, jede Einzelheit auf meinem Weg auskostend, daß ich meine Mutter in dem anderen Zimmer nicht mehr hörte.

«Das war dein Vater», sagte sie, als sie reinkam. Sie war erstaunt, mich ohne meinen Kopfhörer zu sehen. «Er hat sich für gestern entschuldigt. Er hat gesagt, er würde gern nächstes Wochenende ins Auge fassen, und ich hab ihm gesagt, das wäre für mich in Ordnung, wenn es für dich in Ordnung ist. Und?»

«Klar», sagte ich.

«Du weißt, daß das alles nichts mit dir zu tun hat. Sei ihm nicht böse. Er hat im Moment selber einige Probleme.» Sie sagte das voll Kummer, als würde sie sich Sorgen um ihn machen. Ich verstand nicht, warum – wenn sie froh war, daß Marcia ihn verlassen hatte, und das traf zu –, und kam zu dem Schluß, daß sie nicht ihre wahren Gefühle zeigte. Das tat sie um meinetwillen, obwohl es nicht nötig war. In diesem Augenblick wollte ich nicht, daß sie ihm verzieh.

Am Montag war sie vor mir aus dem Haus. Es war die letzte Schulwoche, was bedeutete, daß zuerst Klassenarbeiten geschrieben wurden und dann lahme Parties stattfanden. Die Proben mit der Band waren vorbei, und ich war hin- und hergerissen, ob ich mit Lila im Bus nach Hause fahren oder früh im Burger Hut anfangen sollte. Meine Mutter lachte mich aus und sagte, ja, sie könne mich zur Arbeit rüberfahren, wenn sie nach Hause komme. Als wir von der Bushaltestelle zurückgingen, stellte ich fest, daß ich so viel gearbeitet hatte, daß ich Foxwood nur selten bei Tageslicht gesehen hatte. Von den Dächern dampfte es. Die Trümmer der verfallenen Kapelle waren mit Schnee bedeckt. Als wir drei die Treppe zu unserem Gebäude erreichten, ging Lily weiter. Im Briefkasten lag, zusammen mit ein paar Weihnachtskarten in roten Umschlägen, ein handgeschriebener Brief, auf dem nur «Louise» stand. Es war keine Briefmarke drauf, und die Handschrift war die meines Vaters. Er war dick. Ich steckte ihn in den Stapel und ließ alles auf der Arbeitsplatte liegen.

Es ging auf den kürzesten Tag des Jahres zu, und während Lila und ich auf meinem Bett knutschten, kletterte der helle, viereckige Lichtfleck von meinem Fenster an der Wand hoch. *Have you ever been*, fragte Jimi Hendrix, *have you ever been to Electric Ladyland?* Lilas Haar roch nach Erdbeershampoo; wir ließen ein Bubble-Gum mit Wassermelonengeschmack von Mund zu Mund wandern und machten ein Spiel daraus, es vor der Zunge des anderen zu verstecken. Ich dachte: Wenn ich doch nur hierbleiben könnte.

Kurz vor fünf stellten wir die Musik aus, zogen unsere Kleider zurecht, strichen die Bettdecke glatt und gingen ins Wohnzimmer, um auf den Country Squire zu horchen. Meine Mutter kam rein und sagte «Hi» zu Lila und «Gib mir fünf Minuten» zu mir. Sie blätterte die Post durch, zögerte bei dem Brief meines Vaters, legte den Stapel dann auf die Arbeitsplatte zurück und ging ins Bad. Ich gab Lila an der Tür einen Abschiedskuß und sah zu, wie sie davonging.

«Ihr zwei», bemerkte meine Mutter. «Man könnte meinen, ihr wärt die einzigen Menschen, die sich jemals ineinander verliebt haben.»

Ja, wollte ich sagen, in gewisser Hinsicht seien wir das auch.

«Ich bin soweit», sagte ich.

Auf der Treppe fragte sie: «Ist dein Vater mit diesem Brief vorbeigekommen?»

«Ich hab ihn nicht gesehen.»

«Du würdest mir doch erzählen, wenn es so wäre?»

«Ja», sagte ich vorsichtig.

«Wollte mich bloß vergewissern», sagte meine Mutter.

Ich arbeitete und rechnete jeden Abend, wenn wir zu-machten, meine Stunden zusammen. Ich stellte mir vor, wie Lila die Schachtel aufmachte und ganz sprachlos wäre. Sie würde meinen Namen sagen. Als Mr. Philbin mich absetzte, suchte ich nach dem Licht in ihrem Fenster, aber sie schlief schon. Der Gedanke daran, wie sie warm, friedlich und ohne Brille dalag, gefiel mir und sorgte dafür, daß ich direkt ins Bett gehen wollte, damit ich an sie denken konnte.

Meine Mutter war noch auf und sah mit einem Drink in der Hand fern. Sie hatte den Brief meines Vaters auf dem Couch-tisch ausgebreitet. Acht oder neun Seiten in seiner winzigen Schrift. Meine Mutter wedelte mit einem Blatt, um zu zei-gen, daß es beidseitig beschrieben war.

«Würdest du dir das bitte ansehen?» sagte sie. «Jetzt ist dein Vater völlig durchgedreht.»

Was steht denn drin? wollte ich fragen, tat es aber nicht. Ich dachte, sie würde es mir erzählen.

«Oh, diesmal ist er völlig von der Rolle. Er sagt, es tut ihm leid. Ist das nicht großartig? Es tut ihm leid!» Sie schüttelte den Kopf und zog lange an ihrer Zigarette. Ich warf einen Blick in die Küche, um zu sehen, ob sie eine neue Flasche angebrochen hatte.

Sie hob ein Blatt auf und hielt es sich dicht vors Gesicht. «Hör dir das an: ‹Ich sehe ein, daß das, was ich dir angetan habe, unfair war.› Das sagt *er mir*! Ich weiß das doch längst; warum sagt er es mir?» Sie warf das Blatt auf den Tisch. «Jetzt liebt er mich wieder. Er vermißt uns.» Sie verschränkte die Arme und kaute an einem Daumennagel. «Dieses Arschloch!»

Sie trank etwas.

«Ich geh jetzt ins Bett», sagte ich.

«Tut mir leid, Arthur, ich will dich nicht in diese Sache reinziehen. Geh ins Bett. Ich bin im Augenblick einfach wü-tend, morgen geht's mir wieder gut.»

«Dann bis morgen», sagte ich, und sie lächelte über den Witz.

«Okay.»

Und am nächsten Morgen ging es ihr tatsächlich gut. Sie ging zur Arbeit, ich in die Schule. Auf dem Heimweg hielten Lila und ich Händchen, und Lily war eingeschnappt. In unserem Briefkasten lag ein weiterer Brief von meinem Vater.

Den zeigte mir meine Mutter nicht und las auch nicht daraus vor. Beide Briefe lagen ordentlich verschlossen auf dem Couchtisch, als ich nach Hause kam. Sie war ruhig, beinahe gut gelaunt, und als die Nachrichten vorbei waren, schlug sie vor, daß wir beide ins Bett gingen.

Am Mittwoch bekam sie noch einen, und am Donnerstag auch. Den letzten machte sie nicht einmal auf, weil wir für ihren Termin bei Dr. Brady spät dran waren. Sie steckte alle vier in ihre Handtasche, und wir sprangen in den Wagen.

«Ist das noch in Ordnung für dich, daß ihr euch am Samstag trefft?» fragte sie mich, während wir dahinfuhren.

«Klar.»

«Du sagst mir aber, wenn du dich dabei unbehaglich fühlst. Du kannst mich jederzeit anrufen, und ich komme dich abholen.»

«Es wird mir schon gutgehen», sagte ich.

«Ich weiß», sagte sie. «Ich weiß.» Wir fuhren eine Weile schweigend dahin, an schicken Bungalows und alten Wohnwagen vorbei, bis sie fragte: «Warum tut er mir das an?»

Die Brieftasche voller Zwanziger, verließ ich sie an der Tür zum Hot Dog Shoppe. Es war der kürzeste Tag des Jahres; die Lichter färbten die Schneehaufen rosa und grün. Der Verkäufer bei Milo Williams kannte mich noch. Er schob die Rückwand der Vitrine auf und nahm die blaue Samtschachtel heraus.

«Die ist es», sagte ich und sah mir, während er sie in Geschenkpapier einpackte, die ganzen Schubfächer voll häßlicher Verlobungs- und Eheringe an.

Meine Mutter wartete im Hot Dog Shoppe auf mich und verputzte eine Riesenwurst mit braunem Senf. Sie hatte die Handschuhe ausgezogen, und mir fielen ihre Ringe auf, der winzige Diamantring und der schlichte aus Silber.

«Nicht viel passiert heute», erklärte sie. «Wieviel bist du für Delilah losgeworden?»

Als ich es ihr erzählte, zuckte sie zusammen und schüttelte den Kopf. «Es ist ja dein Geld.»

Am Freitag kam noch ein Brief, diesmal ein dünnerer. Ich nahm ihn mit rein und versuchte, die Schrift zu entziffern, was mir aber nicht gelang. Lila schlug vor, ihn über Wasserdampf zu öffnen, was ich nicht lustig fand. Meine Mutter ging in ihr Zimmer, um ihn aufzumachen, und sagte nichts, als sie später wieder rauskam.

«Sie hört sich besser an», sagte Astrid am Telefon. «Was ist los?»

Am Samstag sollte mein Vater mich um fünf abholen. Um Viertel vor hörten wir seinen alten Nova heraufrumpeln, und dann hupte es.

«Sei nett zu ihm», wies meine Mutter mich an. «Es ist eine schwere Zeit für ihn. Egal, was du tust, erwähne ihren Namen nicht. Du weißt, von wem ich rede.»

«Ja», sagte ich.

Sie kam nicht an die Tür.

Im Wagen entschuldigte sich mein Vater und war dann still. Er bot mir nicht an, mich fahren zu lassen. Ich hatte gedacht, daß ich die Auswirkungen dessen sehen könnte, was er in der letzten Woche durchgemacht hatte, daß ich es ihm am Gesicht ablesen könnte, aber er hatte sich gar nicht verändert. Er ähnelte jetzt wieder mehr meinem Vater als in der Zeit, als er mit Marcia zusammengewesen war, und ich fand das gut so.

«Und wie geht's dir?» fragte er.

«Geht so», sagte ich.

«Hast du in letzter Zeit mit deiner Schwester gesprochen?»

«Gestern. Bei ihr ist alles okay.»

«Das ist schön», sagte er. «Was hältst du von einer Pizza?»

«Pizza ist gut.»

«Dann gehen wir eine Pizza essen», sagte er.

Wir fuhren in dasselbe Restaurant, in das er mich an unserem ersten Samstag mitgenommen hatte. Das vordere Fenster war mit künstlichen Eisblumen eingesprüht, und das Kondenswasser tropfte daran hinunter. Montag war Weihnachten, und außer uns und der Frau hinter der Theke war niemand da. Mein Vater bestellte, und wir zogen unsere Mäntel aus. Wir holten unsere Getränke ab – er ein Duke und ich ein Sodawasser – und suchten uns einen Tisch in der Nähe des Fensters aus.

Wir sprachen ausführlich über die Steelers und kurz über Annie. Er wußte nicht genau, was zwischen ihr und Glenn Marchand vorgefallen war. Es sei ein Rätsel und eine Schande. Er sagte, er werde mehr darüber erfahren, wenn er wieder zur Arbeit gehe. Er sei die letzten paar Tage nicht dort gewesen.

Ich sagte nicht, daß ich mir das schon gedacht hätte.

«Also», sagte er, «ich nehme an, du hast es gehört.»

«Was?»

«Das mit Marcia.»

«Ja», sagte ich, obwohl das eigentlich nicht stimmte. Niemand hatte mir irgendwas erzählt.

«Ich weiß nicht. Ich kann's deiner Mutter nicht erklären.» Er nahm den Pfefferstreuer und betrachtete ihn genau. «Ich hab mich eben verliebt.» Er stellte ihn zurück und sah mich wieder an. «Das hört sich doch einfach an, oder?»

«Ich weiß nicht», sagte ich.

«Aber niemand glaubt das. Selbst ich glaub's nicht mehr.» Er lehnte sich auf seinem Stuhl zurück und sah die Deckenplatten an, als würde er die Sterne betrachten. «Das ist das Komische daran, daß sich alles einfach in Luft auflöst.»

«Große Peperoni!» rief die Frau, und als er mir den Rükken zugewandt hatte, um sie holen zu gehen, stieß ich einen Seufzer aus.

«Ich weiß, es ist etwas spät, danach zu fragen», sagte er, während wir mit der Pizza beschäftigt waren, «aber was wünschst du dir eigentlich zu Weihnachten?»

«Kassetten wären gut», sagte ich.

«Was noch?»

«Oh, ich weiß nicht», sagte ich und nannte vier oder fünf Sachen.

Wir redeten nicht mehr über ihn, bis er vor der Kutschenlampe hielt. Statt mich rauszulassen, stellte er den Motor ab und folgte mir die Treppe rauf.

«Ich muß kurz mit deiner Mutter sprechen», erklärte er, die Schlüssel noch in der Hand.

Ich klopfte lieber, als selber aufzuschließen, und stand dann mit ihm da.

Meine Mutter machte auf.

«Was willst du hier?» fragte sie meinen Vater. Sie hielt die Tür fest und machte sie etwas weiter zu, nachdem ich reingegangen war. Mein Vater stand auf dem Treppenabsatz.

«Hast du meine Briefe gelesen?» fragte er.

Meine Mutter drehte den Kopf, um zu sehen, wo ich war. «Arthur, geh in dein Zimmer. Das hier ist vertraulich.»

Ich nahm mir Zeit und machte dann die Tür nicht ganz zu. Ich konnte von meiner Mutter nur einen schmalen Streifen sehen und hinter ihr die Schulter meines Vaters. Sie redeten so leise, daß ich nichts hören konnte, und dann ging meine Mutter mit ihm nach draußen und schloß die Tür hinter sich.

Ich machte meine auf und streckte den Kopf raus. Nichts. Kurz darauf schlich ich mich in die Küche und hockte mich so hin, daß sich meine Augen beim Vorderfenster in Höhe der Fensterbank befanden.

Sie standen ein paar Schritte auseinander, mein Vater gestikulierte mit ausgebreiteten Armen, und meine Mutter verschränkte die Arme gegen die Kälte. Mein Vater redete auf sie ein und wartete dann, beugte sich runter, um ihr ins Gesicht zu starren.

Meine Mutter sagte nur ein Wort: «Nein.»

Er redete mit erhobenen Handflächen von neuem auf sie ein und versuchte, sie von etwas zu überzeugen.

«Nein», sagte sie, diesmal so laut, daß ich es hören konnte, und ließ einen Wortschwall folgen. Mein Vater stand da, nickte, blickte auf den Schnee zwischen ihnen, und als sie fertig war, drehte er sich um und ging die Treppe runter.

Ich schlüpfte zurück in mein Zimmer und kriegte gerade noch die Tür zu, bevor meine Mutter reinkam.

«Arthur?» rief sie. «Er ist weg.»

Ich kam raus und bemerkte, daß ich noch meine Jacke anhatte.

«Habt ihr euch gut amüsiert?» fragte meine Mutter.

«Ja», sagte ich. «Es war okay.»

In meinem Zimmer dachte ich bei ausgeschaltetem Licht an die Weihnachtsfeste in unserem alten Haus. Ich erinnerte mich daran, wie leicht die Mülltüte mit dem Geschenkpapier war. Draußen hatten wir sie wie einen Felsbrocken herumgeworfen und so getan, als wären wir Herkules. Und an die Modellbahnschienen, bei denen man einen Schlag bekam, wenn man sie mit der Zunge berührte. Nadeln, die sich im Teppichboden verbargen; monatelang mußte man in der Wohnung Schuhe tragen. In einer Schüssel auf dem Kaminsims vertrocknete die Orange, in die meine Mutter eine ganze Packung Gewürznelken gesteckt hatte, und wurde runzlig wie ein Schrumpfkopf. Wir hatten alle einen Strumpf, selbst mein Vater, dem es peinlich zu sein schien, daß er Geschenke bekommen hatte. Unglücklicherweise hatte er am 27. Dezember Geburtstag. Das war Beschiß; er war jedesmal der Gelackmeierte. An dem Tag führte er uns immer alle zum Abendessen nach Butler aus, gewöhnlich zu Natili's. Einmal fuhren wir nach Pittsburgh, in die Innenstadt, ich weiß nicht mehr, wohin. Wir aßen Fisch.

An Silvester gingen meine Eltern tanzen und ließen uns mit Annie allein. Ihr Vater setzte sie mit seinem Lieferwagen ab. Sobald sie in der Tür stand, liefen wir ihr hinterher. Sie setzte sich im Flur auf den Fußboden und zog die Stiefel aus, schneuzte sich im Badezimmer. Meine Mutter ging, so hektisch wie immer kurz vor dem Aufbruch, noch einmal durch, was wir an Kleinigkeiten zu essen da hatten und wie lange wir aufbleiben durften, und gab Annie die Nummer, unter der sie zu erreichen waren. Annie nickte und lächelte; sie hatte das schon öfter mitgemacht.

«Machen Sie sich keine Sorgen», sagte sie. «Ihr benehmt euch mir zuliebe schon, was, ihr zwei?»

Wir sahen alle zu, wie meine Eltern in den Country Squire stiegen und davonfuhren.

«Können wir bis Mitternacht aufbleiben?» fragte Astrid. «Bitte?»

«Was hat eure Mom gesagt, wann ihr im Bett sein sollt?»

«Halb elf», logen wir und bemühten uns um einen bedrückten Ton.

«Ist eure Mom hier?» fragte Annie.

«Nein.»

«Wer hat dann das Kommando? Wer bestimmt die Regeln?»

«Du!» kreischten wir, bereits siegesgewiß.

«Wir werden sehen», sagte sie. «Was für Knabberzeug wollt ihr zwei?»

Sie saß zwischen uns, und wir sahen fern und waren mit den Käseflips in der Schüssel auf ihrem Schoß beschäftigt. Astrid bürstete ihr die Haare, dann war ich dran. Sie ließ uns so viele Pepsis trinken, wie wir wollten. Wir rangelten um ihre Aufmerksamkeit und machten uns über jede Show lustig, die gerade lief. Annie drehte ihr Handgelenk und sah auf ihre Armbanduhr. Wir hätten längst im Bett sein sollen.

«Okay», sagte sie, als wir die Schüssel leergegessen hatten, «was wollt ihr spielen?»

«Monopoly!»

«Risk», schlug Astrid vor.

«Das ist noch zu schwer für Arty.»

«Life», machte ich einen Versuch.

«Life ist langweilig», sagte Astrid.

«Wir wär's mit Sorry oder Trouble?»

«Nein», sagten wir.

«Monopoly.»

«Okay», sagte Astrid, «aber ich übernehme die Bank.»

Dazu legten wir uns auf den Fußboden. Annie ging nach oben, um ihre Zigaretten zu holen. Während Astrid uns mit den hellblauen und den violetten Straßen systematisch ruinierte, beobachtete ich, wie Annie rauchte, ganz anders als unsere Mutter. Sie hatte pflaumenblauen Nagellack aufgetragen, den sie Astrid manchmal auftupfte, aber keinen Lippenstift. Sie ließ etwas Rauch aus dem Mund gleiten und in ihre Nase ziehen. Dann blies sie einen winzigen Rauchring durch einen großen.

«Das macht keinen Spaß, ihr bemüht euch ja nicht mal», sagte Astrid und kündigte damit das Ende des Spiels an.

«Ich hab ein paar Klondikes im Gefrierschrank gesehen», erwähnte Annie, als wäre es streng geheim, und wir liefen nach oben. «Aber ich will, daß ihr erst eure Schlafanzüge anzieht.»

Sie gab jedem von uns ein Schälchen und einen Löffel und ließ sie uns mit in den Keller nehmen, was meine Mutter nie tat.

Guy Lombardo war auf Sendung. Der Times Square war voller Menschen hinter langen Sägeböcken mit der Aufschrift «Polizei. Bleiben Sie bitte zurück.» Es waren noch fünf Minuten, und Annie vergewisserte sich, daß alle eine Pepsi hatten. Wir zählten mit, sahen zu, wie die Kugel fiel, und sprangen dann schreiend aufs Sofa. Annie gab uns einen Kuß, und wir tranken, wie die Leute im Fernsehen, gierig unsere Flaschen leer, kippten sie und lachten, daß uns die Bläschen in die Nase sprudelten.

«In Ordnung», sagte sie, «ab ins Bett, bevor eure Mom und euer Dad zurückkommen.»

«Ooooch», protestierten wir.

«Macht, daß ihr raufkommt.»

Astrid war schon zu alt für Gutenachtgeschichten. Sie hatte ihre Barbiepuppen und eine dicke Raggedy Ann, die ihr Gesellschaft leisteten. Ich wartete im Bett, während Annie sie zudeckte, horchte darauf, daß die Sprungfedern zurücksprangen, und dann auf ihre Schritte.

«Heute abend müssen wir's kurz machen», sagte sie in der Tür.

Ich wollte meine Lieblingsgeschichte hören, *Charlotte's Web*. «Zu lang.» Sie nahm mir das Buch ab und seufzte, setzte sich aufs Bett und schwang ihre Füße hoch. Sie roch nach Babypuder und Zigaretten, mit einer winzigen Spur von ihrem Ölbrenner, und als sie über mich hinweg langte, um eine Seite umzublättern, atmete ich den würzigen Duft ihres Kräuterdeodorants ein.

Sie ließ mir das Buch da, als sie fertig war, und zog mir die Decke hoch bis ans Kinn. Ich bat sie um eine weitere Geschichte, aber sie legte mir einen Finger auf die Lippen.

«Pst. Schlaf jetzt.»

Sie war im Begriff zu gehen.

«Ein frohes neues Jahr», sagte ich, damit sie noch blieb.

Sie lachte über meinen Einfallsreichtum, kam zurück, beugte sich über mich, so daß ihr rauchig süß duftendes Haar wie ein Vorhang über mein Gesicht fiel, und küßte mich auf die Stirn.

«Ein frohes neues Jahr», sagte sie.

Jetzt, im selben Bett, aber in einem anderen Haus, fragte ich mich, warum ich sie nicht schon vorher vermißt hatte.

An Heiligabend mußte meine Mutter arbeiten. Sie sagte, es sei eine bequeme Schicht. Viele von den Kindern führen in den Ferien nach Hause, und sie freue sich, bei denen zu bleiben, die noch übrig seien. Es werde eine Party mit Geschenken geben; das sei überhaupt nicht deprimierend. Sie werde so früh wie möglich wieder zu Hause sein.

Ich hatte das alles im voraus gewußt und Lila für den Nachmittag zu mir eingeladen. Wir setzten uns auf mein Bett und unterhielten uns. Ich hatte ihr Geschenk hinter der Stereoanlage liegen, und als ich die Platte umdrehte, versteckte ich die Schachtel in der Hand. Ich küßte sie und ließ die Schachtel hinter ihr aufs Bett fallen. Sie legte sich darauf.

«Aber ich hab deins nicht mitgebracht», verriet sie.

Ich mußte mich beherrschen, um ihr nicht beim Aufmachen zu helfen.

«Oh», sagte sie und noch mal: «Oh», und nahm die Kette aus der Schachtel. «Ist die schön.» Sie hielt sie sich an den Hals. «Leg sie mir an.»

Ich fummelte an dem winzigen Schnappverschluß herum, kriegte ihn aber zu. Sie drehte sich um und küßte mich, und wir legten uns hin.

Wir hatten uns die Hemden ausgezogen und die Jeans aufgeknöpft, als ich hörte, wie ein Auto draußen langsamer wurde und hielt. Wir erstarrten beide und blickten zur Haustür. Eine Wagentür ging zu, und jemand kam die Treppe hoch.

Ich entdeckte Lilas BH und warf ihn ihr zu, zog mir schnell das Hemd über den Kopf, sprang vom Bett und machte meine Tür zu. Lila hatte mittlerweile auch ihr Hemd an; ihre Haare waren ganz durcheinander, und meine vermutlich auch. Ich glättete sie mit beiden Händen und wartete darauf, daß meine Mutter ihren Schlüssel ins Schloß steckte.

Die Schritte gingen wieder die Treppe runter und entfernten sich. Die Wagentür fiel mit einem dumpfen Geräusch zu, und der Motor sprang an.

Ich lief rechtzeitig ans Vorderfenster, um den Nova wegfahren zu sehen. Noch ein Brief, dachte ich.

«Es war bloß mein Vater», rief ich Lila zu.

Sie kam aus meinem Zimmer, bürstete sich die Haare und setzte sich dann hin und schaltete den Fernseher an. Die Kette sah großartig aus.

Ich zog mir die Schuhe an und ging raus, um nachzusehen, ob er einen Brief dagelassen hatte. Auf dem Treppenabsatz stand ein riesiger schwarzer Müllsack, zum Bersten voll mit Geschenken.

Ich hievte ihn in die Wohnung.

«Ui», sagte Lila. Ich sagte, daß er seine Einkäufe wahrscheinlich alle an einem Tag erledigt habe. «Ui», sagte sie erneut.

Meine Mutter sagte nichts, als sie den Müllsack sah. Sie war spät dran. Es war nach sechs und dunkel, und es schneite. Ich hatte schon angefangen, mir Sorgen zu machen. Sie blieb in der Tür stehen und zog ihre Handschuhe aus. Sie zog an dem Müllsack, aber er rührte sich nicht von der Stelle.

«Arthur, hilf mir.»

Ich kam rüber, griff zu und half ihr, ihn wieder rauszubringen.

«Danke», sagte sie und gab mir ein Zeichen reinzugehen. Sie machte die Tür hinter uns zu, hängte ihren Mantel auf und zog die Schuhe aus.

«Hast du schon gegessen?» fragte sie, und als ich sagte, daß ich auf sie gewartet hätte, fing sie an, geräuschvoll das Abendessen zuzubereiten.

Dann hielt sie inne und schenkte sich einen Scotch ein.

«Was für ein erstklassiger Tag», sagte sie mit einem spöttischen Lächeln und goß sich gleich noch einen ein. «Mein Gott, wie ich die Ferien liebe.»

Später, mitten in «Ist das Leben nicht schön?», rief mein Vater an. Meine Mutter war bei ihrem neunten oder zehnten Drink und diskutierte mit dem Fernseher. Sie schenkte dem Klingeln keine Beachtung.

Ich meldete mich mit: «Frohe Weihnachten.»

«Frohe Weihnachten, Arty», sagte er.

«Ist er das?» fragte meine Mutter. «Ist das dein wunderbarer Vater?» Sie bedeutete mir mit einem Finger, daß ich ihr das Telefon reichen solle.

Ich gab es ihr.

«He», sagte sie, «was ist das mit der verdammten Weihnachtstüte bloß für eine aufgeblasene Idee?»

«Weißt du, was ich für dich habe?» sagte sie. «Nichts. Nicht das geringste. Nein, nein, warte. Ich hab die Scheidung für dich. Das ist dein Geschenk. Viel Spaß damit. Steck sie dir unter deinen verdammten Baum und freu dich dran.»

Ich ging in mein Zimmer und setzte den Kopfhörer auf. Ich versuchte, an Lila zu denken, aber alles was ich vor mir sehen konnte, war Annies Tochter und dann Annie im Wasser. Ich war erst beim zweiten Song, als meine Mutter die Tür aufstieß.

Sie stand schwankend im Türrahmen. Sie hatte geweint und sich nicht die Mühe gemacht, sich die Augen abzuwischen. Sie kam rein und setzte sich mit gesenktem Kopf aufs Bett. Sie nahm meine Hand und hielt sie sich an die Wange.

«Ich hoffe, du verstehst, was gerade passiert ist», sagte sie, «und warum es so sein muß.»

Und ich dachte, daß ich es verstände und auch wieder nicht.

«Arthur.»

«Schätze schon», sagte ich, und das war keine Ausflucht. Weil ich mir, obwohl es schon losging, nicht vorstellen konnte, wie ich die Menschen, die ich liebte, jemals würde hassen können. Doch gleichzeitig konnte ich nichts tun, um es zu verhindern, und das würde sich sehr lange nicht ändern.

STEWART O'NAN wurde in Pittsburgh geboren und wuchs in Boston auf. Er arbeitete als Flugzeugingenieur und studierte in Cornell Kunst. «Engel im Schnee» ist sein erster Roman. Er erhielt dafür 1993 den William-Faulkner-Preis. Im Rowohlt Taschenbuch Verlag liegen seine Romane «Die Speed Queen» (22640) und «Sommer der Züge» (22778) sowie die Erzählungen «Die Armee der Superhelden» (23023) vor.